Burkhard Spinnen
Belgische Riesen

Roman

Schöffling & Co.

Einbandzeichnungen
von Nikolaus Heidelbach

Erste Auflage 2000
© Schöffling & Co. Verlagsbuchhandlung GmbH,
Frankfurt am Main 2000
Alle Rechte vorbehalten
Satz: Reinhard Amann, Aichstetten
Druck & Bindung: Pustet, Regensburg
ISBN 3-89561-034-8

Meiner Familie

Konrad kommt rein

Die Tür geht auf.

»Übrigens«, sagt Konrad, »draußen ist es total hell.«

Im Schlafzimmer ist es jetzt auch ziemlich hell, weil Licht vom Flur hereinkommt, und daher kann Konrad sehr gut beobachten, wie einer der beiden Menschen, die in dem großen Bett liegen, sich blitzschnell die Decke über den Kopf zieht. Dabei sagt dieser Mensch etwas Unanständiges, das Konrad niemals sagen dürfte.

Dieser Mensch ist: *Der* Papa. Außerhalb des Hauses heißt er Herr Bantelmann. Drinnen natürlich: Papa; und nur ganz selten: Wolfgang.

Der Mensch war nicht immer der Papa. Darauf legt er besonderen Wert und davon erzählt er ziemlich oft. Konrad weiß Bescheid. 31 Jahre lang war der Papa unter anderem Sohn und Segelflugzeugmodellbauer, er war Führerscheinbesitzer und Bartträger und später war er auch der *junge Geliebte* des anderen Menschen, der jetzt neben ihm im großen Bett liegt. Erst seit zehn Jahren ist er der Papa; und obwohl zehn Jahre eine ziemlich lange Zeit sind, hat sich der Papa noch immer nicht so ganz ans Papa-Sein gewöhnt. Am allerwenigsten gewöhnt ans Papa-Sein ist er aber sonntagmorgens um sechs Uhr acht. Und genau das sagt er jetzt auch. Man kann es ganz gut verstehen, obwohl er die Decke über dem Kopf hat.

Dass es sechs Uhr acht ist, sieht der Papa vermutlich durch einen kleinen Schlitz, den er zwischen Matratze und Decke gelassen hat, damit er noch Luft kriegt. Sechs Uhr acht steht in roten Zahlen auf der Leuchtanzeige des Digitalweckers.

»Konrad«, sagt der Papa unter der Decke, »was hab ich dir verboten?«

Konrad denkt. Verboten, verboten? Der Papa hat schon alles Mögliche verboten. Wie soll man da wissen, was davon er gerade meint.

Zum Glück bekommt Konrad etwas Hilfe. Sie kommt von dem Menschen, der neben Papa im Bett liegt und einmal seine *junge Geliebte* war. Der Mensch ist: *Die* Mama. Außerhalb des Hauses: Frau Bantelmann. Drinnen natürlich: Mama; gelegentlich: Edith.

»Es hat mit dem Reinkommen zu tun«, sagt sie.

O ja, natürlich! Sofort ist Konrad im Bilde. Wie hat er das vergessen können! Es gibt ja ein besonders scharfes Verbot, das sich aufs Sonntagsmorgens-Reinkommen bezieht. Man soll nämlich, man soll nämlich – jetzt nur keinen Fehler machen! – man soll nämlich am Sonntagmorgen nicht

-8-

vor, nicht vor – ja, man soll nicht vor einer bestimmten Uhrzeit reinkommen. Leider fällt Konrad diese Uhrzeit jetzt nicht ein. Das ist dumm. Und
um keinen Fehler zu machen, sagt er sicherheitshalber gar nichts.

Zum Glück hilft die Mama wieder. »Wie spät ist
es jetzt?«, sagt sie. Und sie sagt es in einem vorwurfsvollen Ton.

Konrad begreift. Vermutlich ist er also zu früh
reingekommen. Das heißt, die Uhrzeit auf dem Di-
gitalwecker könnte einen Hinweis darauf geben, zu
welcher Uhrzeit man noch nicht reinkommen darf.

Konrad schaut zur Uhr. »Sechs Uhr neun«, sagt
er. Das ist wenigstens nicht falsch.

»Großartig«, sagt der Papa unter der Bettdecke.
Es klingt wie ein sehr böses Wort. »Und was haben
wir dir verboten?«

Schlagartig kann Konrad sich erinnern. »Ich soll
sonntags nicht vor acht Uhr reinkommen. Aus-
nahme im Notfall, bei schwerer Krankheit oder bei
Feuer.« Na, das war doch gekonnt!

»Übrigens –«, sagt Konrad.

Doch da heult der Papa auf. »Und was sollst du
außerdem nicht?«

Prompt fällt Konrad noch eine Kleinigkeit ein.
Man soll, wenn das eben möglich ist, am Sonntagmorgen nicht vor acht Uhr reinkommen und man
soll, wenn man dann reinkommt, auf absolut über-

haupt gar keinen Fall und nie und niemals seinen ersten Satz mit *übrigens* anfangen!

Der Papa hat es erklärt. Es hat es sogar mehrmals erklärt. Zuletzt am vergangenen Sonntag. Es war ziemlich genau um die gleiche Uhrzeit und Konrad war gerade reingekommen.

Das Wort *übrigens*, hat der Papa da gesagt, ist ein Wort, mit dem man bei einem Gespräch ein neues Thema an ein altes Thema anknüpft. Er hat es auch gezeigt, das Anknüpfen, mit beiden Händen.

Konrad hat das verstanden. *Übrigens* ist ein Knotenwort. Man nimmt es wie eine Schnur und knotet zwei Gesprächsthemen zusammen, damit sie nicht auseinanderfallen.

»Richtig«, hat der Papa gesagt. Allerdings folge daraus messerscharf, dass man mit *übrigens* kein Gespräch anfangen könne. Für ein *übrigens* braucht man ja mindestens zwei Gesprächsthemen. Zwei! Und am Sonntagmorgen um sechs Uhr soundsoviel, da gibt es noch nicht einmal ein einziges Thema. Da gibt es vielmehr überhaupt gar kein Thema.

An dieser Stelle der Erklärung ist der Papa dann ein bisschen laut geworden, obwohl es doch so früh war. »Kein Thema!«, hat er gesagt. Es gibt kein Thema, weil er, der Papa, sich überhaupt nicht in einem Gespräch, sondern vielmehr in einem Schlaf befindet! Und wenn einer der beiden zukünftigen Gesprächspartner sich noch in einem Schlaf befin-

-10-

det, dann muss der andere Gesprächspartner darauf verdammt noch mal Rücksicht nehmen und darf auf gar keinen Fall mit so einem dicken, fetten, hässlichen *übrigens* ins Zimmer platzen.

Sie haben es dann am letzten Sonntag geübt: das Um-acht-Uhr-Reinkommen-und-ein-Gespräch-Beginnen. Bis es klappte. O je! Jetzt hat Konrad so eine Ahnung. Und er ahnt ganz richtig.

»Raus und noch mal reinkommen!«, sagt der Papa unter der Decke.

»Muss das sein?«, sagt die Mama. Die Mama hat ein weiches Herz. Das wird immer wieder festgestellt.

»Okay«, sagt der Papa unter der Decke, »du hast ein weiches Herz. Einverstanden. Aber wer beschwert sich mehr darüber, wenn er nicht ausschlafen kann? Du oder ich?«

Das ist jetzt, was der Papa immer eine *rhetorische Frage* nennt. Rhetorische Fragen sind Fragen, auf die man nicht antworten muss, weil die Antwort feststeht. Und da die Mama trotz ihres weichen Herzens wirklich sehr sauer wird, wenn sie nicht ausschlafen kann, muss sie jetzt nicht antworten.

Rhetorische Fragen, denkt Konrad, sind etwas sehr Praktisches. Leider fallen den Eltern viel mehr davon ein als ihm selbst. Und leider macht ihm die Mama jetzt ein Zeichen, das tatsächlich bedeutet: Rausgehen und noch mal reinkommen.

Draußen auf dem Flur geht Konrad ein bisschen auf und ab, damit Mama und Papa Zeit haben einzuschlafen. Sie müssen ja schlafen, wenn er wieder reinkommt, sonst ist es nicht echt. Beim vierten Auf und Ab schaut er dann in Peters Zimmer und da sieht er, dass der seine Decke weggestrampelt hat und jetzt auf allen vieren schläft.

Konrad schaut sich das genauer an. Wie das aussieht! Den Hintern hoch und den Kopf auf den Vorderpfoten wie ein schlafender Hund. Neulich haben Papa und Mama abends vor Peters Bett gestanden, da schlief er auch so und da hat der Papa gesagt: »Ein Naturwunder.«

Das sollte Peter eigentlich wissen. Vielleicht freut es ihn.

»Übrigens«, sagt Konrad, »der Papa hat gesagt, du bist ein Naturwunder.« Dazu klopft er Peter auf den hochstehenden Hintern.

»Wa-has?«

»Ein Naturwunder. Du bist ein Naturwunder.«

»Boooh. Wie spät ist es?«

Das ist jetzt auch so eine rhetorische Frage. Peter ist nämlich fünf Jahre alt und versteht gar nichts von Uhrzeiten. Er redet nur nach, was andere so sagen. Also muss man ihm gar keine Antwort geben. Außerdem hat Konrad etwas anderes zu tun, als für kleine Brüder die Uhr abzulesen. Er muss ja jetzt richtig reinkommen. Also los!

Als erstes öffnet er langsam und vorsichtig die Tür zum Schlafzimmer. Sehr langsam und sehr vorsichtig, damit Mama und Papa keinen Schock bekommen. So ähnlich hat der Papa sich jedenfalls ausgedrückt. Und kaum ist er durch die Tür geschlüpft, schließt er sie auch schon wieder. Damit kein überflüssiger Lichtstrahl auf den Papa fällt. Der hat nämlich gesagt, möglicherweise sei er sonntagmorgens ein Vampir. Wenn aber Vampire zu viel Licht abbekommen, dann zerfallen sie zu Staub und das wäre doch schrecklich, denn dann müsste die Mama einen riesigen Staubhaufen aus dem Bett bürsten.

Jetzt ist Konrad also im Zimmer drin. Und hier ist es total dunkel. Kürzlich haben Mama und Papa neue Rollläden anbringen lassen und die schließen so dicht, dass nicht das kleinste Strählchen Licht hindurchkommt. »Hermetisch verschlossen«, hat der Papa gesagt und dabei komisch gelacht.

Konrad ist allerdings nicht sehr komisch zumute in dieser Dunkelheit. Er macht einen kleinen Schritt und sofort stößt er sich das Schienbein am Bett. Das tut weh, aber immerhin weiß er jetzt, wo er sich befindet. Was kommt als Nächstes? Richtig, als Nächstes muss er um das halbe Bett herum tasten, bis er die Ritze zwischen den beiden Matratzen spürt. Das ist nicht so schwierig und bald hat er sie gefunden.

Aber jetzt wird es wieder anstrengend. Denn jetzt muss er ins Bett hinein und auf allen vieren die Ritze hoch krabbeln, ohne dabei der Mama oder dem Papa mit den Knien oder den Ellenbogen in etwas Empfindliches zu stoßen oder mit seinem schrecklich harten Kopf der Mama oder dem Papa einen Zahn auszuschlagen oder die Nase einzudrücken. Am besten, er hält sich ganz flach und tastet zuerst mit den Händen nach vorne, bevor er weiterkrabbelt. Der Papa hat das ein paar Mal vorgemacht, aber leider hat Konrad dabei so schrecklich lachen müssen, dass ihm Tränen aus den Augen gelaufen sind und er gar nichts mehr hat sehen können.

Immerhin scheint er jetzt bei einem Kopf angekommen zu sein. Vermutlich ist es Papas. Papas und Mamas Köpfe sind gut zu unterscheiden. Mama ist weich im Gesicht und hat lange Haare, Papa hingegen hat kaum Haare auf dem Kopf, dafür ist er im Gesicht sehr kratzig. Besonders am Sonntagmorgen, weil er sich samstags nicht rasiert. Konrad tastet noch einmal zur Sicherheit alles ab. Kein Zweifel möglich, das hier ist einwandfrei der Papa. Das wäre geschafft.

Folgt schließlich der letzte Teil der Übung. Der ist allerdings ein bisschen peinlich. Denn Konrad selbst mag es zwar sehr, wenn man ihm über den Kopf streicht und dabei etwas Nettes ins Ohr flüstert. Aber anderen Leuten über den Kopf zu streichen und ihnen dabei etwas Nettes ins Ohr zu sagen, das findet er eher peinlich. Gut, dass es so dunkel ist. Konrad streichelt Papa über den Kopf und Papa schnurrt dazu wie die Katze von Tante Thea.

Das klappt also. Und jetzt etwas Nettes sagen. Konrad bringt seinen Mund ganz nah an Papas Ohr.

Bah! Papa riecht nach Knoblauch. Kindergift! Mama und Papa waren gestern in einem Restaurant und in den Restaurants, in die Mama und Papa ohne Konrad und Peter gehen, gibt es nur Kindergift. Die ganze Speisekarte rauf und runter. Kindergift mit doppelt Knoblauch. Konrad findet das schrecklich.

»Übrigens!«, sagt er. »Du riechst wieder nach Knoblauch.«

»Konrad!«, sagt die Mama und der Papa macht ein knirschendes Geräusch.

Da geht die Tür auf – und mit einem Schlag ist es wieder ziemlich hell im Schlafzimmer.

»Übrigens!«, sagt Peter. »Ich kann nichts dafür, dass ich wach bin. Da!«, er zeigt ins Bett, wo Konrad mittlerweile halb auf Papas Kopf sitzt. »Der Konrad! Der hat mich geweckt.«

»Prima«, sagt die Mama und steht auf. »Ich geh dann mal duschen.«

Der Papa sagt auch etwas, aber man kann es nicht

hören, weil Konrad kurz zuvor mit seinem Knie gegen Papas Kopf gestoßen ist und der Papa sich jetzt mit beiden Händen die Nase hält.

»Erzählst du uns eine Geschichte?«, sagt Peter. Er krabbelt auch ins Bett und als er versucht, über Konrad hinweg zu steigen, trifft er ihn mit dem Ellenbogen am Auge. Konrad schreit aber nur ein bisschen. Dann ruft er »Ja! Erzählst du uns eine Geschichte?«

Und alle drei, Papa, Konrad und Peter, wissen genau, dass das eine ganz einwandfrei rhetorische Frage ist.

Die Waldschlange Anabasis

Eine rhetorische Frage ist das, weil der Papa gar nicht anders als mit einem kräftigen »Ja« antworten kann. Denn erstens erzählt er Konrad und Peter immer Geschichten und zweitens hat er erst gestern Morgen eine neue angefangen.

Trotzdem sagt er nicht einfach »Ja«, sondern: »Ihr seid Tyrannen.«

»Was sind Tü-Rannen?«, sagt Peter.

»Tyrannen«, sagt der Papa, »das sind Gewaltherrscher.«

»Hm«, sagt Konrad.

Wenn Konrad »Hm« sagt, dann klingt das für fremde Menschen so, als würde er meinen: »Ach, so ist das.« Oder: »Super, das habe ich genau verstanden.« Sein Papa und seine Mama wissen aber mittlerweile, dass er damit etwas ganz anderes meint. Und zwar meint er: »Ich habe überhaupt nichts verstanden.« Oder auch: »Das gefällt mir nicht.«

Jedenfalls muss der Papa das Wort *Tyrannen* etwas genauer erklären. »Tyrannen«, sagt er, »das sind in unserem Fall Menschen zwischen fünf und zehn Jahren, die keinerlei Rücksicht auf das Schlafbedürfnis ihrer Eltern nehmen.«

Aha! Die Unterhaltung beginnt gefährlich zu werden. Statt einfach weiter die Geschichte zu erzählen, will der Papa offenbar wieder einmal davon reden, was für eine unerträgliche Zumutung das eigentlich ist, frühmorgens von einem kaum erwachten Menschen zu verlangen, er solle eine Geschichte erzählen. Wenn er wenigstens eine fertige Geschichte erzählen könnte! Aber seine schrecklichen Söhne verlangen ja von ihm, dass er sich jedes Mal eine frische Folge aus einer komplett selbst erfundenen Fortsetzungsgeschichte für sie ausdenkt.

Zum Glück ist Konrad schon einigermaßen geschickt darin, das Thema zu wechseln. »Wie groß ist die Waldschlange eigentlich?«, fragt er jetzt.

»Sieben Meter«, sagt der Papa. »Im Ruhezustand. Gestreckt knapp neun.« Dabei streckt er sich.

Geschafft. Denn damit sind sie endlich bei der Geschichte, die gestern Morgen angefangen hat. Die handelt nämlich von der Waldschlange Anabasis, die tief in einem großen und undurchdringlichen Urwald einen merkwürdigen Erdhügel bewacht. Tag und Nacht tut sie das, seit Hunderten von Jahren, und gestern Morgen hat der Papa sehr ausführlich erzählt, welche längst ausgestorbenen Tiere schon bei ihr vorbeigekommen sind und sie gefragt haben, was sie da bewache, worauf die Waldschlange immer wieder gesagt hat, das könne sie nicht sagen, denn das sei ein großes Geheimnis.

Wenn Konrad ganz ehrlich sein müsste, dann würde er sagen, dass dieser Anfang der Waldschlangen-Geschichte nicht unbedingt sehr viel versprechend geklungen hat. Möglicherweise war der Papa gestern Morgen so müde, dass ihm nichts anderes eingefallen ist, als irgendwelche Saurier an dieser Waldschlange vorbeilaufen zu lassen. Ungefähr so wie in den blöden Büchern, die Konrad früher gelesen hat, als er noch nicht lesen konnte. Da gab es diese Tiere, die anderen Tieren ein Loch in den Bauch fragten. Eine Kuh, die ihr Kälbchen verloren hatte, oder ein Krokodil, dem sein Baby-Krokodil abhanden gekommen war. Die ausgefragten Tiere sagten dann immer hübsch freundlich »Nein danke, bei mir nicht« oder etwas Ähnliches, bis dann das Kälbchen und das Baby-Krokodil irgendwo auftauchten und alle sich tierisch freuten und das blöde Buch zu Ende war.

Allerdings weiß Konrad auch, dass es sehr ungeschickt wäre, gleich die erste Folge einer neuen Fortsetzungsgeschichte nicht gut zu finden und das auch noch laut zu sagen. Dann wäre nämlich der Papa beleidigt und das wiederum würde sich schlecht auf die Qualität der nächsten Folgen auswirken. Immerhin aber hat Konrad sich vorgenommen, dafür zu sorgen, dass bald etwas Spannenderes mit dieser Waldschlange passiert.

»Du, Papa«, sagt er daher gleich, »wie hießen

noch mal diese Leute, die dann den Erdhügel gefunden haben?«

»Leute?«, sagt der Papa. Möglicherweise war er gestern Morgen sogar so müde, dass er sich überhaupt nicht daran erinnert, was er da im Halbschlaf vor sich hin gemurmelt hat. Davon sagt er aber nichts.

»Welche Leute?«, sagt er stattdessen.

»Na, diese Leute eben!«, sagt Konrad.

»Ja, diese Leute«, sagt auch Peter. Und weil er sich immer bewegen muss, wenn er etwas sagt, tritt er dem Papa dabei ganz unabsichtlicherweise ein bisschen in den Bauch.

»Puuh«, sagt der Papa. »Die Leute, die Leute – ja! – das waren die Leute von der Urwaldexpedition Nummer römisch Drei Strich Sieben unter der Leitung des weltberühmten Spezialwissenschaftlers Professor Doktor Franzkarl Forscher.«

»Aha«, sagt Konrad. Also Urwaldexpedition Nummer römisch Drei Strich Sieben. Und weltberühmter Wissenschaftler Franzkarl Forscher. Sehr abenteuerlich klingt das gerade nicht. Aber immer noch besser als diese Saurierparade.

»Ihr müsst euch das so vorstellen«, sagt der Papa, »mittlerweile sind wir im 21. Jahrhundert angekommen. Also heute.« Er kneift Peter ins Bein. »Welches Jahr haben wir heute?«

»Zweiundzwanzigtausend«, sagt Peter prompt.

»Beinahe«, sagt der Papa. »Und genau in diesem Jahr hat eine große Forschungs-Zentrale beschlossen, die Expedition Nummer römisch Drei Strich Sieben unter der Leitung des besagten Franzkarl Forscher in den undurchdringlichen Urwald zu schicken, auf dass sie dort das Geheimnis des merkwürdigen Erdhügels ergründe.«

»Woher wussten die denn von dem Hügel?«, sagt Konrad. »Der liegt doch mitten im undurchdringbaren Dschungel. Hast du selbst gesagt.«

Jetzt lacht der Papa. Konrad und Peter kennen dieses Lachen. So lacht der Papa, wenn er etwas viel besser weiß als alle anderen Menschen auf dem Planeten Erde.

Und richtig! »Luftaufnahmen«, sagt er triumphierend. »Luftaufnahmen aus einem Satellit. Mit Radar!« Damit könne man aus 83 Kilometern Höhe einen Lutscher fotografieren und auf dem Foto sei dann genau zu erkennen, ob der Lutscher schon angelutscht ist und wer das getan hat. Genau so sei man in der Forschungs-Zentrale auch auf den seltsamen Erdhügel aufmerksam geworden.

»Was ist ein Satell-tit?«, sagt Peter.

»Uaaah!« Konrad weiß längst, was das ist. Er will lieber wissen, wie die Geschichte weitergeht.

»Stopp!«, sagt der Papa. Es ist nämlich vollkommen richtig, dass man fragt, sobald man etwas nicht versteht. Wie oft hat er das schon gesagt! Und also fängt er an, sehr genau zu erklären, was die Erde ist, was der Weltraum ist, was eine Erdumlaufbahn ist und was man sich infolgedessen unter einem Satelliten vorzustellen habe. Konrad wird dabei das Gefühl nicht los, dass der Papa sich irgendwie um die Geschichte zu drücken versucht. Endlich ist er mit dem Satelliten-Erklären fertig.

Immerhin aber scheint ihn diese Erklärerei ein bisschen frischer gemacht zu haben, denn er klopft sich sein Kissen zurecht und setzt sich auf. »Also«, sagt er. »Da kommen nun Franzkarl Forscher und sein Expeditionsteam an dem rätselhaften Erdhügel an. Große Strapazen liegen hinter den kühnen Männern und Frauen. Vor wenigen Stunden erst haben sie die reißenden Wasser des Obernoko in schmalen Kanus durchschifft und am Tag zuvor wären sie beinahe das Opfer eines Angriffs von fingerlangen Kampfameisen geworden. Doch nun sind sie am Ziel. Sie schlagen ein Zeltlager auf, sie richten sich eine kleine Küche ein, machen erst einmal Kaffee für alle, holen die Streuselkuchen und die Puddingteilchen aus den Frischhaltedosen, essen alles ratzeputz auf, machen ein kleines Schläfchen im Schatten und dann – tja, dann packen sie alle ihre empfindlichen Messinstrumente aus.«

»Fieberthermometer!«, sagt Peter.

»Richtig«, sagt der Papa. »Sie packen ihre Fieberthermometer aus, ihre Seismographen, ihre Oszil-

-22-

lophone, ihre Regressimpulsgeber und ihre Spektralanalysekonvertoren. Die stellen sie alle rund um den geheimnisvollen Erdhügel auf und schließen sie mit Kabeln an eine riesige Batterie, dann setzen sie sich vor ihre Kontrollmonitore und schauen sich an, was die vielen Geräte anzeigen: wunderbare Sinus-Kurven, herrliche Parabel-Äste, rautenförmige Cluster und strategische Datenballungen.«

»Hm«, sagt Konrad.

Der Papa überhört das »Hm« und erzählt weiter. Er ist jetzt so richtig in Fahrt. »Das alles«, sagt er, »kann natürlich der Waldschlange Anabasis nicht verborgen bleiben. Und nach den vielen Tausend Jahren, in denen sie das Geheimnis des Erdhügels sorgsam bewahrt hat, verzehrt sie sich nun in brennender Sorge darüber, ob diese hochmodern ausgerüstete Forschertruppe ihr nicht das Geheimnis zu entreißen in der Lage ist.«

Jetzt muss Peter sich wieder bewegen, obwohl er gar nicht weiß, was er sagen soll.

»Still liegen!«, sagt der Papa. Er kann es nun einmal nicht leiden, beim Erzählen getreten zu werden.

»Weiter!«, sagt Konrad.

»Ach«, sagt der Papa. »Die arme Waldschlange.« Seine Stimme zittert ein wenig, so als müsste er gleich weinen. »Bebend vor Sorge beobachtet sie aus ihrem Versteck in der Krone eines Tatyrusbaumes, wie das Forscherteam rund um den merkwürdigen Erdhügel vor sich hin forscht. Und dauernd muss sie darüber nachdenken, was sie bloß tun könnte, um die unliebsamen Eindringlinge wieder weg von dem Erdhügel und am besten ganz aus dem Wald heraus zu treiben.«

Jetzt weiß Peter, was er sagen will. »Die Waldschlange!«, sagt er aufgeregt. »Die Waldschlange. Die Waldschlange.«

Wenn Peter aufgeregt ist, dann drängeln sich die Wörter von innen vor seinem Mund; und weil jedes als erstes hinaus will, passiert es oft, dass nur ein oder zwei heraus kommen und danach gar keines mehr. Jetzt ist so ein Fall und daher macht der Papa, was er immer macht, wenn Peter einen Wörterstau hat. Er bläst ihm nämlich leicht ins Ohr. Das kitzelt ganz furchtbar, Peter muss deshalb lachen und dabei werden die Wörter in seinem Mund so durcheinander geblasen, dass sie endlich der Reihe nach zwischen den Lippen heraus kommen können.

»Die Waldschlange muss sich einen Panzer kaufen und auf die Forscher schießen!«

»So?« Nein, das gefällt dem Papa gar nicht. Warum bloß muss in den Vorschlägen der Jungs immer so viel geschossen werden? Das ist doch keine Lösung, immer gleich aufeinander zu schießen.

Konrad ist ganz seiner Meinung. Er hat auch schon einen eigenen Vorschlag: »Die Waldschlange soll Franzkarl Forscher mit ihren Giftzähnen ins Bein beißen. Davon bekommt er zuerst eine Nervenlähmung, dann Atemstillstand und nach zehn Minuten fällt er tot um.«

»Ich fasse es nicht!«, sagt der Papa. Das wollen wissbegierige Kinder sein! Schlagen sich sofort auf die Seite dieser forschungsfeindlichen Waldschlange. Dabei habe die Menschheit doch ein Anrecht darauf, dass merkwürdige Erdhügel erforscht werden. »Wo kämen wir denn hin«, sagt der Papa, »wenn alles Forschen verboten würde? Ohne Forschung gibt's kein *Lego*, ohne Forschung gibt's keine *Pippi-Langstrumpf*-Kassetten und ohne Forschung gibt's keine *Sams*-CD. Also bitte, meine Herren – ein anderer Vorschlag!«

»Ph«, sagt Konrad und Peter macht ein Gesicht, als müsste er gleich weinen.

Das hat der Papa natürlich nicht gewollt. »Gut, gut«, sagt er. »Vielleicht habt ihr ja Recht.« Aber zuerst müsse man doch erfahren, warum die Waldschlange unbedingt das Geheimnis des Erdhügels bewahren will. Und erst wenn man das wisse, dann könne man sich ein Urteil darüber erlauben, wie es weitergehen soll: ob diese forschen Forscher munter forschen oder ob sie aus dem Wald verschwinden sollen.

»Und was ist das Geheimnis?«, sagt Konrad.

»Und was ist das Geheimnis?«, sagt Peter.

»Das Geheimnis«, sagt der Papa. »Das Geheimnis –« Er unterbricht sich. »Hat die Mama nicht gerade zum Frühstück gerufen?«

»Nein«, sagt Konrad. Auf gar keinen Fall hat die Mama gerade zum Frühstück gerufen!

»Also, das Geheimnis«, sagt der Papa, »das Geheimnis des Erdhügels besteht darin, dass –«

»Ja?«

» – dass darunter ein riesiger, geschliffener Kristall verborgen ist. Zehn Meter hoch und fünf Meter breit. So!«, sagt der Papa. »Jetzt wisst ihr's!«

»Ein riesiger, geschliffener Kristall!«, sagt Peter. Das ist vielleicht ein Zufall! Denn Peter interessiert sich in letzter Zeit ungeheuer stark für Edelsteine und Kristalle und überhaupt für Schätze und Piraten und dergleichen. Bei der Vorstellung von einem dermaßen riesigen Kristall muss er daher ziemlich kräftig mit den Beinen strampeln.

Der Papa rutscht vorsichtshalber ein Stück zur Seite. »Jawohl«, sagt er. »Ein riesiger, in allen Farben funkelnder Kristall. Oben spitz und unten eher stumpf. Aber das kann man natürlich nicht sehen, denn er steckt zu mehr als der Hälfte in der Erde und Erde ist auch über dem Stück, das herausschaut, so dass von außen wie gesagt nichts anderes zu sehen ist als ein merkwürdig geformter Erdhügel.«

Der Papa ist sehr stolz auf seine Geschichte. Wenn er stolz auf seine Geschichten ist, dann hat er so einen bestimmten, sehr schwer zu beschreibenden Ton in der Stimme.

»Hm«, sagt Konrad. »Aber warum muss die Waldschlange den Kristall bewachen?«

Doch darauf bekommt er keine Antwort mehr. Denn jetzt ruft die Mama tatsächlich zum Frühstück. Woraufhin der Papa so schnell aus dem Bett springt, dass er beinahe auf Peters Bein getreten wäre.

Das Dransfeld

Am Frühstückstisch sitzt Konrad so, dass er aus dem Fenster gucken kann. Darauf legt er allergrößten Wert; es wäre ihm unerträglich irgendetwas zu versäumen, das sich draußen auf der Straße abspielt.

Die Bantelmanns wohnen nämlich erst seit drei Wochen in ihrem neuen, eigenen Haus; seit dem Beginn der großen Schulferien. Dieses neue und eigene Haus steht mit vielen anderen neuen Häusern, die dem Haus der Bantelmanns sehr ähnlich sind, in der Hedwig-Dransfeld-Straße. Und weil hier alles so neu ist, kann sich Konrad auch nicht die kleinste Kleinigkeit entgehen lassen.

Noch vor drei Wochen haben die Bantelmanns in der Danziger Straße gewohnt, mitten in der Stadt, dritter Stock, Tür rechts. Von der Danziger Straße zur Hedwig-Dransfeld-Straße ist es eine ziemliche Strecke. Konrad kennt den Weg mittlerweile genau, denn während das Haus gebaut wurde, sind sie ihn Hunderte Male gefahren. Zuerst geht es aus der Stadt hinaus, die Steinbecker Straße entlang, an der die Häuser rechts und links immer kleiner werden. Bei der letzten großen Kreuzung vor dem Kanal, da, wo der neue Supermarkt steht, muss man nach rechts in eine Landstraße abbiegen. Eine Zeitlang sieht es dann so aus, als käme gar nichts mehr, aber schließlich kommt doch die Hedwig-Dransfeld-Straße. Sie biegt in Richtung Kanal ab, macht ohne besonderen Grund ein paar Kurven und eine Schlaufe und führt am Ende wieder zur Landstraße zurück.

Bis zu den Sommerferien ist Konrad noch in seine alte Schule in der Frankfurter Straße gegangen, vierte Klasse, Lehrerin Frau Schwenkenberg. Aber damit ist jetzt Schluss und das ist schade. Denn die Frankfurter Straße war gar nicht so weit weg von der Danziger, Frau Schwenkenberg war als Lehrerin ganz nett und Konrad hatte ein paar Freunde in der vierten Klasse, die er an den Nachmittagen besuchen konnte. In ein paar Wochen, wenn die Ferien vorbei sind, wird er in eine andere Schule gehen und dort wird er niemanden kennen. Die Schule hat er schon einmal gesehen. Sie liegt in der Nähe des neuen Supermarktes und es gibt sie noch gar nicht so lange.

Es ist eben alles neu hier draußen. Sogar die Hedwig-Dransfeld-Straße ist ganz neu. Sie ist erst zusammen mit den Häusern gebaut wurden. Vorher war die ganze Gegend eine große, sumpfige Wiese. Dann kamen die Baufahrzeuge, zerfuhren alles zu Matsch und die Bauarbeiter bauten fast gleichzeitig die vielen ähnlichen Häuser. Es sind sogenannte Doppelhäuser, jedes Haus für zwei Familien und zwei Autos, von Nummer 1a bis Nummer 47b. Alle zusammen heißen sie jetzt die Hedwig-Dransfeld-Siedlung oder kürzer die Dransfeld-Siedlung oder noch kürzer: das Dransfeld.

»Wer ist eigentlich Hedwig Dransfeld?«, hat Konrad gefragt, als sie vor etwa zwei Jahren zum ersten Mal mitten in der nassen Wiese vor einem großen Schild standen und der Papa davon ablas, dass hier demnächst die Hedwig-Dransfeld-Straße sowie 47 Doppelhäuser sein würden.

»War«, hat der Papa gesagt. Die Frau Dransfeld sei nämlich leider schon tot. Totsein, hat der Papa noch gesagt, ist nun einmal eine Voraussetzung dafür, dass man eine Straße mit seinem Namen bekommt.

»Hm«, hat Konrad gesagt.

Was ihm der Papa dann noch über Frau Dransfeld erzählt hat, konnte er leider nicht genau behalten. Entweder war Frau Dransfeld eine große Erfinderin oder sie hat Politik gemacht oder sie war eine Hexe und wurde verbrannt. Am schönsten wäre es natürlich, sie wäre eine Hexe gewesen. Wenn sie allerdings wirklich verbrannt worden ist, wäre das Konrad unangenehm. Man wohnt ja nicht so gern in einer Straße, die nach einer verbrannten Hexe heißt.

Doch vom Namen abgesehen ist die Dransfeld-Straße ein großartiger Ort zum Wohnen. Das fängt damit an, dass die Häuser sich alle so ähnlich sehen. Das allein ist schon ziemlich lustig. Als sie noch gebaut wurden und keine Nummern neben den Türen hatten, ist Konrad regelmäßig nicht in das zukünftige Haus Nummer 17a, sondern in irgendein anderes Haus gegangen. Peter hat überhaupt nichts verstanden. Meistens hat er sogar zu weinen angefangen, wenn sie am Rand des Schlammfeldes parkten oder wenn sie durch die Pfützen gingen. Er kenne sich gar nicht aus, hat er dann gesagt. Er war ja auch erst drei oder vier.

Die Häuser sind alle sehr schön. Im ersten Stock, gleich über der Haustür, haben sie ein hohes, spitzes Fenster, durch das viel Licht in den oberen Flur kommt. Für dieses Fenster, hat der Papa einmal gesagt, müsse man den Architekten sehr loben. Es sei eine ausgewogene und angenehm funktionale, dabei aber doch traditionelle Komponente. Und dann hat der Papa gelacht und die Mama hat gesagt: »Nun lass doch.«

Außerdem haben die Häuser sehr schöne und ganz hell angestrichene Regenwasserrohre, die in verschiedenen Biegungen von den Regenrinnen hinunter in die Vorgärten laufen. Zwischendurch hören diese Rohre auch einmal auf und spucken ihr Wasser in ein Becken, von wo es dann weiter in ein anderes Rohr fließt. Bei Platzregen ist das wunderbar anzusehen und man ärgert sich gar nicht mehr über das schlechte Wetter.

Vorne vor der Tür hat jedes Haus in der Dransfeld-Straße einen ganz kleinen Garten und hinten, hinter der Terrasse, einen etwas größeren. Bevor dort Gras gesät und kleine Buchsbaumhecken gepflanzt wurden, bestanden diese beiden Gärten aus nichts als fantastischem schwarzen Lehm und wurden daher für Konrad und Peter gesperrt. Es sei nämlich zu befürchten, hieß es, dass der Lehm mit ihnen zusammen nach drinnen kommen könnte. Was ja auch nicht gut gewesen wäre. Denn drinnen im Haus ist alles weiß oder wenigstens ganz hell. Lehm hätte hier wirklich nichts zu suchen.

Übrigens ist es nicht nur weiß oder hell im Haus, es ist auch ganz anders als in der Wohnung, in der die Bantelmanns bis jetzt gewohnt haben. Sogar die Steckdosen und die Wasserkräne und die Türgriffe und die Heizkörper und die Fußleisten sehen ganz anders aus und fühlen sich auch ganz anders an. Noch immer gehen Konrad und Peter manchmal bloß durch die Zimmer und probieren, wie anders sich die Sachen anfühlen. Mama sieht das nicht so gerne.

Ganz besonders anders ist, dass Konrad und Peter jetzt je ein eigenes Zimmer haben. Das Hochbett, in dem sie auf der Danziger Straße geschlafen haben, ist in zwei Betten zersägt worden und sie haben viele neue Möbel bekommen. So allein zu schlafen ist noch ein bisschen fremd, besonders für Peter. Deshalb gilt bis zum Ende der Schulferien die Regel, dass Konrad abends nach dem Geschichte-Erzählen noch in Peters Bett bleiben darf, bis der eingeschlafen ist. Oder er selbst. Oder beide.

Als die Bantelmanns vor drei Wochen in das neue Haus einzogen, da hätte ihr Möbelwagen beinahe keinen Parkplatz gefunden. Es sah im Dransfeld aus wie bei einem Familientreffen von Möbelwagenbesitzern; offenbar wollten sämtliche Dransfelder zur gleichen Zeit in ihre neuen Häuser. Alle haben darüber sehr geschimpft, denn dauernd standen sie einander auf den Füßen und es soll sogar vorgekommen sein, dass ein paar Möbel ins falsche Haus getragen wurden. Die Umzieherei dauerte dann auch viel länger als geplant, bis spät in die Nacht mussten die Umzugskisten sortiert werden und dann mussten die Möbelwagenfahrer noch eine Zeitlang winken und schimpfen, bis sie alle ihre Wagen aus dem Dransfeld heraus bekommen hatten, ohne sich ineinander zu verkeilen.

Schon an diesem Umzugstag hat Konrad begonnen, das Dransfeld ganz genau zu untersuchen und seine Untersuchungs-Ergebnisse aufzuschreiben. Er hat dafür ein kleines Hausaufgabenheft genommen, das er im letzten Schuljahr noch angefangen hatte, auf dem aber nur die erste Seite beschrieben war. Die hat er herausgerissen, auf die nächste hat er geschrieben: *Dransfeld-Untersuchung* und seitdem notiert er alles, was er herausfindet, in dem kleinen Heft.

Konrads erstes Untersuchungs-Ergebnis war, dass nicht nur die neuen Häuser im Dransfeld einander ziemlich ähnlich sind, sondern auch die neuen Bewohner. Zum Beispiel haben sie alle einen *Volkswagen Passat* oder wenigstens ein Auto, das so ähnlich aussieht. Jedenfalls muss es länglich sein und eine Heckklappe haben. Und auf der Heckklappe muss ein »Baby-an-Bord«-Aufkleber sein. Entweder ein neuer oder einer, der schon halb abgerissen ist oder den die Waschanlage ganz blass geschrubbt hat.

Außerdem sind immer ein Vater und eine Mutter in eine der Doppelhaushälften eingezogen und die haben jeweils zwei Kinder. Das heißt, manche haben nur eines und ein paar auch drei, aber die meisten haben zwei und wenn die, die drei haben, denen, die nur eins haben, eins abgeben würden, dann hätten alle zwei. Konrad hat das in seinem Heft nach den Regeln der Durchschnittsberechnung ausgerechnet und es hat beinahe genau gestimmt. Allerdings könnte es sein, dass ein paar von den Müttern demnächst noch ein Baby kriegen werden, und das würde seine Rechnung ziemlich verderben.

Doch das wäre nicht schlimm. Denn es bliebe ja dabei, dass er und Peter jetzt auf einen Streich sehr viele Kinder zum Spielen bekommen haben. Eine einfache Rechnung: 47 Doppelhäuser mal zwei Familien mal zwei Kinder macht maximal 188 Kinder! Und alle in der nächsten Nachbarschaft. In dem großen Haus in der Danziger Straße hatte überhaupt niemand gewohnt, mit dem man spielen konnte. Erst drei Häuser weiter wohnte Philipp und bis zum Justus war es schon so weit, dass Konrad erst seit dem dritten Schuljahr allein hingehen durfte. Vorher hatten Mama und Papa ihn jedes Mal abholen müssen und dabei hatten sie oft vom »kindgerechten Wohnumfeld« gesprochen. Was das ist, das weiß Konrad jetzt. Bald wird er so viele Kinder im Dransfeld kennen, dass er sich, theoretisch betrachtet, ein Jahr lang jeden zweiten Tag mit einem anderen wird verabreden können. So ungefähr jedenfalls.

Natürlich hat Konrad in den drei Wochen noch nicht alle anderen Kinder kennen gelernt, aber bald wird er damit durch sein. Es ist nämlich ganz leicht, die anderen Kinder im Dransfeld der Reihe nach kennen zu lernen. Überall stehen dauernd die Haustüren offen, weil die Leute noch etwas hinein- oder hinaustragen oder weil sie in ihren kleinen Vorgärten arbeiten. Und die einfachste Methode, alle anderen Kinder rasch kennen zu lernen, ist es, von der Nummer 17a schnurstracks durch eine der offenen Türen zu spazieren.

Konrad geht dann durch den Flur und die Treppe hinauf. Oben sind zwei Türen direkt nebeneinander, in den a-Häusern sind sie rechts, in den b-Häusern links von der Treppe – das sind die Kinderzimmer. Das ist in allen Häusern gleich und auf den meisten dieser Türen kleben auch schon die Namen der Kinder in bunt angemalten Holzbuchstaben. Da kann Konrad dann sehen, ob hinter der Tür ein Junge oder ein Mädchen wohnt und wie sie heißen.

Wenn da nun ein Mädchen wohnt, oder gar zwei, dann geht Konrad leise-leise wieder die Treppe hinunter und macht sich möglichst unerkannt aus dem Staub. Pech gehabt, doch man kann ja nicht mit Mädchen spielen.

Wohnt da aber ein Junge, dann braucht er nur anzuklopfen und wenn jemand »Herein!« ruft, dann geht er hinein und sagt: »Hallo Sebastian, ich bin der Konrad aus Nummer 17a« oder »Hallo Christoph«, »Hallo Fabian«, »Hallo Viktor« oder wie es eben gerade richtig ist. Alles andere ergibt sich dann von selbst.

Seit der letzten Woche nimmt Konrad zu diesen Besuchen auch Peter mit. Manchmal waren die Jungen nämlich nicht im richtigen Alter. Einmal hat Konrad bei einem Michael angeklopft, der hat auch richtig laut »Herein!« gesagt, aber dann saß da ein ziemlich kleiner Junge auf dem blauen Teppichboden und spielte mit ziemlich großen Holzklötzen. Das war schon peinlich. Doch zu allem Überfluss stand dann plötzlich eine Mutter in der Tür und sagte, das sei aber nett, dass jemand komme, um mit dem Michael zu spielen, woraufhin Konrad geschlagene zwei Stunden auf dem blauen Teppichboden sitzen und mit den ziemlich großen Klötzen spielen musste.

Damit das nicht mehr vorkommen kann, wird jetzt Peter mitgenommen und wenn wieder so ein Kleiner hinter der Tür ist, dann sagt Konrad eben: »Hallo Michael, hier ist mein Bruder Peter. Wollt ihr nicht zusammen spielen?« Und wenn die das wollen, und die wollen das eigentlich immer, dann kann Konrad seinen kleinen Bruder dalassen und rasch weitergehen zur nächsten offenen Tür und zum nächsten Kind im richtigen Alter.

Die Sache ist übrigens völlig gefahrlos. Normalerweise nimmt man ja nicht seinen kleinen Bruder an die Hand und stellt ihn irgendwo bei fremden Leuten ab. Alles, bloß das nicht! Aber hier im Dransfeld herrschen andere Gesetze. Das hat der Papa gesagt. Hier könne man sich völlig sicher sein und jeder sei für den anderen da. Der Papa hat das gesagt, als sie an ihrem zweiten Tag im Dransfeld beim Abendessen saßen und nacheinander fünfzig

Leute klingelten und ihn darauf aufmerksam machten, dass an seinem *Passat* das Licht brenne.

»So sind sie«, hat der Papa gesagt, »die Leute, die ins Dransfeld gezogen sind. Immer in Sorge um ihre Nachbarn!« Bei denen kann man seinen kleinen Bruder bedenkenlos unterstellen. Entweder man holt ihn später ab oder die Leute bringen ihn selbst zurück.

Papa und Mama sind auch ganz einverstanden mit diesem Verfahren. Denn wenn die Nachbarn den Peter zurückbringen, dann bleiben sie meistens noch ein bisschen. Dazu werden sie von Mama allerdings auch sofort eingeladen. Sie bekommen zu essen und zu trinken. Das wollen sie zwar nicht, sagen sie immer, doch dann essen und trinken sie alles auf und erzählen dabei.

Meistens erzählen sie davon, was an ihrem Haus besonders gut und was besonders schlecht funktioniert. Zum Beispiel ist die Fußbodenheizung ein einziger Traum, aber die Kippfenster sind eine Katastrophe. Oder sie erzählen, welche Probleme sie mit den Leuten aus der anderen Hälfte ihres Doppelhauses haben. Dass man sich mit denen nicht darüber einigen könne, wohin die Bioabfalltonne und wohin die Restmülltonne gestellt werden sollen. Oder sie erzählen überhaupt, wer sie so sind und was sie so machen und ganz besonders, was sie gut finden in der Welt und was nicht.

»Bring ruhig den Peter, wohin du willst«, hat der Papa gesagt. Es sei sehr erfrischend, so viele Menschen mit so vielen verschiedenen Problemen kennen zu lernen. Man bekomme dadurch eine genaue Vorstellung von der ganzen Welt. Er hat dann noch etwas mehr sagen wollen, aber die Mama hat ihn irgendwie zum Schweigen gebracht.

Seit letzter Woche nimmt Konrad aber nicht nur seinen kleinen Bruder mit auf seine Dransfeld-Expedition. Seit letzter Woche führt er auch eine sehr genaue Liste über die Kinder, die er kennen gelernt hat. Das wurde nötig, denn zweimal schon hat Konrad sich vertan und ist in ein Haus gegangen, in dem er schon gewesen war. Beide Male natürlich Häuser mit Mädchen!

Die neue Liste ist natürlich im Dransfeld-Heft, sie zieht sich über mehrere Seiten und hat vier Spalten. Ganz links steht nur eine Nummer. Das ist die Hausnummer. Konrad hat vorsorglich schon alle Nummern von 1a bis 47b hineingeschrieben. In der zweiten Spalte steht dann ein Name, Christoph oder Sebastian oder Viktor oder Julian; das sind die Kinder, die in diesen Häusern wohnen. Natürlich werden nur die aufgeschrieben, die als Spielkameraden in Frage kommen, also Jungen im richtigen Alter. Wo nur Mädchen wohnen, macht Konrad einen dicken roten Strich.

Die mit Abstand wichtigste Spalte aber ist die

dritte. Denn da steht, was die Kinder besonders gern und was sie besonders ungern machen. Hinter Christoph steht zum Beispiel: »mag kein *Lego*«, hinter Sebastian steht: »hat *Irre Käfer Zwei*« und hinter Viktor steht: »kann sehr gut Schach«.

Jedes Mal, wenn Konrad jetzt ein neues Kind besucht hat, macht er auch eine neue Eintragung in die Liste. Demnächst wird sie vollständig sein. Und dann wird sie ihm sehr gute Dienste tun. Wenn er dann zum Beispiel einmal keine Lust hat, *Lego* zu spielen, dann sieht er, dass er am besten zu Christoph gehen sollte, denn der hat nie im Leben Lust auf *Lego*. Und wenn es ihn mal wieder jucken sollte, *Irre Käfer Zwei* zu spielen, dann heißt es: ab zu Sebastian, denn der sitzt zu jeder Tageszeit am Computer. Und so weiter und so weiter.

Ziemlich wichtig ist aber auch die vierte Spalte ganz rechts. Da steht nämlich, wer einen kleinen Bruder hat, der gerne mit Peter spielt. Dahin kann man gehen, kann den Peter mitnehmen und hat ihn dann trotzdem nicht die ganze Zeit zwischen den Füßen herumwuseln. Und wenn man abends zu zweit wieder nach Hause kommt, heißt es sogar, man habe sich den ganzen Nachmittag über um seinen kleinen Bruder gekümmert. Was eines der dicksten Lobe ist, die man überhaupt bekommen kann.

Gestern Morgen haben übrigens Mama und Papa

diese Liste zum ersten Mal gesehen. Konrad hat nämlich beim Frühstück noch eine Eintragung gemacht. Die beiden haben dann die Liste gelesen und sehr unterschiedlich reagiert, was sonst eher selten vorkommt. Der Papa hat die Hände vors Gesicht geschlagen, ist aus dem Zimmer gegangen und hat gesagt, sein Sohn sei dermaßen dem Konsumrausch verfallen, dass er jetzt sogar seine Nachbarschaft in einen Warenhauskatalog verwandele.

Das hat Konrad nicht so ganz verstanden.

Die Mama hingegen hat gesagt, man solle sich nicht aufregen; und außerdem sei es wirklich eine sehr gute Idee gewesen, ins Dransfeld zu ziehen.

Trotzdem hat Konrad die Liste heute Morgen nicht mehr mit zum Frühstück gebracht. Man soll ja nach Möglichkeit allen Streit vermeiden. Und besonders am Sonntagmorgen, wenn die Familie darüber beschließt, was man unternehmen soll.

»Zoo!«, sagt Peter.

Ein guter Vorschlag. Und weil die Bantelmanns eine Jahreskarte für den Zoo haben und weil die Jahreskarte sich nur lohnt, wenn man recht oft in den Zoo geht, deshalb sind alle einverstanden.

Aus lauter Begeisterung darüber kippt Peter seinen Kakao um.

Rivalen am Obernoko

Jeden Abend, wenn Konrad und Peter gerade im Bett liegen, werden sie gefragt, was das Beste am Tag war und was das Blödeste. Papa und Mama haben das eingeführt, weil es eine wertvolle Hilfe bei der Erziehung ihrer wunderbaren Söhne ist. – Also?

»Der Zoo«, sagt Peter. Er liegt in seinem Bett an der Wandseite und drückt sich seine Stoffmaus aufs Gesicht. Die Stoffmaus heißt Lackilug und ist schon ziemlich alt, hat dafür aber ein kleines Glöckchen um den Hals hängen.

»Genauer!«, sagt der Papa. Er liegt in der Mitte von Peters Bett.

»Die Tiere«, sagt Konrad. Er liegt an der Rausfallseite von Peters Bett und hat seine Stoffmaus ganz vorschriftsmäßig im Arm. Sie heißt aus Gründen, die im Dunkeln liegen, Mattchoo, mit doppel-t und doppel-o, ist noch wesentlich älter als Lackilug und sieht dementsprechend aus.

»Noch genauer!«

So ist das. Wenn die Kinder selbst etwas wollen, dann sprudeln die Sätze nur so aus ihnen heraus, aber wenn die Eltern mal eine wichtige Frage haben, dann sind die Reißverschlüsse vor den kleinen Mündern zugezogen. Sagt jetzt der Papa.

»Die Elefanten«, sagt Peter.

Und genau das war auch zu erwarten. Peter war nämlich heute im Zoo beim Elefanten-Füttern unglaublich mutig. Zuerst hat er sich das allergrößte alte Brot genommen, das man vom Tierpfleger kaufen konnte, und dann hat er es erst losgelassen, als der Elefant es ganz sicher mit dem Rüssel gepackt hatte. Eine Meisterleistung. Die anderen Kinder haben immer gleich geschrieen und das Brot losgelassen, wenn der dicke, haarige Elefantenrüssel danach griff, und daher ist den Elefanten das gute Brot immer wieder in den Schlamm gefallen. Peter aber hat es so lange festgehalten, bis der Elefant seinen halben Rüssel um das Brot gewickelt hatte. Und erst als der Elefant schon anfing, am ganzen Peter zu ziehen, und als die Eltern schon ein bisschen schrieen, da hat Peter das Brot losgelassen und der Elefant konnte es sich ganz elegant ins Maul stecken.

Nochmals: Bravo!

»Und was war das Blödeste?«, sagt die Mama. Sie sitzt am Fußende von Peters Bett. Da ist noch ein wenig Platz frei.

Jetzt wird unweigerlich die Rede aufs Kakao-Umkippen beim Frühstück kommen. Denn das war einwandfrei das Blödeste an diesem Sonntag und außerdem wird bei den Bantelmanns schon seit Jahren übers Kakao-Umkippen diskutiert. Das heißt, seit Jahren versuchen die Eltern dem Peter klarzumachen, dass der Kakao nichts dafür kann, wenn er umgekippt wird. Peter jedoch fällt jedes Mal ein neuer Grund dafür ein, warum nicht er, sondern der blöde Kakao selbst daran schuld ist, wenn er umkippt. Mal sehen, welcher Grund heute drankommt.

»Der stand ganz falsch!«, sagt Peter.

Aha. Nicht sehr einfallsreich.

»Der stand nicht falsch, der wurde falsch hingestellt.«

»Aber der hat gewackelt!«

Auch nicht viel besser.

»Der hat nicht gewackelt, der wurde gewackelt.«

Konrad muss lachen. Wie sich das anhört: Der wurde gewackelt. Das sagt man doch gar nicht!

»Das war ein Scherz«, sagt der Papa. Dabei guckt er allerdings sehr streng.

»Ich bin allergisch gegen Scherze«, sagt Peter. Er drückt sich wieder die Maus Lackilug aufs Gesicht.

»Schön«, sagt die Mama, »aber das Tischtuch ist allergisch gegen Kakao. Von Kakao kriegt es hektische Flecken.«

»Und Sonnenbrand!« Konrad lacht noch lauter.

Wenn jetzt noch ein einziger Scherz übers Kakao-Umkippen gemacht wird, dann muss Peter weinen. So steht es jedenfalls in seinem Gesicht geschrieben, sagt die Mama und die kann in Peters und Konrads Gesichtern wie in Büchern lesen. Besonders, wenn sie lügen.

Konrad kann es nicht. Er hat sich einmal vor den Spiegel gestellt und laut gesagt: »Wir haben einen roten *Golf*.« Das war gelogen, denn sie haben ja einen blauen *Passat*. Allerdings war dabei in seinem Gesicht rein gar nichts zu lesen. Das hat er dann auch der Mama gesagt.

»Das ist bildlich gemeint«, hat die Mama gesagt. Manchmal sage man eben Sachen, die man nicht genau so meine, wie man sie sage, sondern in einem übertragenen Sinne.

»Hm«, hat Konrad gesagt.

»Na ja«, sagt jetzt der Papa. »Dann wollen wir es mal gut sein lassen.«

Die Mama wünscht eine gute Nacht.

»Wo waren wir stehen geblieben?«, sagt der Papa.

Natürlich beim Geheimnis des rätselhaften Kristalls. Und bei der Frage, warum ihn die Waldschlange bewachen muss.

»Tja«, sagt der Papa. »Das ist keine so einfache Geschichte. Um ganz ehrlich zu sein – die Waldschlange weiß überhaupt nicht, warum sie den Kristall bewachen muss.«

»Hm«, sagt Konrad. Keine Frage – der Waldschlangen-Geschichte fehlt immer noch der richtige Schwung.

»Oder genauer«, sagt der Papa, »die Waldschlange weiß zwar, dass sie den Kristall bewachen muss und dass das Bewachen ihre allerwichtigste Aufgabe ist. Aber *warum* sie ihn bewachen muss, das weiß sie nicht. Im Grunde«, sagt der Papa, »ist es ähnlich wie beim Peter und dem Kakao-Umkippen. Wir wissen zwar, dass er immer den Kakao umkippt, aber wir wissen nicht, *warum* er das tut. Haha, haha!«

Außer dem Papa lacht keiner.

»Gut«, sagt er. »Also weiter. – Die Waldschlange ist ziemlich nervös, sie muss jetzt bald etwas unternehmen. Mittlerweile sind nämlich alle Mitglieder der Expedition in helle Aufregung geraten, weil ihnen ihre empfindlichen Messinstrumente –«

»Fieberthermometer!«, ruft Peter dazwischen.

» – richtig, weil ihnen ihre empfindlichen Fieberthermometer die unerhörtesten und erstaunlichsten Ergebnisse anzeigen. Offenbar befindet sich dicht unter der Oberfläche des merkwürdig geformten Erdhügels eine kompakte und undurchdringliche Masse. Ein seltsames Material. Vermutlich eine bislang unbekannte Substanz. Mit einem Wort: ein sensationeller Fund. Alle Wissenschaftler sind total aus dem Häuschen. ›Der Knobelpreis!‹, rufen sie dauernd. ›Der Knobelpreis ist unser!‹«

»Was ist der Knobelpreis?«, sagt Peter unter seiner Stoffmaus Lackilug.

»Den Knobelpreis bekommt man für wichtige Erfindungen und Entdeckungen«, sagt der Papa. »Er wurde von Ernst August Knobel, dem Erfinder des Spiels *Mensch-ärgere-dich-nicht*, gestiftet und wird einmal im Jahr verliehen.«

»Hä?«, sagt Konrad. »Hä« ist eine der Steigerungsformen von »Hm«.

»Ja«, sagt der Papa. »Ihr kennt doch *Mensch-ärgere-dich-nicht*, das anerkannt langweiligste und deprimierendste Brettspiel der ganzen Welt. Das Spiel, bei dem Peter und Konrad Bantelmann bislang mehr heulen mussten als bei allen anderen Brettspielen zusammen. Dieses Spiel hat Ernst August Knobel erfunden. Und als er später hörte, wie überall auf der Welt die Kinder weinen, wenn sie kurz vor dem Ziel rausgeschmissen werden, und wie sich die Väter und Mütter dabei dermaßen langweilen, dass sie Pickel kriegen – da ist Ernst August Knobel in sich gegangen und er hat gesagt, er wolle jetzt büßen und einen ganz teuren Preis stiften für Leute, die wirklich etwas Gutes für die Menschheit tun.«

»Hm«, sagt Konrad.

»Genau«, sagt der Papa. »Und diesen Knobelpreis will natürlich jeder Wissenschaftler haben. Auch Professor Franzkarl Forscher. Aber!« Der Papa hebt einen Finger. »Jetzt kommt es! Noch viel mehr als Franzkarl Forscher will ihn ein anderer

Wissenschaftler haben. Und das ist kein Geringerer als der geheimnisvolle Doktor B Punkt Trüger.«

»Be?«, sagt Peter.

»Ja. B für Bigomil. Mit vollem Namen Bigomil Alexander Trüger. Seit Tagen schon folgt er heimlich und unerkannt der Forscher-Truppe. Dieser Trüger ist nämlich kein so begnadeter Experte wie Franzkarl Forscher, er ist vielmehr eine ziemlich faule Socke, doch dabei so ehrgeizig, wie es nur geht. Schon als Junge hat er in der Schule immer bloß abgeschrieben. Und denen, bei denen er abgeschrieben hat, hat er dafür seine Pausenbutterbrote gegeben, die er sowieso nicht gegessen hätte, weil immer Käse drauf war und Käse konnte er auf den Tod nicht ausstehen.«

»Ich kann Käse auch nicht ausstehen«, sagt Konrad.

»Das war ja auch eine Anspielung«, sagt der Papa.

»Was ist eine Anspielung?«

»Das ist vom Fußball«, sagt Peter durch die Maus hindurch.

»Gut«, sagt der Papa, »lassen wir das. Zurück zu Doktor Trüger. Der beobachtet nun aus einem Versteck, wie die Forscher-Truppe sich halb verrückt freut über ihre Messergebnisse. Und sofort beschließt er, diesen sensationellen Fund für sich allein auszuschlachten und die Sache so zu biegen,

-48-

dass er und nicht dieser pusselige Franzkarl Forscher den Knobelpreis kriegt.«

»Der ist gemein«, sagt Peter. Aber man kann es nicht verstehen, weil er sich die Maus Lackilug halb in den Mund gesteckt hat. Der Papa zieht sie heraus, dass ihr Glöckchen klingelt, und hält Peter einen Vortrag darüber, was von fünfjährigen Jungs zu halten ist, die zuerst durch ihre Kuscheltiere atmen und danach versuchen sie aufzuessen.

Ein uninteressanter Vortrag. Doch vorsichtshalber stopft Konrad sein Kuscheltier, die Stoffmaus mit dem irritierenden Namen Mattchoo, ein Stück weiter unter die Bettdecke. Gegen diese Maus ist der Papa nämlich noch kritischer eingestellt. Einerseits, weil sie alt und infolgedessen auch ein bisschen beschädigt ist, andererseits, weil sie so heißt, wie sie nun mal heißt. Doch solange er seinem Sohn nicht richtig erklären kann, warum das ein unmöglicher Name für ein Kuscheltier ist, wird sich Konrad auch weiterhin weigern, seiner Maus einen anderen Namen zu geben.

»Ist es schon Viertel nach?«, sagt der Papa.

Um Viertel nach acht ist nämlich abends Schluss mit dem Geschichten-Erzählen. Und damit man genau sehen kann, wann das soweit ist, hängt eine Uhr neben der Tür, auf der ein kleines grinsendes Männchen mit seinen Zeigerarmen nach den Zahlen greift. Eine doppelt peinliche Uhr.

Doch das ist jetzt wieder ein Trick. Der Papa sieht die Uhr nämlich genauso gut wie die Jungs. Er will nur testen, ob Konrad die Zeit ablesen kann.

Natürlich kann Konrad die Uhrzeit ablesen. Keine Frage! In seinem Alter! Aber in letzter Zeit hält sich in der Familie Bantelmann nun einmal das Gerücht, er könne das nicht. Was irgendwie mit dem Sonntagsmorgens-Reinkommen zu tun hat. Dabei ist er allenfalls ein wenig zerstreut, weil er doch den Kopf immer so voller wichtiger Dransfeld-Überlegungen hat.

Trotzdem ist es jetzt mal wieder schwierig die Uhrzeit abzulesen. Und zwar, weil alles schwierig ist, wenn einer daneben steht oder, wie in diesem Falle, liegt, der die Sache kontrollieren will. So ein nervöser, streng vor sich hin guckender Kontrollchef. Kein Mensch kann irgendetwas richtig machen, wenn ein Kontrollchef dabei ist.

»Elf Minuten nach acht«, sagt Konrad jetzt.

»Na ja«, sagt der Papa. Es muss also ungefähr stimmen.

»Kommen wir also zurück zu Doktor Trüger. Als die Forscher-Truppe schon in ihren Zelten schläft und vom Knobelpreis träumt, da schleicht er sich im Schutze der Dunkelheit aus seinem Versteck zu dem seltsam geformten Erdhügel. Er hat eine kleine Schippe mitgenommen, einen Eispickel

-50-

und einen kleinen Eimer. Sein unverschämter Plan ist es nämlich, sich bis zu der geheimnisvollen Materie durch zu schippen, dann ein Stück davon mit dem Eispickel rauszuhauen und es in dem Eimer wegzutragen. Am nächsten Morgen will er dann wiederum klammheimlich den Obernoko überqueren, mit dem nächsten Dschungelbus nach Haus fahren und dort ganz allein den Knobelpreis einheimsen.«

»Einheimsen?«, sagt Konrad.

»Ja, einheimsen. Einsacken, einpacken, alles an sich raffen.«

»Ach so.«

»Aber!«, sagt der Papa und seine Stimme zittert dabei. »Aber da hat der gerissene Trüger seine Rechnung ohne die Waldschlange Anabasis gemacht. Als die nämlich den hinterhältigen Wissenschaftler zum Erdhügel schleichen sieht, da schleicht sie so schnell sie kann hinter ihm her. Und als der böse Mann gerade anfangen will, auf der Spitze des Hügels zu graben, da wickelt sie sich siebenmal um seine Füße. Trüger erschrickt beinahe zu Tode. Was ist das da an seinen Füßen? In der Dunkelheit kann er nichts erkennen. Iiiih!«

Der Papa greift nach Peters Füßen. Peter kreischt.

»Still!«, sagt der Papa. »Der Trüger darf doch nicht schreien, weil das die anderen wecken würde. Stattdessen versucht er wegzulaufen. Aber laufe mal einer weg, wenn sich eine Waldschlange von sieben Metern Länge siebenmal um seine Beine gewickelt hat! Haha! Tatsächlich schafft er keinen Meter. Er fällt vielmehr um wie eine Bahnschranke und kollert den Erdhügel hinunter, wobei er noch seine Schippe, seinen Eimer und seinen Eispickel verliert. Unten angekommen, wickelt sich die Waldschlange Anabasis ganz schnell von seinen Beinen und verschwindet lautlos im Dschungel, so dass der schlimme Trüger glauben muss, ein Gespenst oder ein Geist oder sonst was absolut Grauenhaftes habe ihn so schmerzhaft zu Fall gebracht. Jedenfalls sagt er keinen Ton und verzieht sich zitternd in sein Versteck, kriecht in seinen Schlafsack und zieht den Reißverschluss so hoch zu, dass er sich beinahe die Nase eingeklemmt hätte.«

»Hoi«, sagt Konrad. Das ist eine weitere Steigerungsform von »Hm«. Er hatte schon nicht mehr geglaubt, dass es in der Waldschlangen-Geschichte so aufregend zugehen könnte.

»Und damit Schluss für heute«, sagt der Papa. »Pünktlich um Viertel nach acht.« Er steht auf, was nicht so einfach ist. Man tritt dabei leicht auf Kinder. Außerdem, sagt er, müsse man immer Schluss machen, wenn es gerade am schönsten ist.

Die Jungs sind anderer Meinung. Und Lackilug und Mattchoo sind das auch. Als das Licht ausgeschaltet ist und Konrad wie üblich noch ein bisschen in Peters Bett bleibt, reden die beiden Mäuse noch über den bisherigen Verlauf der Waldschlangen-Geschichte. Sie scheinen sehr nervös zu sein und möglicherweise sind sie auch verschiedener Meinung. Aber das ist für einen Außenstehenden schwer zu sagen, denn Mattchoo und Lackilug unterhalten sich in einer vollkommen unverständlichen Sprache, die ungefähr so klingt, als hätte man bei einer Märchen-Kassette den Ton viel schneller gestellt. Es ist eine Mischung aus Quietschen und Zischen. Oder ein ganz hohes Brummen. Ein Brimmen vielleicht. So nennen es die Eltern.

Konrad nennt es muggeln. Aber das sagt er keinem. Nicht einmal Peter.

Fridz mit d

Auf den Sonntag folgt der Montag. Das ist meistens übel, aber man kann nichts daran machen. Konrad weiß das längst. Peter weiß es eigentlich auch, aber an manchen Sonntagabenden fragt er trotzdem, was denn morgen für ein Tag sein wird. Wer weiß, vielleicht denkt er heimlich, dass die Sache sich alle fünf Jahre ändern und demnächst zur Abwechslung nach dem Sonntag mal der Samstag kommen könnte.

Der heutige Montag ist allerdings gar nicht so übel. Denn es sind immer noch Schulferien und also hat Konrad wieder den ganzen Tag Zeit, seine Kinder-Liste aufzufüllen. Im Dransfeld geht das auch in den Ferien. Anderswo düsen die Leute nämlich am ersten Ferientag wie die gebissenen Kühe in alle möglichen Himmelsrichtungen, um ihren sogenannten Urlaub an einem Ort zu verbringen, an dem es keine Spielkameraden für ihre Kinder gibt. Die Dransfelder aber fahren garantiert auf Jahre hinaus überhaupt nicht in Urlaub, weil sie ihre schönen Häuser abstottern müssen. Hat der Papa beim Frühstück gesagt und dabei gestöhnt.

»Abstottern?«, hat Konrad gefragt.

-54-

Abstottern ist ein Wort für abbezahlen. So wie jemand, der stottert, ein Wort nicht auf einmal herausbringt, so können manche Leute für etwas, das sie gekauft haben, das Geld auch nicht auf einmal herausbringen und müssen es in vielen kleinen Portionen bezahlen. »Genau wie wir«, hat der Papa dann noch gesagt und er und die Mama haben sich sehr lange und traurig in die Augen gesehen.

Noch etwas anderes ist gut an diesem Montag. Konrad muss Peter nicht mitnehmen, denn der wird gleich nach dem Frühstück mit der Mama zum Zahnarzt fahren. Das ist bitter für ihn, aber er ist guten Mutes. Er war nämlich noch nie beim Zahnarzt und weiß daher gar nicht, was ihn erwartet. Außerdem haben Mama und Papa Konrad strengstens verboten, mit Peter über Zähne und Zahnärzte zu sprechen. Dazu sei später noch Zeit genug.

Als Mama und Peter gefahren sind, schaut Konrad kurz auf seine Liste, dann steckt er das Dransfeld-Heft in seine rechte Hosentasche und geht los. Am Samstag ist er bis Nummer 27b gekommen. Folgerichtig wird also heute die Nummer 28a dran sein. Sie liegt am Ende der Dransfeld-Schleife.

Nummer 27b war übrigens eine ziemliche Enttäuschung. Er kam zwar unbemerkt hinein, aber dann standen zwei Mädchennamen an den Kinderzimmertüren und dazu noch ganz ähnliche: Lena und Lisa. Damit hat Konrad Erfahrung: Das können nur Zwillinge sein! Wie ein geölter Blitz ist er wieder aus dem Haus. Zum Glück hat ihn keiner gesehen.

Zwei Mädchen! Und Zwillinge dazu! Unvorstellbar. Ein Mädchen ist schon schlimm genug. Und zwei sind mehr als doppelt so schlimm wie eines. Aber Zwillingsmädchen! Das muss ganz schrecklich sein.

So ganz genau weiß Konrad eigentlich nicht, warum Mädchen schrecklich sind und warum man nicht mit ihnen spielt. Aber alle Jungen in der Schule sagen es dauernd; und wenn alle es sagen, dann wird es wohl stimmen. Tatsächlich hat Konrad sogar schon einmal mit einem Mädchen gespielt. Das war in der zweiten Klasse und wahrscheinlich passierte es aus Versehen. Er hatte wohl für einen Moment vergessen, dass man als Junge nicht mit Mädchen spielt.

Konrad erinnert sich gut. Es war in einer Regenpause. Da kam diese Charlotte auf ihn zu. Die saß zwei Bänke weiter und trug meistens Zöpfe.

»Spielst du Käsekästchen?«, sagte sie.

Und er, Konrad-guckt-in-die-Luft, sagte treudoof »Ja« und spielte mit ihr Käsekästchen und merkte überhaupt nichts, bis Philipp vorbeikam und ihn antippte und »Hähä!« sagte. Da sah er dann endlich, dass er mit einem Mädchen spielte. Und hat sich natürlich schnell davongemacht.

Jetzt steht Konrad vor der Nummer 28a.

Aber hoppla! Was ist denn hier los?

Die Nummer 28a schaut noch aus wie alle anderen Häuser im Dransfeld. Aber gleich nebenan die 28b – das ist ja wohl eine Nummer für sich! Konrad sieht es auf den ersten Blick. Zum Beispiel wächst im Vorgarten keine winzigkleine Buchsbaumhecke neben dem Weg zur Haustür. Im Gegenteil: im Vorgarten wächst eigentlich gar nichts und der schöne schwarze Lehm liegt noch so da, wie ihn die Laster platt gefahren haben.

Konrad schaut genauer hin. Das Küchenfenster hat keine Gardine mit Blumenmuster. Neben der Tür hängt kein besonders schön gestaltetes Namensschild, da klebt nur ein dicker Streifen Klebeband, auf dem mit Filzstift »Frenke« geschrieben steht. Und statt einer Fußmatte mit der Aufschrift »Willkommen« liegt ein ziemlich schmutziger Lappen vor der Tür. Donnerwetter!

Konrad geht ein paar Schritte in Richtung Garage. Nicht zu fassen! In der Einfahrt steht kein *Passat* oder ein anderes Heckklappenauto, sondern ein merkwürdiges, irgendwie buckliges, aber auch wieder eckiges Ding, das nicht wirklich wie ein Auto aussieht. Eher wie ein altmodischer, umgedrehter Kinderwagen.

Und in der Garage? Konrad geht an dem Buckel-auto vorbei. In der Garage fehlt das Gestell, in das man ganz ordentlich die Gartenwerkzeuge hängt. Und es fehlt die Rolle, auf die man den Garten-schlauch rollt.

Aber da ist etwas anderes! Ganz hinten in der Garage, da steht ein Stall. Der Stall ist aus Holz und Draht, er hat drei Etagen und kleine Türen und er steht auf sechs Beinen.

Ein Stall in einer Dransfeld-Garage! Konrad ist so überrascht, dass er ohne nachzudenken hingeht und sich das genauer ansieht. Zuerst glaubt er, der Stall ist leer. Es ist ja so düster in der Garage. Aber dann sieht er es: DAS TIER!

Wahrscheinlich ist das Tier ein Kaninchen. Aber so ein Kaninchen hat Konrad noch nie gesehen. Es ist so groß! Es ist unglaublich groß. Es sitzt in der mittleren Etage des Stalls ganz hinten in einer Ecke und es bewegt sich nicht, es macht nur irgendwas mit seiner Nase. Wahrscheinlich könnte es sich auch gar nicht bewegen, so groß ist es. Es könnte nicht einmal seine großen Ohren aufstellen, weil die gleich an die Decke des Stalls stoßen würden.

Langsam gewöhnen sich Konrads Augen an die Dunkelheit. Aha, das also macht das Tier mit sei-ner Nase. Es isst eine Möhre. Neben ihm liegen noch mehr Möhren, mehr als Konrad in seinem ganzen Leben wird essen können. Aber so wie dieses Riesenkaninchen sich darüber hermacht, wird es sie wahrscheinlich in spätestens einer halben Stunde aufgefressen haben.

»Na, du«, sagt da plötzlich eine Stimme und eine Hand fährt Konrad von hinten über die Haare.

Noch während er sich umdreht, merkt Konrad, wie er rot wird. Hoffentlich gibt das keinen Ärger. So ganz richtig ist das ja nicht, einfach in die Garagen anderer Leute zu stiefeln.

Doch als Konrad sich zu Ende umgedreht hat, sieht er gleich, dass es keinen großen Ärger geben wird. Die Frau, die da vor ihm steht, sieht nämlich ganz anders aus als die anderen Dransfeld-Mütter – und Konrad ist sich gleich ganz sicher, dass sie ihm nicht böse sein wird. Die Frau ist sehr schlank und sie hat sehr lange, dunkelrote Haare. Ihr Gesicht ist blass, ihre Lippen sind ganz dunkel geschminkt, ihre Augen auch. Sie trägt eine lila Hose und dazu ein T-Shirt mit dermaßen verrückten Blumen darauf, dass Konrad beinahe lachen muss. Allerdings sieht die Frau auch ein bisschen traurig aus.

»Kommst du uns besuchen?«, sagt sie.

Konrad nickt.

»Du bist der Konrad, nicht wahr?«

Woher sie das wohl weiß? Konrad erschrickt ein wenig. Ob sich seine Dransfeld-Untersuchungen vielleicht schon herumgesprochen haben? Zur Sicherheit legt er die rechte Hand auf die Hosen-

tasche, damit sein Heft auf gar keinen Fall heraus-
purzelt.

»Ich hab jetzt nicht viel Zeit«, sagt die Frau. Aber
er solle nur ruhig reingehen. Fritz sei oben.

Konrad fällt nichts ein, das er dazu sagen könnte.
Daher macht er nur eine kleine Handbewegung und
geht tatsächlich in das Haus Nummer 28b hinein.

Es ist wirklich kaum zu glauben! Aber auch
drinnen sieht es hier ganz anders aus als in allen anderen Dransfeld-Häusern. Es fängt schon damit
an, dass überall noch Umzugskartons herumste-
hen. Man stelle sich das vor: Umzugskartons! Und
das nach drei Wochen. Mama und Papa Bantelmann reden heute noch davon, dass sie schon 36
Stunden nach dem Umzug alle Kartons vollständig
ausgepackt hatten. Und zusammengefaltet!

Doch das ist noch nicht alles. Die Möbel im Flur
und im großen Wohnzimmer der Nummer 28b
sehen so aus, als suchten sie noch ihren richtigen
Platz. Sie stehen in Gruppen herum, wahrscheinlich beratschlagen sie darüber, wie sie sich verteilen
sollen. Außerdem hängt nirgendwo auch nur das
kleinste Bild an der Wand und auf den Fenster-
bänken steht keine einzige Pflanze, geschweige
denn eine von innen erleuchtete Gans aus Porzellan
oder ein Strauß mit Tulpen aus angestrichenem
Holz.

Ansonsten aber findet sich Konrad gut zurecht.

Die Treppe hoch, dann nach links zu den beiden Türen. Das wenigstens ist hier wie überall. Aber vor den beiden Türen gibt es schon wieder ein Problem. Es steht nämlich kein Name dran.

Konrad überlegt. Die Mutter hat von einem Fritz gesprochen. Und wenn dieser Fritz viel zu jung oder viel zu alt für ihn wäre, dann hätte sie das bestimmt gesagt.

Also klopft Konrad erst einmal an die linke Tür.

»Herein!«, sagt es.

Ein ganz normales »Herein!« Oder etwa nicht? Konrad drückt die Klinke, geht hinein und – da sitzt ein Mädchen auf dem Boden und hält eine Puppe in den Händen.

O, wie blöd! Wie ausgesprochen blöd!

Allerdings ist es zu spät, um sich wieder aus dem Staub zu machen. Da muss man jetzt durch.

»'tschuldigung«, sagt Konrad. »Ich such den Fritz.«

»Ich bin *die* Fridz«, sagt das Mädchen. Mit einer starken Betonung auf dem Wörtchen *die*. »Eigentlich heiß ich Friederike. Friederike Caroline Luise Frenke. Aber Friederike ist für später, wenn ich alt und tot bin.«

»Hm«, sagt Konrad.

Das Mädchen steht auf. »Bis vor kurzem hab ich Fritzi geheißen. Eine sehr beliebte Kurzform von Friederike. Aber das kann ich mir heute nicht mehr erlauben. Weißt du, ein i hinten dran, das ist was für andere Mädels. Ich heiße jetzt Fridz. Aber mit d, zum Unterschied, verstanden?«

»Ach«, sagt Konrad. Er hat gar nichts verstanden. Fridz nimmt seine Hand und schüttelt sie. »Und wer bist du?«

»Konrad«, sagt Konrad. »Nummer 17a.«

»Nummer 17a?«, sagt Fridz. »Auch kein besonders schöner Name.«

»Was?«, sagt Konrad.

»War'n Scherz.«

»Ach so.« Konrad steht da und guckt. Diese Fridz sieht ihrer Mutter ziemlich ähnlich. Sie ist auch ganz blass, sie hat dieselben langen, roten Haare und sie trägt auch ein T-Shirt mit verrückten Blumen drauf. Allerdings hat sie zusätzlich noch Sommersprossen und sie sieht nicht traurig aus.

Sondern eher frech!

»Und du?«, sagt sie. »Wie rufen sie dich? Konni vielleicht?«

Ach du je! Wo ist er da bloß hineingeraten!

»Nö«, sagt Konrad. Konni! Es hat eine Ewigkeit gedauert, bis er seiner Mutter das Konni-Sagen hat austreiben können. Soll das jetzt etwa wieder losgehen?

»Radi vielleicht?«

O weh! Jetzt muss dringend das Thema gewechselt werden, sonst wird die Angelegenheit noch peinlicher als peinlich. Aber wie? So vielleicht!

»Ist das dein Kaninchen?«, sagt Konrad. »Das da unten in der Garage.«

»Hm«, sagt Fridz.

Ob »Hm« bei ihr dasselbe bedeutet wie bei ihm? Schwer zu sagen. »Ziemlich dickes Ding«, sagt Konrad.

»Willst du ihn mal sehn?«

Na immerhin, das funktioniert. Denn jetzt kann Konrad sagen »Klar will ich den sehen«, dann gehen sie runter und dann ist er schon mal wieder draußen. Der Rest kann sich dann ganz zwanglos ergeben und in längstens fünf Minuten wird er sich endlich davonmachen können. Glück gehabt.

»Klar will ich den sehen«, sagt Konrad.

Fridz wirft die Puppe aufs Bett. »Na, dann los.«

Sie geht voran. Unten im Haus begegnen sie wieder der Mutter. Die sitzt jetzt an einem Tisch, der beinahe den Durchgang vom Flur zur Küche zustellt. So was Dummes aber auch!, denkt Konrad. Dabei heißt es zu Hause immer, wie praktisch dieser große Durchgang ist. Und hier stellen sie einen Tisch hinein!

Vor sich hat die Mutter ein Stück Papier, vielleicht einen Brief, und den liest sie wohl gerade. Sie stützt dabei ihren Kopf mit den Händen und ihre langen, roten Haare fallen rechts und links neben dem Brief auf den Tisch.

-63-

»Wir gehen eben mal raus«, sagt Fridz.

»Macht das«, sagt die Mutter. »Aber denk dran, wir müssen in zehn Minuten fahren.«

In der Garage macht Fridz gleich eine Tür vom Kaninchenstall auf. Das dicke Riesenkaninchen lässt darauf seine Möhren und tut einen Sprung, dass der ganze Stall wackelt. Doch Fridz ist schneller und schon hat sie es am Rückenfell gepackt. Darauf hält das Tier wieder still und lässt sich herausholen.

»Da«, sagt Fridz. »Halt den mal!«

Und bevor Konrad irgendetwas denken, geschweige denn sagen kann, hat er das Gigantenkaninchen in der Hand. Das heißt, er muss es sich mit beiden Händen gegen die Brust drücken, denn es ist schwerer als sein Tornister.

»Brauchst keine Angst zu haben«, sagt Fridz. »Der tut nichts.«

Das ist eindeutig gelogen. Und ob der was tut! Sein Kopf mit den Riesenohren liegt jetzt nämlich genau neben Konrads Kopf und sofort fängt dieses Tier an, mit seiner Nase etwas an Konrads Ohr zu tun, was den Ohrenbesitzer vollkommen verrückt macht. Denn erstens kriegt er sofort eine Höllenangst, dass sein Ohr jetzt wie eine dieser Möhren weggeknabbert wird, und zweitens kitzelt das so sehr, dass er eigentlich vor Lachen losbrüllen müsste. Doch drittens weiß er, dass er jetzt alles Mögliche tun darf, nur zwei Dinge nicht: laut brüllen und dieses Monsterkaninchen loslassen! Also muss er stillhalten – und wenn es ihn sein Ohr kostet.

»So, dann gib ihn mal wieder her«, sagt Fridz endlich, greift sich das Tier und bugsiert es zurück in den Stall.

»Das ist ein Belgischer Riese«, sagt sie. »Es waren mal fünf. Der hier ist der letzte.«

»Ach ja«, sagt Konrad. Er würde sich jetzt ganz gerne sein Ohr waschen. Aber das sagt er nicht. Er ist froh, dass es wenigstens noch dran ist. »Ist das deiner?«, sagt er stattdessen.

»Ja und nein!«

Und wieder macht Konrad einen dicken Fehler. Wahrscheinlich, weil er so froh ist, dass er sein Ohr behalten hat. Er sagt nämlich nicht »Tja, tschüss dann auch!« oder so etwas und macht sich davon, sondern er fragt: »Was soll das heißen: Ja und nein?«

»Ja und nein heißt ja und nein«, sagt Fridz. »Nein, weil die Kaninchen eigentlich meinem Vater gehören. Und ja, weil mein Vater uns verlassen hat und weil er sich von dem hier noch nicht trennen kann und weil ich mich solange darum kümmern muss.«

Peng! Das war's dann wohl. Vom Vater verlassen. Jetzt ist Konrad ganz tief ins Fettnäpfchen getreten. Denn jetzt kann er unmöglich »Tschüss dann auch!« oder so etwas sagen und sich davonmachen. Das wäre unhöflich. Schlimmer, das wäre kalt und grausam.

»Hm«, sagt er. »Dein Vater hat euch verlassen?«

»Ja«, sagt Fridz. Sie holt einen nicht ganz frisch aussehenden Salat aus einer Kiste, reißt ein paar Blätter ab und wirft sie in den Stall.

»Einfach so?«, sagt Konrad.

»Einfach so! Einfach so! Du bist vielleicht blöd.«

»Ich frag ja nur.«

»Natürlich nicht einfach so.« Fridz steckt einen Finger durch den Draht, das Kaninchen kommt und lässt sich kraulen.

»Sondern?«, sagt Konrad.

»Pfff«, macht Fridz. »Mama und Papa lieben sich nicht mehr. Kurz vor dem Umzug haben sie beschlossen sich zu trennen. So ist das.«

»Aha«, sagt Konrad. »Sind deshalb eure Umzugskisten noch nicht alle ausgepackt?«

»Wenn's bloß das wäre«, sagt Fridz. »Hier geht jetzt alles drunter und drüber. Mama sitzt den halben Tag am Küchentisch und heult und kriegt überhaupt nichts geregelt. Zum Glück sind wenigstens Schulferien.«

So! Endlich sieht Konrad eine Chance, das Gespräch in eine andere Richtung zu lenken. »Gehst du auch bald hier zur Schule?«, sagt er.

»Klar. Wo denn sonst?«

»Und in welche Klasse?«

-66-

»Fünfte.«

»He!«, sagt Konrad. »Ich auch! Dann können wir ja morgens zusammen gehen.«

Ach du Schreck! Wie ist ihm dieser Satz denn aus dem Mund gekommen? Mit einem Mädchen zusammen zur Schule gehen. In eine neue Klasse. Da wird er aber einen schönen Eindruck machen! Andererseits möchte Konrad diesem Mädchen gern etwas Nettes sagen; warum genau, weiß er allerdings nicht.

»Können wir machen«, sagt sie. Dann sagt sie kurz gar nichts und dann sagt sie: »Übrigens kann ich heute nicht. Ich muss gleich mit Mama zum Anwalt. Aber morgen hab ich wieder Zeit. Kommst du morgen?«

Zum zweiten Mal an diesem Tag merkt Konrad, wie er rot wird. Ach, du dickes Ei! Worauf soll das hinauslaufen? Aufs Dicke-Kaninchen-durch-die-Gegend-Tragen? Oder gar aufs Mit-Puppen-Spielen? Was soll er jetzt bloß sagen?

Eine Rettung gibt es noch. »Hast du einen Computer?«, sagt er langsam. Es muss so klingen, als sei es von vornherein unmöglich, sich mit Leuten zu verabreden, die keinen Computer haben.

»Klar«, sagt Fridz. »Ich hab den alten von meinem Papa. Und ich hab *Irre Käfer Drei*.«

»Was!«, ruft Konrad. »Es gibt schon *Irre Käfer Drei*?«

»Klar. Kennst du nicht? Auf Level vier hat man jetzt viel größere Netze. – Also, was ist, sagen wir, morgen nach dem Essen, so um zwei?«

Konrad nickt.

»Dann tschüss auch«, sagt Fridz. Sie winkt und verschwindet im Haus.

Fünf Minuten später geht Konrad Bantelmann mit seiner Kinder-Liste in der Tasche ganz langsam durch die Hedwig-Dransfeld-Straße. Er geht Richtung 17a. Er hat überhaupt keine Lust, heute noch Nummer 28a oder Nummer 29a oder irgendeine andere Nummer zu kontrollieren. Stattdessen muss er die ganze Zeit vor sich hinsagen:

Ich bin mit einem Mädchen verabredet.

Ich bin mit einem Mädchen verabredet.

Und als er vor Nummer 17a ankommt, wo gerade der blaue *Passat* anhält, aus dem die ziemlich genervt aussehende Mama und ein ziemlich verheult aussehender Peter steigen, da bleibt er vor den beiden auf dem Bürgersteig stehen und sagt als erstes ganz laut: »Übrigens! Ich bin mit einem Mädchen verabredet.«

»Mach dir nichts draus«, sagt die Mama. »Da muss jeder mal durch.«

»Sie heißt eigentlich Friederike, aber sie nennt sich Fridz. Fridz mit d.«

»Alle Achtung«, sagt die Mama. »Das klingt doch für den Anfang ganz peppig.« Dann nimmt

-68-

sie den verheulten Peter auf den Arm und trägt ihn ins Haus.

Konrad aber bleibt auf dem Bürgersteig stehen. Er schaut sich die kleine Buchsbaumhecke im Vorgarten ihrer Nummer 17a an und die Blümchengardine am Küchenfenster und das Namensschild, auf dem die Namen aller Bantelmanns in einer schwungvollen Schrift geschrieben stehen.

Morgen also in 28b.

Worauf hat er sich da bloß eingelassen?

Der Wackelkristall

Am Abend dieses denkwürdigen Montags ist die Stimmung bei den Bantelmanns ein bisschen gespannt. Peter hat praktisch den ganzen Nachmittag lang geheult. Mal mehr und mal weniger. Nein, hat er gesagt, Schmerzen habe er keine mehr; aber wenn er nur an den Zahnarzt denke, dann kämen ihm sofort wieder die Tränen und dagegen könne er überhaupt nichts machen.

Die Mama hat dagegen geschworen, er könne weder Schmerzen haben noch Schmerzen gehabt haben, denn der Zahnarzt habe nichts anderes gemacht, als in Peters Mund zu schauen und dann zu sagen, es sei alles in Ordnung.

Doch das will Peter nicht gelten lassen. Irgendwie scheint er begriffen zu haben, dass es furchtbar ist, zum Zahnarzt zu gehen, auch wenn der gar nichts an den Zähnen macht. Respekt, denkt Konrad. Ein intelligenter Junge.

Papas Laune ist auch nicht gut. Er war bei der Bank und dort hat man ihm wieder mal genau vorgerechnet, wie lange sie noch brauchen, bis das neue Haus komplett bezahlt sein wird. Also fertig abgestottert. Mit allen Zinsen.

Zinsen sind etwas Schreckliches, das hört man schon am Wort. *Zinsen*! Das klingt, als hätte man jemandem die Zähne aufeinander geklebt und als versuchte dieser arme Jemand nun sich verständlich zu machen. Jedenfalls war die Berechnung heute nicht besonders lustig und der Papa hat ein paar Sachen gesagt, die die Mama gar nicht hören wollte.

Konrad schließlich hat auch nicht gerade den lustigsten Nachmittag seines Lebens verbracht. Im Gegenteil. Zuerst hat er sich noch eine ziemlich lange Zeit immer wieder den Satz »Ich bin mit einem Mädchen verabredet« vorsagen müssen und jedes Mal klang dieser Satz schrecklicher als zuvor. Dann hat er wenigstens seine Liste weiterschreiben wollen, aber das war auch nicht so prickelnd, denn dort musste er hinter »28b« und »Fridz (mit d)« in die dritte Spalte schreiben: »hat *Irre Käfer Drei*« und »hat ein gräßliches Kaninchen«, zwei Sachen, die sehr schlecht zueinander passen.

Am schlimmsten aber war, dass er in die dritte Spalte noch schreiben musste: »ist ein Mädchen«. Dafür war kaum noch Platz und außerdem hatte er danach das Gefühl, als sei ihm die ganze Liste verdorben.

Immerhin soll nach dem Zubettgehen die Geschichte von der Waldschlange weitererzählt werden.

»Wo waren wir?«, sagt der Papa, nachdem er sich zwischen die Jungs gelegt hat.

»Bei Doktor Trüger«, sagt Konrad.

»Richtig«, sagt der Papa. »Wir schlossen gestern mit dem Bericht darüber, wie die Waldschlange Anabasis erfolgreich den Versuch des schändlichen Trügers zunichte gemacht hat, sich in den Besitz eines Kristallstücks zu bringen und damit die wissenschaftliche Arbeit des großen Gelehrten Professor Franzkarl Forscher zu stehlen.«

»Hm«, sagt Konrad. »Übrigens, ist der Forscher verheiratet?«

»Wie bitte?«, sagt der Papa.

»Ob der Forscher verheiratet ist«, wiederholt Konrad. Dabei ruckelt er sich ein bisschen höher und tritt dem Papa aus Versehen irgendwohin.

»Du stellst Fragen«, sagt der Papa. »Also, ich denke – na ja, ich sage mal: Franzkarl Forscher ist seit zwölf Jahren mit seiner reizenden Frau E – E – Evelyn verheiratet und die beiden haben zwei wunderbare Söhne.«

Peter und Konrad müssen sehr lachen, denn das klingt doch irgendwie bekannt.

»Und«, sagt Konrad, »ist die mitgekommen in den Dschungel, die Frau Evelyn?«

»Nein! Wo denkst du hin. Die ist natürlich zu Hause geblieben und passt auf die beiden wunderbaren Söhne auf. Aber warum interessiert dich das?«

»Ja«, sagt Peter, »warum interessiert dich das?«
Ihn scheint es nicht zu interessieren.

»Nur so«, sagt Konrad.

»Dann kann ich jetzt weitererzählen?«
Hört der Papa sich genervt an? »Klar«, sagt
Konrad.

»Also dann.« Offenbar weiß der Papa heute
ziemlich genau, wie es weitergehen soll. Wenn er
nämlich nicht weiß, wie es weitergehen soll, dann
nimmt er sich mehr Zeit für solche Zwischenfragen. Aber wenn er weiß, wie es weitergeht, dann
stören ihn die Zwischenfragen ganz enorm.

»Also«, sagt er noch einmal. »Der nächste Tag
bringt nun für die Experten einen ersten und
ausgesprochen wichtigen Hinweis darauf, dass sie
nicht nur einen bislang völlig unbekannten Stoff
gefunden haben. Denn sie erleben jetzt, welch un-
geahnte, ja geradezu weltbewegende Fähigkeiten
dieser merkwürdige Stoff entwickeln kann.«

»Boh!«, sagt Peter.

»Jawohl«, sagt der Papa. »Am nächsten Tag versuchen nämlich auch Franzkarl Forscher und seine
Mitarbeiter den Kristall freizulegen. Vorsichtig
schaufeln sie von der Kuppe des seltsamen Erdhügels die Erde weg und als sie dann die Spitze des
Kristalls vor sich liegen sehen, da ist natürlich ihre
erste Idee, eine Probe davon herauszubrechen, um
sie besser analysieren zu können.«

»Aber die Waldschlange!«, sagt Peter sehr aufgeregt.

»Genau«, sagt der Papa, »die Waldschlange würde zwar gerne verhindern, was Professor Forscher da vorhat, aber jetzt, am helllichten Tag, kann sie leider gar nichts unternehmen. Man würde sie sofort sehen und wenn sie auch noch so groß und stark ist, würde das ganze Forscherteam zusammen zweifellos in der Lage sein, sie zu überwältigen und einzusperren.«

»Worin denn einsperren?«, fragt Peter.

»Was weiß ich«, sagt der Papa. »Keine Ahnung. Aber wenn fünf Männer eine Riesenschlange gefangen haben und sie gerade mit vereinten Kräften festhalten, dann wird schon einer von ihnen schleunigst eine Idee kriegen, wo man sie einsperren kann. Da vertraue ich unbedingt auf den Einfallsreichtum von Leuten, die eine riesige und sich windende Schlange in der Hand halten.«

»Vielleicht in einen Koffer«, sagt Konrad. Damit diese Unterbrechung bald vorbei ist und die Geschichte weitergeht. Das tut sie dann auch.

»Also«, sagt der Papa ein bisschen ärgerlich. »Die Wissenschaftler packen ihre Präzisionswerkzeuge aus. Darunter ist eine kleine, hochgradig scharfe Kristalltrennsäge, die setzen sie an der oberen Spitze des Kristalls an, es gibt einen durchdringenden, schrecklich schrillen Ton –«

-74-

»Iiiiiiiih«, macht Peter.

»Genau einen solchen Ton. Und endlich bricht ein etwa faustgroßes Teil aus der Spitze des Kristalls heraus.«

»Boh«, sagt Peter.

»Doch nun«, sagt der Papa, »geschieht das Wunderbare. Denn kaum haben die Forscher das abgetrennte Kristallstück zu ihren Messinstrumenten getragen, da verwandelt sich plötzlich die harte Materie in ein weiches, formloses, ja ausgesprochen glibberiges Etwas.«

»Iiiih!«, ruft Peter.

»Ja! Was vorher noch härter als Stein war, wird plötzlich weicher als Joghurt. So weich, dass es nicht einmal auf dem Untersuchungstisch liegen bleibt, sondern herunterfällt und – blubb – auf den Urwaldboden klatscht wie – wie – wie –«

»Wie Wackelpudding?«, schlägt Konrad vor.

»Ja! Natürlich. Wie Wackelpudding!«

»Himbeer oder Waldmeister?«, will Peter wissen. Der Papa erklärt ihm, dass das ein Vergleich ist und dass es bei diesem Vergleich nicht auf den Geschmack ankommt. Daraufhin ist Peter beleidigt.

»Tja«, sagt der Papa. »Nun bleibt es aber nicht dabei, dass der Wackelpuddingkristall auf der Erde liegt. Im Gegenteil. Zum grenzenlosen Erstaunen der versammelten Wissenschaftler unter der Leitung von Professor Franzkarl Forscher beginnt dieses Wackelstück jetzt nämlich, in die Richtung des Kristalls zu kriechen.«

»Kann Wackelpudding denn kriechen?«, sagt Peter. Er hat also immer noch nicht verstanden, was ein Vergleich ist. Damit er nicht wieder beleidigt ist, tun Konrad und Papa so, als hätten sie seine Frage gar nicht gehört.

»Unter den Augen der fassungslosen Wissenschaftler«, fährt der Papa stattdessen fort, »bewegt sich das verwandelte Kristallstück also schneller und schneller in Richtung Kuppe des merkwürdigen Erdhügels. Als es die Spitze des Kristalls erreicht hat, nimmt es augenblicklich wieder die Stelle ein, aus der man es herausgeschnitten hat. Und kaum sitzt es wieder an seinem alten Platz, da wird es hart, es verbindet sich mit dem anderen Material und niemand kann mehr erkennen, wo es noch vor wenigen Minuten herausgeschnitten worden ist.«

»Boh«, sagt Peter.

»Ja«, sagt der Papa. »Es ist unglaublich. Ein solches Verhalten hat man bei Stoffen auf der Erde noch niemals beobachtet. Weder bei Steinen noch bei Pflanzen oder Tieren. Gelegentlich wachsen zwar Sachen, die abgetrennt worden sind, wieder an –«

»Wie Onkel Hermanns kleiner Zeh«, sagt Peter.

»Richtig«, sagt der Papa. »Aber das geht niemals von selbst. Auch bei Onkel Hermann nicht. Keineswegs ist ja der Zeh auf seinen Fuß zugekrochen und hat sich wieder festgesetzt. Vielmehr mussten Onkel Hermann und sein Zeh ins Krankenhaus gebracht und wieder aneinandergenäht werden.«

Peter und Konrad erinnern sich noch gut an diesen Vorfall. Es war im letzten Sommer. Onkel Hermann, der Hausmeister in der Danziger Straße, hatte sich beim Rasenmähen einen kleinen Zeh abgeschnitten. Zwei Tage später kam er mit einem dicken Verband um den Fuß aus dem Krankenhaus und von da an erzählte er jedem, der zufällig vorbeikam, die ganze schaurige Geschichte. Kam man mehrmals an einem Tag zufällig vorbei, bekam man sie auch mehrmals erzählt. Nach vielen Wochen konnte dann der Verband abgenommen werden und Konrad und Peter hatten sich angucken dürfen, wo genau der Zeh wieder an Onkel Hermanns Fuß angenäht worden war. Wenn die beiden jetzt daran denken, bekommen sie so ein komisches Gefühl im Bauch.

Sie sind auch ganz still.

»Was ist mit euch?«, sagt der Papa. »Warum seid ihr so still?«

»Nichts, nichts. Erzähl weiter!«

»Ist noch nicht Viertel nach?«

»Noch lange nicht!«

»Also«, sagt der Papa. »Da stehen sie also, die bedeutenden Forscher. Und einerseits steht ihnen allen der Schrecken ins Gesicht geschrieben. Doch andererseits beginnen sie zu begreifen, dass offenbar die Kräfte dieses merkwürdigen Kristalls noch viel merkwürdiger und geheimnisvoller sind als bislang angenommen. Es kann jetzt kein Zweifel mehr daran bestehen, dass man für seine Erforschung den berühmten Knobelpreis kriegen wird. Vielleicht sogar mehrere Knobelpreise. Am besten für jeden Forscher einen. Damit dann jeder sich eine Doppelhaushälfte kaufen und sofort komplett abbezahlen kann. – Na ja.«

Der Papa macht eine Pause.

»Papa«, sagt Konrad. »Wie geht das eigentlich, wenn man sich trennt?«

»Wie bitte?«, sagt der Papa. Und dabei macht ausnahmsweise mal er eine so unüberlegte Bewegung, dass er beinahe Peters Nase getroffen hätte. »Wie meinst du das?«, sagt er.

»Na, wie man das macht: sich trennen.«

»Wer trennt sich denn?«, sagt der Papa. Er ist plötzlich ganz nervös.

»Ein Mann und eine Frau.«

»Welcher Mann und welche Frau?«

»Weiß ich nicht!« Jetzt ist Konrad genervt. »Einfach so. Oder –«, Er überlegt kurz. »Vielleicht Franzkarl und Evelyn Forscher.«

»Die trennen sich nicht«, sagt der Papa.

»Wenn aber doch?«

»Tun sie nicht.«

»Doch!«, sagt Konrad. »Stell es dir mal vor. Du kannst dir doch alles vorstellen. Wie ist das, wenn die sich trennen?«

»Wie das ist!«, sagt der Papa. »Wie das ist!« Woher soll er das wissen? – Und außerdem: Nein. Der Papa will sich absolut nicht vorstellen, dass ein angehender Knobelpreisgewinner sich von der Mutter seiner beiden wunderbaren Söhne trennen soll.

»Bitte«, sagt Konrad. Und dann sagt er eines der Zauberworte, die die Mama manchmal benutzt: »Mir zuliebe, ja?«

»Na ja«, sagt der Papa. »Wie das eben so ist bei Trennungen. Wahrscheinlich lieben sich die beiden nicht mehr, sie streiten sich bloß noch und dann trennen sie sich eben. Die Frau bleibt im Haus wohnen, der Mann sucht sich eine kleine Wohnung und bei Gericht wird entschieden, wer wie viel vom gemeinsamen Geld kriegt und wer welche Möbel behalten darf. Fertig.«

»Aber sie haben doch Kinder?«

»Na und?«

»Kann man sich auch trennen, wenn man Kinder hat?«

Der Papa macht: »Puuuh!« Dann sagt er: »Ja. Man kann sich auch trennen, wenn man Kinder hat. – Wie kommst du eigentlich darauf?«

»Worauf?«

-79-

»Auf diese Trennerei.«

»Nur so«, sagt Konrad.

Und damit gibt sich der Papa zufrieden. Wahrscheinlich ist er an einem Tag, an dem er nachmittags in der Bank zum Zinsen-Ausrechnen war, abends schon froh, wenn wenigstens die Fortsetzungsgeschichte ohne große Probleme funktioniert. Er erzählt noch ein wenig vom Staunen der Forscher und dann überlegen sie alle drei, was man vielleicht machen könnte, um den Wackelpuddingkristall am Wegkriechen zu hindern. Es fällt aber niemandem eine Lösung ein und pünktlich um Viertel nach acht gibt der Papa den beiden Jungen einen Gutenachtkuss.

Heute geht Konrad sofort in sein eigenes Bett. Die beiden Mäuse haben offenbar nichts zu bereden. Peter scheint auch gleich einzuschlafen, aber Konrad liegt noch eine Zeitlang wach. Er hört die Eltern unten im Wohnzimmer reden. Was sie sagen, versteht er nicht. Aber Streit gibt es wohl keinen. Und als er sich da ganz sicher glaubt, schläft Konrad ein.

Irre Käfer Drei

Und dann ist er einfach da, der Dienstag. Nicht irgendein Dienstag, nein, es ist der Dienstag, an dem Konrad Bantelmann, demnächst fünfte Klasse, Bewohner der Nummer 17a im Dransfeld, passionierter *Lego*-Spieler und Besitzer einer sehr intelligenten Liste – mit einem Mädchen verabredet ist! Mit einem Mädchen, das *Irre Käfer Drei*, aber leider auch ein abscheuliches Kaninchen besitzt und dessen Eltern zu allem Übel getrennt sind.

Wie soll das nur werden!

Den ganzen Vormittag verbringt Konrad mit seinen *Lego*-Steinen, aber was immer er baut, Raketen oder Raumstationen oder Schwertransporter, nichts will ihm richtig gelingen. Es sieht alles irgendwie nach Kaninchenstall aus.

Dafür rast die Uhr. Konrad braucht sie nur kurz aus den Augen zu lassen und schon ist es mindestens eine halbe Stunde später. Zur Sicherheit geht er ein paar Mal runter in die Küche, aber die Uhr da unten rast auch wie verrückt und schon ist es Mittagessenszeit.

Was für ein Tag! Zu Mittag gibt es nämlich Spinat. Nun ist es keineswegs so, dass Konrad Spinat nicht mag. Spinat schmeckt ganz gut, oder besser gesagt: Spinat schmeckt nicht ganz schlecht. Aber leider ist es außerordentlich schwierig, einen Teller Spinat so zu essen, dass aller Spinat in den Mensch hinein und keiner irgendwo anders hin kommt. Der Spinat will das nämlich nicht. Der Spinat will überallhin: auf den Tisch, auf den Ärmel vom Sweatshirt, auf die Hose und sogar ganz weit außen an die Backe, direkt neben das Ohr.

Warum der Spinat das will, das weiß kein Mensch, aber der Spinat muss das sehr stark wollen, denn obwohl Konrad sich seit Jahren große Mühe gibt, gelingt es dem Spinat jedes Mal, an alle seine Lieblingsstellen zu kommen. Was dann unweigerlich dazu führt, dass die Mama ein bisschen in Panik gerät.

Nun könnte Konrad bei dieser Gelegenheit natürlich auf seinen Bruder Peter zeigen. Bei dem schafft es der Spinat nämlich, zu noch viel entlegeneren Stellen zu kommen, zum Beispiel oben auf den Kopf in die Haare oder unter die Füße, woraufhin er sich dann sogar im ganzen Haus ausbreiten kann. Aber mit einem solchen Hinweis macht sich Konrad gar nicht beliebt, denn dann heißt es mit Sicherheit: er sei doch der Ältere und müsse alles besser können und außerdem dem jüngeren Bruder ein gutes Beispiel sein. Man kennt das.

Also nimmt Konrad auch heute wieder den Kampf gegen den Spinat auf. Sicherheitshalber beugt er sich so weit über den Teller, dass es vom Spinat bis zum Mund allerhöchstens fünf Millimeter sind. Das sieht nicht gut aus, aber auf diesen fünf Millimetern wird der Spinat sich doch unmöglich davonmachen können!

Es klappt auch anfangs ganz gut, aber dann geht draußen auf der Hedwig-Dransfeld-Straße plötzlich eine Sirene an.

Eine Feuerwehrsirene?

Sollte tatsächlich eines der neuen Doppelhäuser schon in Flammen stehen? Und wenn ja, welches? Vielleicht eines, in dem ein Kind wohnt, das auf Konrads Liste steht? Vielleicht die Nummer 28b?

Da heißt es schnell ans Fenster laufen und nachschauen.

Dasselbe denkt auch Peter, und als die beiden gleichzeitig aufstehen und vom Tisch laufen wollen, da stoßen sie mit den Schultern zusammen und es gibt so einen Schubs am Tisch. Konrads Gabel, die er vorher etwas schief auf den Tellerrand gelegt hat, rutscht ganz unglücklich zur Seite, sie kriegt das Übergewicht, sie fällt vom Tisch, dann schlägt sie auf der Stuhlkante auf, es gibt einen Katapult-Effekt und durch diesen Katapult-Effekt wird eine Gabelladung Spinat hoch durch die Luft und – platsch! – gegen die Wand vom Esszimmer geschleudert.

Dann erst fällt die Gabel klirrend zu Boden.

Sofort gerät die Mama in Panik!

Peter fängt sicherheitshalber an zu heulen.

Und zu allem Übel ist das draußen auch nicht die Feuerwehr, sondern bloß die Sirene der Diebstahlssicherung an einem Auto, und es gibt nicht mehr zu begucken als den Mann aus Nummer 18b, der unter der Motorhaube seines Autos solange Kabel herausreißt, bis die Sirene endlich still ist.

Das Mittagessen ist natürlich gelaufen. Die Mama kratzt den Spinat von der Wand und sagt hässliche Sachen über ihre Jungs. Die Jungs verziehen sich auf ihre Zimmer und denken hässliche Sachen über den Spinat, während ihre Mäuse Lackilug und Mattchoo sogar darüber beratschlagen, was man tun könnte, um allen Spinat der Welt restlos zu vernichten. Ein Glück, dass niemand sonst versteht, was sie sagen.

Darüber wird es unversehens Viertel vor zwei!

Das heißt: Konrad muss los, weil er mit einem Mädchen namens Fridz mit d und wahrscheinlich auch mit ihrem schauerlichen Kaninchen verabredet ist. Also geht er runter, zieht seine Schuhe an, sagt an der Tür wie üblich »Tschüss, ich bin in der Nachbarschaft« und hat schon die Klinke in der Hand – da ruft ihn die Mama zurück.

Die Mama hat noch immer ihre Panik-Stimme.

»Hier geblieben! Du hast Hausarrest!«

»Wie bitte?«, sagt Konrad.

Hier geblieben, gut, das kann jeder verstehen. Aber was um alles in der Welt bedeutet *Hausarrest*? Konrad Bantelmann weiß nicht, was Hausarrest bedeutet. Und das sagt er dann auch.

»Was heißt das, Hausarrest?«

Da stehen sie also, Mama Bantelmann und ihr Sohn Konrad, der die Türklinke noch immer in der Hand hat. Und während Konrad weiter über das Wort *Hausarrest* nachdenkt, scheint die Mama langsam zu begreifen, dass sie jetzt wahrscheinlich etwas falsch gemacht hat. Denn es ist zwar unzumutbar, dass die Jungs den Spinat auf die frisch angestrichenen Wände des eben erst gebauten Hauses Nummer 17a verteilen, aber andererseits gehört ein Wort wie *Hausarrest* genauso wenig in die Hedwig-Dransfeld-Straße wie Spinat an die Wand!

Hausarrest, das ist doch ein Wort aus dem finsteren Mittelalter, als Eltern ihre Kinder noch wegen jeder Kleinigkeit tagelang in ihre Zimmer sperrten. Hausarrest, das gab es nicht einmal mehr, als die Mama noch Edith hieß und ein kleines Mädchen war. Schon damals war Hausarrest abgeschafft – und jetzt, viele, viele Jahre später, da ihr Sohn Konrad nicht einmal mehr weiß, was Hausarrest eigentlich bedeutet, da will sie, eine ganz moderne Dransfeld-Mutter, eine so altmodische Strafe verhängen.

Und bloß wegen dem bisschen Spinat. Die Mama wird ein wenig rot.

Doch gerade als sie antworten will, ist Konrad endlich aufgegangen, was *Hausarrest* bedeuten könnte. *Arrest*, damit droht in einem seiner Bücher ein Polizist dem Räuber und es bedeutet das Gleiche wie Gefängnis. Die Mama will also für ihn das Haus zum Gefängnis machen, was wiederum bedeutet, dass er, Konrad Bantelmann, die beste Entschuldigung von der ganzen Welt dafür hätte, dass er nicht zu seiner Verabredung mit dieser Fridz gehen kann.

So viel Glück!, denkt Konrad. Und das an einem solchen Tag! Er nimmt sich vor, nie wieder schlecht über den Spinat zu denken. – Hurra!

»Hurra!«, sagt Konrad natürlich nicht. Er macht vielmehr eine Handbewegung, die ungefähr bedeutet: »So ist nun einmal das Leben.« Und laut sagt er: »Dann geh ich jetzt mal rauf.« Das heißt, er sagt es natürlich nicht richtig laut, sondern er sagt es ziemlich leise und so, dass es halb traurig und halb trotzig klingt.

»Nein nein!«, sagt die Mama ganz schnell. »Ich hab's nicht so gemeint.«

Wie, nicht so gemeint? Sollte *Hausarrest* doch etwas anderes bedeuten? Und wenn ja, was?

Von wegen!

»Du kannst ruhig gehen«, sagt die Mama. »Du

hast ja eine Verabredung. Und über den Spinat sprechen wir dann heute Abend.«

Da steht er also. Konrad Bantelmann. Hat doch kein Glück im Pech gehabt. Denn was soll er jetzt sagen? Dass er um ein wenig Hausarrest bittet, um nicht zu dem Kaninchen zu müssen? Das geht nicht! Stattdessen murmelt er so leise wie eben möglich »Danke«, dann öffnet er die Haustür ein kleines Stück und drückt sich langsam durch den Spalt nach draußen.

Jetzt gibt es kein Zurück mehr. Was hat die Mama gestern gesagt: Da muss er jetzt durch.

Ganz langsam geht Konrad die Hedwig-Drans-feld-Straße entlang. Dabei guckt er eisern vor sich auf den Boden, auf die neuen Bürgersteigplatten, die noch ganz blank sind und auf denen kein einziges Kaugummi festgetreten ist. Es soll ihm bloß keiner begegnen. Oder ihn sogar ansprechen. Damit sich auch noch im ganzen Dransfeld herum-spricht, dass er mit dem Karnickel-Mädchen ver-abredet ist.

Vor dem Haus Nummer 28b schaut Konrad zum ersten Mal hoch. Er sieht niemanden, aber das heißt ja nicht, dass auch ihn keiner sieht. In 27b könnten zum Beispiel die beiden Zwillingsmädchen, Lena und Lisa, hinter einer Blümchengardine oder hinter einer Porzellangans lauern und ihn beobachten.

Aber Konrad hat eine Idee. Er wird jetzt einen

Detektivtrick machen, den er aus einem *Sieben Freunde*-Buch kennt. Er holt dazu ein Markstück in der geschlossenen Hand aus der Tasche, dann bückt er sich und greift auf den Boden. Und als er wieder hochkommt, da hält er das Markstück so, dass jeder, der jetzt guckt, denken muss, er habe es gerade eben auf dem Boden gefunden. Erster Teil des schlauen Tricks.

Zweiter Teil: Jetzt guckt Konrad mehrmals deutlich nach rechts und nach links. Ja, so was aber auch!, soll das heißen. Wer hat denn hier ein Markstück verloren? Wer kann das denn sein?

Folgt der dritte Teil des Tricks: Konrad schaut zum Eingang von Nummer 28b und dabei schlägt er sich mit der flachen Hand auf die Stirn, so wie die Mama das tut, wenn ihr nach langem Suchen einfällt, wohin sie den Hausschlüssel gelegt hat. Das soll heißen: Klar, die Leute aus Nummer 28b, die haben bestimmt das Markstück verloren.

Der vierte Teil des Tricks geht so: Konrad hält die Mark so hoch wie möglich, er geht zur Haustür von Nummer 28b und klingelt. Kein Mensch auf der ganzen Welt wird jetzt noch auf die Idee kommen, dass Konrad Bantelmann hier klingelt, weil er eine Verabredung mit einem Mädchen hat.

»Hei«, sagt Fridz.

»Hei«, sagt Konrad.

»Komm rein!« Dabei fasst sie Konrad am Sweatshirt und zieht ihn ins Haus. So sind sie, die Mädchen. »Brauchst aber keinen Eintritt zu bezahlen«, sagt sie. Konrad hält nämlich das Markstück noch immer in der erhobenen Hand.

»Öh«, sagt er, »das ist für das – äh – für das Kaninchen.«

»Toll«, sagt Fridz, »vielen lieben Dank. Aber das frisst kein Geld.«

Na, das kann ja lustig werden. Diese Fridz ist das mit weitem Abstand frechste Mädchen, das Konrad jemals begegnet ist. Aber so leicht lässt er sich nicht unterkriegen.

»Weiß ich auch«, sagt er. »Aber ich dachte, du solltest ihm mal einen frischen Salat besorgen.«

Das ist als freche Antwort ganz gut. Allerdings ist jetzt schon wieder nur von diesem Kaninchen die Rede und das hatte Konrad eigentlich vermeiden wollen.

Doch heute wechseln Glück und Pech sehr schnell. Fridz nimmt ihm nämlich tatsächlich die Mark ab und sagt: »Hör auf mit dem Karnickel. Zieh lieber die Schuhe aus und komm rauf! *Irre Käfer* läuft schon und ich bin gerade auf Level zwei.«

»Cool«, sagt Konrad.

Eine halbe Stunde später sind die beiden auf Level fünf und Konrad lacht so sehr, dass ihm die Tränen über die Backen laufen. Denn erstens ist dieses Spiel ja wirklich komisch und zweitens kann Fridz zu allem, was darin passiert, ziemlich spitze Bemerkungen machen. Ziemlich lustige auch. Wenn sie nicht bald damit aufhört, wird Konrad platzen müssen. Sein Bauch tut schon weh vom vielen Lachen.

»Aah!«, sagt sie jetzt, »wartet nur, ihr höllischen Ausgeburten von braungepünktelten Pferdekackekäfern! Gleich hau ich euch zu braunem Pferdekackebrei!« Dazu lässt sie das Männchen auf dem Bildschirm mit seiner Käferklatsche wie irre in der Gegend herum hauen. Doch statt auch nur einen einzigen Käfer zu erwischen, haut sie das Geschirr vom kleinen Tisch, die Blumen von der Fensterbank und die Bilder von den Wänden und am Ende haut sie sogar ein Loch ins Fenster, durch das flugs noch mehr und immer noch mehr Käfer ins Computer-Zimmer fliegen.

Konrad kriegt sich vor Lachen kaum noch ein. Sebastian aus Nummer 9a, der am liebsten den ganzen Tag vor *Irre Käfer Zwei* sitzt, nimmt das Spiel ganz ernst. Als sie zum ersten Mal zusammen vor dem Computer saßen und Konrad auf Level zwei ein paar Käfer fliegen ließ, die man eigentlich hätte erwischen können, da war Sebastian sogar richtig sauer geworden. »Mit dir kommt man nie auf Level fünf«, hatte er gesagt.

Fridz dagegen ist in *Irre Käfer Drei* unglaublich geschickt. Zusammen sind sie in einem Zug auf Le-

-90-

vel fünf gekommen, aber dann hat Fridz plötzlich Lust gekriegt, nur noch Quatsch zu machen. Natürlich ist ihr schönes Level-fünf-Ergebnis in Sekundenschnelle komplett ruiniert, denn die neuen Käfer befreien augenblicklich die alten, die sie schon eingefangen haben, und dann fällt die ganze Käfer-Meute über das kleine Männchen her, dass es nur noch wild quietschen und sich überall hektisch kratzen kann. Der Käfer-Zähler am linken Rand des Bildschirms rasselt derweil unaufhaltsam hinunter auf Null, bis schließlich die Anzeige aufleuchtet, dass man der lausigste Käfer-Fänger unter der Sonne sei. Dabei lacht der Computer dreckig und schadenfroh.

»Schluss!«, ruft Fridz. »Und was machen wir jetzt?«

»Mutter-und-Vater-Spielen?«, sagt Konrad.

Ach du Schreck! Wie ist ihm denn das nun wieder heraus gerutscht? Das muss an der albernen Stimmung liegen, in die ihn Fridz mit ihren lustigen Bemerkungen und ihrem Gehampel vor dem Computer gebracht hat.

Und ausgerechnet Mutter-und-Vater! Es heißt, das wollen alle Mädchen spielen. Und es heißt auch, das sei das oberpeinlichste von allen oberpeinlichen Spielen der Welt. Was soll er jetzt bloß machen, wenn Fridz »Super!« sagt?

Sagt sie aber keineswegs.

Sie wird stattdessen ganz ernst. »Ne«, sagt sie. »Das Spiel wird hier nicht mehr gespielt.«

Ach ja, natürlich! Konrad möchte im Fußboden versinken. Fridz' Eltern haben sich doch getrennt! Das war nun wirklich der bekloppteste Vorschlag, den er überhaupt hätte machen können. Er murmelt etwas, das man mit viel Fantasie für ein »Entschuldigung« halten könnte. Dabei war es doch bislang so nett. Hoffentlich ist Fridz jetzt nicht beleidigt.

Ist sie nicht. »Ist schon okay«, sagt sie. Und gleich sieht sie Konrad wieder so furchtbar frech an. »Spielst du etwa zu Hause Vater-und-Mutter?«

Konrad tippt sich an die Stirn. Kein Gedanke daran.

»Und deine Eltern«, sagt Fridz, »die sind noch zusammen?«

»Klar!«

»Von wegen klar!« Fridz klickt ein paar Knöpfe an und *Irre Käfer Drei* verschwindet vom Bildschirm. »Nix ist klar! Mein Papa und meine Mama sind getrennt. Mein richtiger Onkel Klaus und meine richtige Tante Sabine sind sogar geschieden. Und mein falscher Onkel Jürgen und meine falsche Tante Marie auch.«

»Boh«, sagt Konrad. Etwas anderes fällt ihm nicht ein.

»Ja«, sagt Fridz. »Und Paul und Elvira, zu denen ich nicht Onkel und Tante sage, die haben beschlossen, dass sie erst mal ein Jahr in zwei verschiedenen Wohnungen wohnen wollen.«

»Ach«, sagt Konrad. »Und dein Papa? Wo wohnt der denn jetzt?«

Fridz macht den Computer aus. »Bei Kristine. Kristine mit K. Muss man sich mal vorstellen, so was! Mit K am Anfang. Wie Kindergarten. Oder Kirmes.«

»Und wer ist diese Kristine?«

»Na, Papas Freundin. Stell dir vor: die hat ganz kurze blonde Haare.« Fridz zeigt es mit zwei Fingern. »So kurz. Das glaubst du nicht. Die braucht bloß zehn Minuten, um sich die Haare zu waschen. Zehn Minuten mit Föhnen und allem Drum und Dran. Wenn Mama sich die Haare wäscht, dann ist der halbe Nachmittag rum. Und wenn sie gleichzeitig färbt, dann auch noch der ganze Abend.«

»So«, sagt Konrad. Das sind ja lauter unerhörte Informationen. Die roten Haare von Fridz' Mutter sind also gefärbt und Fridz' Papa wohnt bei einer Freundin, die Kristine mit K heißt. Außerdem sind alle ihre Verwandten geschieden. Dagegen kommt sich Konrad vor wie einer, der in seinem Leben noch gar nichts Richtiges erlebt hat. Irgendwie klein kommt er sich vor. Und weil kein Mensch sich gerne klein vorkommt, denkt er jetzt ganz angestrengt nach, mit was für einer Katastrophe er denn dagegenhalten könnte.

-93-

Richtig, da war doch noch unlängst etwas!

Und so erklärt Konrad erst einmal sehr lange und ausführlich, wie er und sein entsetzlicher Bruder Peter heute Mittag eine halbe Schüssel Spinat an die Wand katapultiert haben.

Ach was, eine halbe Schüssel!

Es war natürlich eine ganze Schüssel. Und der Spinat ist bis an die Decke gespritzt. Und die Schüssel ist in tausend Scherben gesprungen. Und die Mama hat getobt! Und und und –

Zwischendurch fragt sich Konrad, ob er jetzt eigentlich lügt? Nein, eher doch nicht. Das Leben, sagt der Papa immer, ist voller angefangener Geschichten. Man muss sie nur richtig zu Ende erzählen.

Außerdem hält sich jetzt Fridz vor Lachen den Bauch. Und das ist doch so ein bisschen Flunkern wert. Oder?

Zwei am Kanal

Sollen wir zum Kanal?«, sagt Fridz, als sie wieder sprechen kann.

Zum Kanal!

Was soll man dazu sagen? Übers Zum-Kanal-Gehen ist im Hause Bantelmann bislang noch nicht gesprochen worden. Und das war auch gar nicht nötig, denn Konrad gehört ja zu den Kindern, die ein angeborenes Gespür für verbotene Sachen haben. Konrad weiß immer im Voraus und ganz genau, was verboten ist. Der schöne Rasen im Park? *Betreten verboten.* Das lustige, ausgestopfte Tier im Naturkundemuseum? *Nicht berühren.* Und der interessante kleine Weg neben den Bahngleisen? *Kein Durchgang.*

Genauso war es auch mit dem Kanal. Den musste Konrad nur einmal ganz von weitem sehen, damals, als die Häuser im Dransfeld gebaut wurden – schon war ihm klar: Dahin darf man nicht gehen. Und auf gar keinen Fall alleine.

»Äh«, sagt er jetzt. »Zum Kanal?«

Das soll natürlich nicht klingen wie »O nein! O nein! Das ist doch verboten!«, sondern eher wie »Ist das denn cool?«

Aber Fridz hat entweder kein Ohr für solche Unterschiede oder sie ahnt, was Konrad eigentlich sagen müsste.

»Traust du dich nicht oder darfst du nicht?«

Sowohl als auch. Denn Konrad traut sich nicht zu sagen, dass er das Zum-Kanal-Gehen für wahrscheinlich verboten hält. Und als er stattdessen schnell »Doch trau ich mich« sagt, da ist das zwar einerseits ein bisschen gelogen, andererseits aber das Einzige, was er sich zu sagen traut.

So schwierig ist manchmal das Leben.

»Dann los«, sagt Fridz. Sie packt Konrad am Arm und zieht ihn hinunter in den Flur, dort zerrt sie ihre Schuhe aus einem kleinen, klapprigen Schrank und dabei ruft sie: »Tschüss, Henri, wir gehen raus zum Ka-na-hal!«

Wer bitteschön ist Henri?

»Meine Mama.«

»Wie bitte?«

Einen Schuh hat Fridz schon angezogen und Konrad hat seine noch nicht einmal in der Hand.

»Meine Mama heißt Henriette. Aber Papa sagt immer Henri.«

Junge, Junge! In Nummer 28b geht es schon seltsam zu. Konrad stellt sich vor, sein Papa würde seine Mama Eddi nennen! Endlich hat er seine Schuhe gefunden.

»Tschüss, Henri!«, ruft Fridz noch einmal.

Aber es kommt keine Antwort.

»Vielleicht ist deine Mama weg.«

»Ne. Die ist nicht weg. Die ist hier.« Fridz sieht mit einem Schlag wieder ganz ernst aus. Sie hat sogar eine tiefe Falte mitten auf der Stirn. »Sei mal ruhig!«, sagt sie.

Um noch ruhiger zu sein, müsste Konrad aufhören zu atmen. Sicherheitshalber tut er es.

»Ich höre nichts.«

»Ich auch nicht.« Konrad atmet wieder. Wurde auch höchste Zeit.

»Henri!«, schreit Fridz jetzt ganz laut.

Stille.

»Scheiße!«, sagt Fridz. Sie wirft den zweiten Schuh gegen die Haustür. Mit einem Satz ist sie wieder auf der Treppe. »Mama!«, hört Konrad sie rufen. »Mama! Wo bist du?«

Was geht da vor? Und was soll Konrad jetzt tun? Hier stehen bleiben wie eine Parkuhr? Oder sich nach Hause verdrücken? Vielleicht ist ja etwas Schlimmes passiert. Oder wenigstens etwas, bei dem er stört. Aber was?

Ganz langsam geht Konrad zur Treppe und langsam steigt er sie hinauf. Von oben hört er Türenschlagen und Fridz' aufgeregte Stimme.

Und dann sieht er endlich, was los ist. Das heißt, was los ist, sieht er eigentlich nicht. Er sieht nur, dass Fridz' Mama angezogen auf dem Bett im Elternschlafzimmer liegt und dass Fridz sich über sie beugt. Die Mama scheint zu schlafen und Fridz – ja, die versucht wohl sie aufzuwecken. Und wie sie das versucht! Sie schreit ihre Mama an, sie schüttelt sie. Und jetzt, ja, jetzt haut sie ihr sogar ins Gesicht. So fest, dass es richtig klatscht.

»Mama!«, ruft sie dabei dauernd. »Mama, wach auf!« Aber ihre Mama scheint so fest zu schlafen, dass sie nichts davon merkt.

»Schnell, hilf mir!«, ruft Fridz und schon ist sie an Konrad vorbei und ins Badezimmer gerannt. Dort wirft sie die Zahnbürsten aus zwei Zahnputzbechern und lässt einen davon voll Wasser laufen. »Du den anderen«, sagt sie und ist schon wieder weg.

»Mach schnell!«, ruft sie noch.

Und Konrad beeilt sich wirklich. Als er mit dem vollen Zahnputzbecher wieder im Schlafzimmer ist, da sieht er, wie Fridz ihrer Mutter das Wasser ins Gesicht schüttet. Ohne nachzudenken reicht er ihr seinen Becher, sie nimmt ihn und macht damit das Gleiche noch einmal.

»He«, sagt da die Mutter ganz leise. Ihr Gesicht und ihre Haare sind nass und das halbe Bett ist es auch.

»He«, sagt sie noch einmal. »Was machst du denn?« Und dann streicht sie sich ganz langsam die nassen Haare aus dem Gesicht.

Fridz steht neben ihrem Bett und sagt gar nichts. »Ich hab doch nur ein bisschen geschlafen«, sagt die Mutter. Endlich entdeckt sie auch Konrad. »Na, du«, sagt sie. »Die macht ganz schöne Sachen, die Friederike, nicht wahr? Da denkt man glatt, die spinnt, die Kleine.«

Sie hat sich jetzt aufgerichtet und will Fridz an sich ziehen, aber die macht sich sofort wieder los.

»Wir gehn zum Kanal«, sagt sie ganz kurz und frech. »Wollt ich nur sagen.« Und dann packt sie Konrad wieder am Arm und zieht ihn aus dem Zimmer.

»Seid vorsichtig am Wasser!«, ruft die Mutter ihnen nach.

Eine halbe Stunde später sitzen Fridz und Konrad am Kanal. Sie lassen die Beine über das steile Ufer hängen und Fridz wirft einen Stein nach dem anderen in das dunkle Wasser. Geredet hat bislang keiner von beiden. Auch nicht, als ein langes, flaches Schiff vorbeikam, das so tief im Wasser lag, dass man denken konnte, es geht gleich unter.

Konrad hat inzwischen hin und her überlegt. Ob Fridz vielleicht doch ein bisschen verrückt ist? Ob ihre Mama krank ist? Oder ob es zwischen Fridz und ihrer Mama bloß ganz anders zugeht als zu Hause bei Bantelmanns? Schwer zu sagen.

Jetzt sieht er Fridz aus den Augenwinkeln zu, wie sie mit zusammengebissenen Zähnen Steine in den

Kanal wirft. Wenn sie so weitermacht, wird der Kanal bald dermaßen voller Steine sein, dass sich das Wasser stauen oder das nächste Schiff auf Grund laufen wird.

Nein, denkt Konrad schließlich, eines ist jedenfalls sicher: So richtig verrückt ist sie nicht. Jedenfalls will er nicht, dass sie verrückt ist. Denn obwohl sie so komische Sachen macht, findet er sie immer noch ziemlich nett. Und vielleicht findet er sie sogar gerade deshalb so nett.

Endlich traut er sich zu fragen. »Du«, sagt er, »was war denn da eben? Das mit deiner Mutter.«

Fridz schaut ihn an. »Die hat wieder geschlafen«, sagt sie.

»Hab ich auch gemerkt. Aber warum hast du sie mit Wasser begossen?«

»Damit sie aufwacht.«

»Ach so«, sagt Konrad. Das war ja wieder ziemlich schnippisch. Und er will eigentlich gar nicht weiter fragen, weil er Angst hat, dass aus dem Schnippisch-Sein ein richtiges Böse-Sein wird. Aber dann fragt er doch: »Und warum sollte sie aufwachen?«

Fridz wirft darauf erst einmal eine ganze Handvoll Steine zugleich ins Wasser. »Du hast echt keine Ahnung«, sagt sie. »Meine Mama ist unglücklich, verstehst du. Und weil sie so unglücklich ist, kann sie manchmal alles nicht aushalten. Dann legt sie

-100-

sich hin und schläft. Wenn sie schläft, kann sie es besser aushalten. Sagt sie.«

»Dann lass sie doch schlafen.«

Aber Fridz schüttelt den Kopf, dass die langen roten Haare fliegen. »Sie nimmt doch die Tabletten«, sagt sie. »Weil sie ohne die Tabletten nicht schlafen kann. Aber, du –«, sie boxt Konrad ziemlich fest gegen den Arm, »diese Tabletten! Wenn man zu viele davon nimmt – ich sag's dir, die sind gefährlich!«

»Ach«, sagt Konrad. »Schläft man dann bis zum nächsten Sonntag?«

»Du Blödmann! Gar nicht schläft man. Man stirbt!«

»Ach so«, sagt Konrad.

Und dann sitzen die beiden wieder schweigend an dem dunkelbraunen Kanal.

Bis Fridz sagt: »Ich könnte die umbringen!«

»Wen?«, ruft Konrad erschrocken. »Deine Mama?«

»Quatsch!« Fridz steht auf und geht, und Konrad muss sich beeilen, damit er hinterherkommt.

»Diese Kristine«, sagt Fridz. »Kristine mit K. Die Freundin von meinem Papa. Die könnte ich umbringen. Wenn's die nicht gäbe, dann hätten wir jetzt nicht den ganzen Ärger. Diese dämliche Ziege.«

»Hm«, macht Konrad. »Sag doch deinem Papa,

er soll wieder bei euch einziehen. Sag ihm, er soll es dir zuliebe tun. Das hilft fast immer.«

»Du bist so was von doof!« Fridz sieht Konrad nicht einmal an und geht nur noch schneller den Weg am Kanal entlang. »Was glaubst du, was der macht, wenn ich das sage?«

»Weiß nicht«, sagt Konrad, schon ein bisschen außer Atem.

Da stoppt Fridz. Sie stellt sich vor Konrad hin und stemmt ihre Arme in die Seiten. »Mein liebes Kind«, sagt sie mit ganz tiefer Stimme. »Ich weiß ja, dass das alles ganz schlimm für dich ist. Aber da kann man leider nichts machen. Weißt du, mein Engel, wenn zwei Menschen sich nicht mehr lieben, dann müssen sie sich trennen, sonst wird alles nur noch viel schlimmer und niemandem ist geholfen. – So!« Das »So« sagt Fridz wieder mit ihrer normalen Stimme. »Und dann drückt er mich und knuddelt mich ab und sagt, du bist meine Pusteblume und meine kleine Prinzessin und meine Zauberfee.« Sie tippt sich an die Stirn. »Und dann haut er wieder ab und fährt zu seiner blöden Kristine.«

O weh! Jetzt wird es gefährlich. Denn Fridz sieht aus, als würde sie gleich anfangen zu weinen. Und dann würde Konrad Bantelmann hier am Kanal sein, was verboten ist, er würde mit einem Mädchen hier sein, was man als Junge nicht macht, und das Mädchen würde überdies auch noch weinen!

Konrad ist sich ganz sicher, dass er so viele schreckliche und verbotene Dinge auf einmal nicht ertragen könnte.

»Na«, sagt er schnell. »Na.« Und dabei denkt er ganz hektisch darüber nach, was er jetzt sagen könnte, damit Fridz bloß nicht anfängt zu weinen.

»Du kannst ja«, sagt er endlich – dabei ist ihm noch gar nichts eingefallen! Was soll sie können, die Fridz? Was denn bloß?

»Du kannst der Kristine ja eine Falle stellen.«

»Was für eine Falle?«

Nein, sie weint noch nicht.

»Eine Falle – mit – eine Falle mit –« O nein, Konrad Bantelmann, das wird nichts! Ihm fällt überhaupt nichts ein. Wie ist er bloß auf Falle gekommen? Das ist doch der blanke Unsinn.

»Eine Falle mit Käfern.«

»Hä?«, sagt Fridz.

»Eine Käferfalle«, sagt Konrad. »Wie im Spiel auf Level zwei. Da fällt sie rein und muss sich überall kratzen.« Wie gesagt, es ist der blanke Unsinn.

»Hm«, sagt Fridz. Dann macht sie ganz schlitzige Augen und guckt Konrad an.

Was wird jetzt passieren?

»Ja«, sagt Fridz. Sie sagt es so wie die Gangster in den Filmen, die Konrad eigentlich nicht sehen darf. »Ja«, sagt sie noch einmal. »Das ist es. Das ist genial. Wir stellen der doofen Ziege eine Kaninchenfalle.«

Eine Kaninchenfalle? Wo ist da der Witz?

»Super!«, ruft Fridz. »Su-per!« Sie ist ganz begeistert. »Das ist eine super Idee. Wir schicken ihr Papas letzten Belgischen Riesen.« Sie boxt Konrad gegen die Brust. »Verstehst du?«

Konrad versteht kein Wort.

»Uah«, sagt Fridz. »Die blöde Ziege ist doch allergisch gegen Kaninchen. Deshalb mussten die Biester doch weg.«

»Allergisch?«, sagt Konrad. Junge, hat er jetzt Glück gehabt? Oder vielleicht im Gegenteil?

»Ja, allergisch.« Fridz ist so begeistert, dass sie anfängt zu tanzen. »Diese dumme Pute! Die ist allergisch gegen Fell. Die braucht nur in die Nähe von einem Kaninchen zu kommen und schon muss sie niesen und schwitzen. Und sie kriegt einen geschwollenen Hals und rote Hände!«

»Und ihre Haare werden lila!«, sagt Konrad.

»Ja.« Fridz kneift Konrad ins Ohr. »Und ihre Zähne und ihre Fingernägel auch!«

»Und sie kriegt grüne Flecken auf dem Bauch.«

»Und ihre Ohrläppchen werden gelb. Und ihre Zehennägel rollen sich auf. Und ihre Knie werden weich. Und ihr Kopf auch.« Fridz hüpft vor Vergnügen. Plötzlich packt sie Konrad an beiden Armen, drückt ihn fest an sich und gibt ihm einen Kuss auf die Backe. Der Kuss tut beinahe weh. »Los«, sagt sie und sieht ihm fest in die Augen.

»Weitermachen bis zu Hause! Wer das Schlimmste weiß, hat gewonnen.«

Und sie gehen. Es ist ein schönes Spiel. Ein wunderbares Spiel. Nicht zu fassen, was einem alles einfällt, wenn man sich vornimmt, so richtig gemein zu sein. Natürlich gewinnt Fridz. Es ist unglaublich, was ihr alles einfällt. Sie ist ganz außer sich vor Begeisterung. Doch als sie wieder vor der Nummer 28b sind, drückt sie Konrad eine Hand auf den Mund.

»Still jetzt«, sagt sie. »Bis morgen! Morgen machen wir's. Klar? Gleich nach dem Frühstück.«

»Klar«, sagt Konrad.

»Und zu keinem ein Wort! Verstanden?«

»Verstanden.«

»Gut. Ich muss jetzt rein und nach Henri sehen.« Fridz winkt und verschwindet im Haus.

Konrad winkt auch.

Dann geht er ganz langsam nach Hause. Dabei rechnet er alles zusammen: Er war mit einem Mädchen verabredet. Er hat etwas ziemlich Schreckliches erlebt. Er war verbotenerweise am Kanal. Er hat sich etwas Gemeines ausgedacht. Und – er ist geküsst worden!

Konrad denkt an seine Dransfeld-Liste. Eigentlich müsste man das alles aufschreiben. Aber dann versucht er, ganz schnell an etwas anderes zu denken. Es funktioniert so halb und halb.

Kristine Krise

Beim Abendessen im Hause Bantelmann passiert zunächst einmal nicht das Befürchtete. Erstaunlicherweise ist vom Mittags-Spinat, seiner Flugbahn und seiner Landung gar nicht die Rede. Man sieht auch nichts mehr an der Wand. Die Mama hat den Fleck überstrichen und die Farbe mit dem Föhn getrocknet.

Doch dann wird, wie nicht anders zu erwarten, ein Konrad ausgequetscht. Wie eine Zitrone. Es soll allerdings kein Saft aus ihm fließen, sondern möglichst viele Sätze. Immerhin hatte er seine erste Verabredung mit einem Mädchen. Die Eltern sind ja so neugierig und so gespannt!

Konrad aber ist keine Zitrone und lässt sich keineswegs ausquetschen. Er sagt allerdings nicht: »Ich erzähl nichts!« Das wäre dumm. Stattdessen leistet er passiven Widerstand. Und das geht so:

Wie es denn war?, wird er zuerst gefragt.

»Gut«, lautet die erschöpfende Antwort.

Was man denn so gemacht habe?

»Gespielt.«

Donnerwetter! Damit konnte nun wirklich keiner rechnen. Was genau man denn gespielt habe?

»Verschiedenes.«

Meine Güte, ist der Junge mal wieder gesprächig! Mama und Papa Bantelmann werden jetzt ein wenig ärgerlich. Ob das vielleicht ein ganz kleines bisschen genauer geht? Bitte bitte!

»*Irre Käfer Drei*«, sagt Konrad gutmütig.

Und dann kommt endlich die Frage, vor der er sich am meisten gefürchtet hat.

Wie ist sie denn so, die Familie von dieser Friederike?

»Nett«, sagt Konrad tapfer.

Da rutscht der Papa doch tatsächlich von seinem Stuhl und kniet sich neben Konrad auf den Boden. »Gnade, großer Meister«, sagt er mit weinerlich verstellter Stimme, »schenk er uns doch das Vergnügen, ein wenig teilhaben zu dürfen an den Abenteuern, die ihm am heutigen Nachmittag auf seinen Erkundungszügen ins Innere des ungeheuren Dransfelds zugestoßen sind. Immerhin sind wir, die untertänigsten und ergebenen Wolfgang und Edith Bantelmann, doch des Herrn und gnädigen Meisters Konrad demütige Erziehungsberechtigte und haben wir in dieser Funktion doch ein natürliches Interesse daran zu wissen, wo unser schweigsamer Held sich herumgetrieben hat.«

Peter versteht kein Wort davon, muss aber dennoch sehr lachen und bringt dabei seinen Kakao in akute Lebensgefahr.

»Vorsicht!«, ruft die Mama.

Das gilt Peter und seinem Kakao. Aber auch Konrad muss vorsichtig sein. Denn wenn er jetzt weiter gar nichts mehr erzählt, dann sind die Eltern sauer. Andererseits darf er auch nicht einfach drauflos erzählen, denn dann kommt er am Ende bestimmt aus Versehen bei dieser schrecklichen Geschichte von der schlafenden Mama und ihren Tabletten an. Und das darf nicht sein! Konrad hat das absolut sichere Gefühl, dass es entweder verboten oder blöd ist, davon zu erzählen. Vielleicht sogar beides. Und um gar nicht in eine der beiden Gefahren zu kommen, erzählt er jetzt ganz ganz ausführlich davon, wie sie bei *Irre Käfer Drei* auf Level fünf gekommen sind und wie diese Fridz dann total wild mit dem Käferklatschemännchen über den Bildschirm gerauscht ist und wie dann das Fenster kaputtgegangen ist und wie dann die anderen Käfer –

»Dan-ke«, sagt der Papa. Er sitzt jetzt wieder auf seinem Stuhl. »Vielen Dank«, sagt er noch einmal. Es klingt allerdings nicht sehr freundlich.

»Vielen Dank für die freundliche Auskunft«, sagt er, aber dann macht die Mama ihm irgendwelche Zeichen und der Rest des Abendessens verläuft ganz still und ohne besondere Vorkommnisse. Sogar Peters Kakao bleibt erstaunlicherweise am Leben.

Knapp zwei Stunden später liegt der Papa wieder in Peters Bett und die Jungs neben ihm versuchen zum x-ten Mal, ihm nicht in den Bauch oder sonst wohin zu treten, während sie ihre Beine in die bequemste Lage bringen.

»Also«, sagt der Papa. »Die Waldschlange Anabasis. Der geheimnisvolle Kristall. Der Gelehrte Franzkarl Forscher. Und – der verräterische Doktor Bigomil Trüger.« Es klingt, als würde er sich seine Geschichte Stück für Stück und ziemlich mühsam wieder in Erinnerung rufen. Kurz darauf hat er dann auch den roten Faden gefunden, der all diese Geschichtenstücke zusammenbindet.

»Richtig, richtig«, sagt er. »Wir wissen also mittlerweile um die geheimnisvollen Kräfte des Kristalls und – äh – wir ahnen schon, dass die Wissenschaftler große Schwierigkeiten bei dem Versuch bekommen werden, ihn möglichst rasch und möglichst sicher in ein großes Labor zu bringen.«

»Papa«, sagt Konrad.

»Ja, bitte?« Es ist nicht genau festzustellen, ob sich der Papa heute über Unterbrechungen freut oder ob er das nicht tut.

»Papa«, sagt Konrad noch einmal. »Der Forscher.«

»Ja, was ist mit dem?«

»Der ist doch geschieden.«

»Wie bitte!«, sagt der Papa. Das klingt immer

noch weder eindeutig freundlich noch eindeutig genervt. Nur ziemlich erstaunt.

»Ja«, sagt Konrad. »Ich weiß das jetzt ganz genau. Aber er hat nicht zwei Söhne, sondern eine Tochter. Die heißt – äh«, hier macht Konrad eine Pause, aber nach zwei, drei weiteren »Ähs« sagt er rasch: »Die heißt Luise.«

»So so! Und woher weißt du das so genau?«

Tja, woher weiß er das? Normalerweise weiß nur der Papa, wie seine Geschichten weitergehen, während Konrad und Peter allenfalls ihre Zwischenfragen stellen. Der Papa ist also zu Recht erstaunt.

»Einfach so«, sagt Konrad.

Eine schwache Antwort. Und wie nicht anders zu erwarten, gibt sich der Papa auch gar nicht damit zufrieden.

»Was heißt das: einfach so?«

Jetzt liegt alles an Konrad. Wenn er bloß noch einmal »Einfach so« sagt, dann wird die Waldschlangen-Geschichte wahrscheinlich genau so weitergehen, wie der Papa will. Aber wenn er sich einen Beweis dafür ausdenken kann, warum Franzkarl Forscher geschieden ist, dann müsste der Papa davon erzählen.

Und das wäre wichtig für Konrad. Sehr wichtig sogar.

»Ich weiß es wegen dem Handy«, sagt er daher.

»Wenn du mal weg bist, rufst du jeden Abend mit dem Handy an. Aber dieser Forscher ist auf einer Expedition im Dschungel und hat noch kein einziges Mal zu Hause angerufen.«

»Hm«, sagt der Papa. »Nicht zu Hause angerufen? Kein einziges Mal?«

»Nein. Hast du nicht erzählt.«

»Hm«, sagt der Papa noch einmal. Er selbst ruft ja wirklich dauernd zu Hause an. Letzte Woche hat er dafür sogar ein neues Handy bekommen, das man zusammenklappen und in die Hosentasche stecken kann.

»Und was meinst du«, sagt er nach einer Pause, »hat er eine andere Frau?«

»Ja«, sagt Konrad. »Eine andere Frau. Eine Freundin.«

»So so«, sagt der Papa ganz langsam. »Und wie heißt diese andere Frau?«

»Kristine«, sagt Konrad rasch. »Kristine mit K.«

»Und wie weiter?«

Wie weiter? Wie weiter? Woher soll Konrad das wissen?

»Wie wäre es mit Kristine Krise?«, sagt der Papa.

Peter, der bislang stumm vor Erstaunen dagelegen hat, lacht jetzt ganz laut. »Kristine Krise! Kristine Krise!«, ruft er und tritt vor Begeisterung um sich. Dabei ist es gar nicht sicher, ob er weiß, was eine Krise ist. Aber so wie Konrad im Voraus weiß, was verboten ist, hat Peter ein ziemlich untrügliches Gefühl für komische Sachen.

Puh, denkt Konrad. Es könnte klappen.

Und es klappt tatsächlich.

»Also – sie heißt Kristine Krise«, sagt der Papa. »Um genau zu sein: Fräulein Doktor Kristine Krise. Sie ist, sagen wir mal: 29 Jahre alt und hat sich mit einer wissenschaftlichen Arbeit über geheimnisvolle, zickzackförmige Trampelspuren in schottischen Weizenfeldern zur Doktorin der Obskurologie promoviert. Danach ist sie Franzkarl Forschers persönliche Assistentin geworden, und auf einer Expedition zu den Tempeln der Minka haben sich die beiden ineinander verliebt. – Bist du jetzt zufrieden?«

»Ja«, sagt Konrad.

»Dann kann ich ja weitererzählen.«

»Nein«, sagt Konrad.

»Wie, nein?«

»Wir müssen alles erzählen. Und viel genauer. Auch von Luise.«

»Wer ist Luise?«

»Du weißt doch«, sagt Konrad, schon mit einem vorwurfsvollen Ton in der Stimme. »Das ist die Tochter von Franzkarl und Evelyn Forscher. Die ist zu Hause bei ihrer Mama. Und der Mama geht es ganz schlecht.«

»Ach ne«, sagt der Papa. »Und davon soll ich jetzt erzählen?«

»Ja«, sagt Konrad knapp. Es klingt wie ein Befehl.

»Nein«, sagt Peter. »Von der Waldschlange sollst du erzählen. Und vom Kristall und von Doktor Trüger!«

Es gibt Tage, an denen möchte man seinen kleinen Bruder am liebsten über dem offenen Feuer rösten! Das geht natürlich nicht. Man würde es auch wahrscheinlich später bereuen. Aber wenigstens ins Bein kneifen würde Konrad den Peter jetzt ganz gerne, damit er Ruhe gibt. Das geht allerdings auch nicht, denn zwischen ihnen beiden liegt ganz breit der Papa. Was soll er also tun?

Tatsächlich fällt ihm wieder etwas ein. Er guckt über den Papa hinweg den Peter ganz fest an und sagt nur ein Wort: »Spinat.«

Das wirkt! Denn wenn Konrad jetzt von dem fliegenden Spinat erzählt, dann wird nicht nur er, sondern auch der Peter sich die notwendig folgende, sehr papamäßige Schimpfrede anhören müssen. Also sagt Peter gar nichts mehr.

Der Papa wird über diesen geheimnisvollen Mitteilungen zwischen seinen Söhnen nur noch neugieriger. »Dann mal los«, sagt er ganz aufgeräumt und so, als hätte er nichts bemerkt. »Wo wohnen die denn, die Frau Forscher und ihre Tochter Luise?«

»In einem ganz neuen Haus«, sagt Konrad. »In

einem ganz neuen Haus zwischen lauter anderen neuen Häusern.«

»Aha«, sagt der Papa. »Und Professor Forscher?«

»Der ist da gar nicht mit eingezogen.«

»Hoi! Und wo wohnt er stattdessen?«

»Der wohnt bei Kristine Krise.«

»Ich verstehe«, sagt der Papa. »So ist das also. Schlimme Sache. Da haben wir also eine von diesen unglücklichen Situationen, in die auch die glücklichste Familie hineingeraten kann. Und wie so oft trifft es auch hier am härtesten die kleine Tochter Luise –«

»Nein«, unterbricht Konrad. »Am schlimmsten geht es ihrer Mutter.«

»Wieso?«

Aber Konrad schüttelt nur den Kopf. Das muss der Papa schon selbst erzählen.

»Der Mutter geht es also am schlimmsten«, sagt der Papa langsam. Er muss sich wohl erst in die Geschichte hineindenken. »Aber das ist ja auch kein Wunder«, fährt er fort. »Fast zwei Jahre lang hat sie sich nämlich ganz alleine um das neue Haus gekümmert. Sie hat die Kacheln für das Badezimmer und den Teppichboden für das Kinderzimmer ausgesucht, während ihr berühmter Ehemann im Dschungel war und nach Tonscherben gegraben hat. Aber sie hat es ja auch gerne getan. Denn wisst ihr, was sie geglaubt hat?«

Konrad schüttelt wieder den Kopf.

»Sie hat geglaubt: Wenn wir erst alle in das schöne neue Haus gezogen sind, dann wird sich der Herr Professor Forscher dort so wohl fühlen, dass er sich ab sofort nur noch Sachen zum Erforschen aussucht, die nicht im hintersten Tatukistan liegen. Im Gegenteil, er wird dann Heimatforscher und kann jeden Abend zu Frau und Tochter zurückkommen und an den Wochenenden ganz zu Hause bleiben. – War es so?«, fragt der Papa.

Konrad nickt.

»Gut«, sagt der Papa. »Aber leider kommt dann alles ganz anders. Während nämlich das neue Haus der Forschers fast fertig ist und Frau Forscher schon den Umzug organisiert, befindet sich der Herr Professor gerade hoch oben auf einer Minka-Pyramide in der Tempelstadt Hattumaku.«

Peter muss über Hattumaku lachen.

»Pst«, sagt Konrad. Und drohend sagt er noch einmal: »Spinat.« Da ist Peter sofort still.

»Es ist gerade Abend in Hattumaku«, erzählt der Papa gleich weiter. Allmählich scheint ihn die neue Geschichte zu interessieren. »Blutrot geht die Sonne über den Minka-Tempeln unter und Franzkarl Forscher fühlt sich mit einem Mal schrecklich einsam. Viel lieber würde er jetzt bei Frau und Tochter sein als hier auf diesem dämlichen alten Steinhaufen zu sitzen. Sie könnten zusammen grillen oder eine Radtour machen oder einfach nur am Kanal sitzen und die Schiffe betrachten. Aber nix da! Es muss nun einmal in fremden Ländern geforscht werden. Damit später dicke Bücher vollgeschrieben und neue Scherben im Museum beguckt werden können.«

»Und dann?«

»Tja. Wie nun der Herr Professor so traurig auf seiner Pyramide sitzt und in den Sonnenuntergang glotzt – wer kommt da auf einmal an, in der linken Hand ein Grillwürstchen und in der rechten eine Flasche kaltes Bier?«

»Die Krise«, sagt Konrad mit dunkler Stimme.

»Genau. Fräulein Doktor Krise, die sich mal eben ganz lieb um ihren Professor kümmern will. Stolziert da die alten, wackligen Steine hoch, hebt schon von weitem das Würstchen und die Bierflasche und ruft dabei mit heller und süßer Stimme – na, was glaubt ihr, was die ruft?«

»Essen ist fertig«, sagt Konrad.

»Falsch«, sagt der Papa. »Süßer!«

»Sie ruft: Süßer?«

»Nein! Sie ruft mit süßer Stimme. Mach mal!«

»Hier ist was Leckeres«, sagt Konrad. Es klingt immerhin bitter-süß.

»Gut«, sagt der Papa. »Und was glaubst du, was passiert, als die liebe Kristine dem Forscher das Würstchen und das Bier in die Hand drückt?«

»Er putzt es weg«, sagt Konrad. Was denn sonst?

»Und was noch?«

»Weiß nicht!«

»Na – der Herr Professor verliebt sich Knall auf Fall in seine bezaubernde Assistentin. Peng!«

»Einfach so?«, sagt Konrad. »Peng? Bloß wegen dem Würstchen und dem Bier?«

»Nein«, sagt der Papa. »Nicht bloß wegen dem Würstchen und dem Bier. Aber der Herr Forscher hat einfach im Moment ein sehr starkes Bedürfnis nach Zuwendung und Zärtlichkeit. Und weil seine Frau, die eigentlich für Zuwendung und Zärtlichkeit zuständig wäre, nicht da ist, da überträgt sich sein Bedürfnis eins-zwei-drei auf das werte Fräulein Krise.«

»Ich glaub's nicht«, sagt Konrad. »Und was tut er?«

»Tja«, sagt der Papa. »Was tut er? Was man in solchen Fällen eben tut. Er isst sein Würstchen, trinkt sein Bier, dann wischt er sich den Mund ab, setzt sein Fräulein Krise neben sich, glotzt mit ihr zusammen in den Sonnenuntergang über den alten Tempeln, legt ihr dabei einen Arm um die Schultern und sagt ihr ganz leise irgendwelche netten Sachen ins Ohr.«

Um genau zu zeigen, was er meint, legt der Papa umständlich einen Arm um den Peter und flüstert ihm irgendetwas ins Ohr. Das kitzelt natürlich gewaltig. Peter muss lachen und dabei tritt er dem Papa in den Bauch.

»Uff«, sagt der Papa.

»Und dann?« Konrad ist jetzt sehr gespannt. Viel gespannter, als er bislang bei der Waldschlangen-Geschichte war.

Der Papa kneift und zwickt aber weiter am Peter herum.

»Und dann?«, sagt Konrad noch einmal.

»Hm.« Der Papa lässt den Peter wieder los. »Das kommt jetzt sehr darauf an.«

»Worauf?«

»Auf das Fräulein Krise. Wenn sie nämlich ein bisschen zur Seite rutscht oder wenn sie einen spitzen Schrei ausstößt oder wenn sie ihm sogar ganz fest auf die Finger haut, dann – ja, dann geht der einsame Forscher in sein Zelt, trinkt vielleicht noch weitere sieben Flaschen Bier, schläft kurz darauf ein und hat am nächsten Morgen einen dicken Kopf. Wenn hingegen –«

Der Papa macht eine Pause. Er scheint nachdenken zu müssen.

Konrad ist ganz still.

»Wenn hingegen das Fräulein Krise hübsch ruhig sitzen bleibt und sich alles anhört, was er ihr ins Ohr flüstert, oder wenn sie dabei leise ›Oh‹ und ›Ach ja‹ sagt oder wenn sie sogar noch näher heranrückt und dem Professor den Kopf an die Schulter legt –«

Der Papa macht es wieder mit dem Peter vor.

»Dann nimmt das Unglück seinen Lauf.«

»Wieso?«

»Ach«, sagt der Papa. »Weil dann der Herr Professor glücklich ist. So furchtbar glücklich, dass er von nun an und für den Rest seines Lebens neben seinem Fräulein Krise auf einer Pyramide sitzen und ihr nette Sachen ins Ohr sagen möchte. Er wünscht sich das so sehr, dass ihm darüber seine Frau und seine Tochter und sein neues Haus ganz unwichtig werden. Und noch bevor die Sonne ganz hinter den Pyramiden verschwunden ist, hat er beschlossen, gar nicht in das neue Haus zu ziehen, sich stattdessen von seiner Frau und seiner Tochter scheiden zu lassen und ab jetzt mit seinem Fräulein Krise in einem Zwei-Personen-Zelt zu wohnen.«

»Und mit ihr zu schlafen«, sagt Konrad.

»Wie bitte!«, sagt der Papa. Es klingt sehr erschrocken. Dabei hat er selbst vor ein paar Monaten seinem Sohn Konrad Bantelmann erklärt, dass Leute, die sich lieben, auch zusammen schlafen. Trotzdem ist er immer wieder erschrocken, wenn er bemerkt, dass Konrad das behalten und möglicherweise auch begriffen hat.

»Ja, natürlich«, sagt er daher rasch. »Natürlich schlafen sie dann auch miteinander. Richtig wie Mann und Frau.«

Konrad stöhnt. »Und natürlich kriegen sie Kinder.«

»Möglich«, sagt der Papa. »Möglicherweise kriegen sie auch Kinder.«

Dann schaut er auf die Uhr. Es ist genau Viertel nach acht. Er sieht seine Jungs an. Sie liegen ganz still und sie sehen ziemlich müde aus. Deshalb gibt er beiden einen Gutenachtkuss, und ausnahmsweise trägt er den Konrad, der dafür längst zu groß ist, hinüber in sein Bett. Dann geht er hinunter ins Wohnzimmer.

Dort unten hört Konrad ihn und die Mama reden. Sie sprechen sehr leise, wie sie es immer tun, wenn ihre Söhne auf keinen Fall etwas verstehen sollen. Und so sehr sich Konrad auch anstrengt, er versteht kein einziges Wort. Darüber schläft er ein.

Belgischer Riesenernst

Am nächsten Morgen macht sich Konrad gleich nach dem Frühstück auf den Weg zur Nummer 28b. Doch kaum ist er aus dem Haus, da spürt er eine kleine Befürchtung. Sie sitzt ungefähr in Höhe seines Bauchnabels und sie wächst mit jedem seiner Schritte, bis sie eine riesige Sorge ist: Könnte diese verrückte Friederike ihre Idee von gestern, man solle der Freundin ihres Vaters eine Kaninchen-Falle stellen, am Ende ernst genommen haben?

Konrad ist ganz erschrocken. Warum hat er erst jetzt diese Sorge? Gestern, als sie sich ausgedacht haben, was mit dieser Kristine alles passiert, wenn sie ihre Karnickel-Allergie bekommt, da hat er keine Sekunde lang daran gedacht, der armen Frau wirklich so ein Tier auf den Hals zu schicken. Man redet halt solch wüstes Zeug. Das macht man jeden Tag. Aber man tut doch längst nicht alles, was man gesagt hat!

Konrad denkt an den Unfug, den sie in der Schule immer planen, besonders in den Pausen: die Tafel durchs Fenster werfen, die Schule in die Luft sprengen, alle Bücher auf einen Haufen werfen und anzünden. Was man eben so erzählt, wenn es zum Beispiel schön warm draußen ist und man keine Lust aufs Schulaufgaben-Machen hat.

Aber! – Es hat doch nie jemand tatsächlich alle Bücher eingesammelt und auf einen Haufen geworfen und richtig angezündet. Und wenn einer das täte, dann könnte es nur einer sein, der total durchgedreht ist. Und natürlich würden alle ihn sofort von dem Unsinn abhalten.

Mit der Belgischen Riesen-Idee muss es sich ähnlich verhalten. Fridz ist nun einmal stinksauer auf diese Kristine, weil die ihr den Papa weggenommen hat. So viel hat Konrad ja mittlerweile verstanden. Und weil sie so sauer ist, wünscht sie dieser Kristine die Pest an den Leib. Außerdem wäre das ja wirklich eine ziemlich witzige Rache, sie ausgerechnet mit diesem Mega-Kaninchen von Fridz' Papa zu ärgern.

Aber, wie gesagt: kein vernünftiger Mensch würde doch tatsächlich eine solche Gemeinheit begehen.

Denkt Konrad. Und wie so viele Menschen auf der Welt glaubt auch er genau zu wissen, wie ein vernünftiger Mensch aussieht und was er macht. Ein vernünftiger Mensch, denkt er, sieht ziemlich genau so aus wie Konrad Bantelmann aus dem Dransfeld – und macht all das nicht, was Konrad Bantelmann nicht machen würde.

So weit, so gut. Doch jetzt kommt leider noch ein Aber. Denn obwohl er Fridz wirklich ausgesprochen nett findet, hat Konrad doch gewisse Zweifel daran, ob sie auch ein wirklich vernünftiger Mensch ist. Wohlgemerkt: ein vernünftiger Mensch nach der Bauart Konrad Bantelmann! Einiges an ihr spricht nämlich dafür, dass sie außer nett und sympathisch auch noch ein ganz kleines bisschen verrückt ist.

Vielleicht sogar verrückt genug, um diesen Kaninchen-Plan in die Tat umzusetzen. Und womöglich auch verrückt genug um zu glauben, dass so ein durch und durch vernünftiger Mensch wie Konrad Bantelmann dabei mittun könnte!

Mit diesen Gedanken vergeht der Weg zur Nummer 28b sehr schnell, auch wenn Konrad eigentlich ziemlich langsam gegangen ist. Jetzt steht er vor der Tür. Und er fühlt dabei ganz deutlich, wie er sich unterwegs in zwei verschiedene Konrads geteilt hat.

Zwei ganz verschiedene Konrads!

Der eine Konrad hat jetzt eine Riesenangst, er könnte in diese schlimme Kaninchen-Geschichte hineingezogen werden. Das ist der alte Konrad.

Der andere Konrad allerdings, den kribbelt es sehr schön in den Fingerspitzen, wenn er sich vorstellt, er dürfte tatsächlich bei einem solchen Abenteuer mitmachen! Das ist ein neuer Konrad.

Zusammen drücken die beiden Konrads auf den Klingelknopf.

Nicht mal drei Sekunden später wird die Tür aufgerissen. Und wie sie es immer tut, packt Fridz den Doppel-Konrad am Arm und zieht ihn mit Schwung ins Haus.

»Na endlich!«, ruft sie dabei. »Wo steckst du bloß? Im Gehen eingeschlafen?«

Aber eine Antwort wartet sie gar nicht erst ab. »Los, komm!«, ruft sie. »Du wirst staunen. Alles schon fix und fertig!«

Und wie sie dann vor ihnen die Treppe hinunter in den Keller fegt, da sind sich beide Konrads schlagartig sicher, dass sie seit gestern keine Sekunde lang an etwas anderes gedacht hat als an ihre Belgische Kaninchen-Rache.

O je!, denkt der alte Konrad.

Na, schauen wir erst mal, beruhigt ihn der andere, der neue.

Unten im Kellerflur holt Fridz einen Schlüssel aus der Tasche und schließt damit einen der Kellerräume auf. Bei Bantelmanns wäre das der Vorratskeller. Aber wer weiß, was einen hier in Nummer 28b erwartet.

Fridz macht die Tür auf und tritt ein wenig beiseite. »Na«, sagt sie, »was sagst du?«

Die Konrads sagen nichts. In dem Keller, der eigentlich der Vorratskeller sein müsste, stehen näm-

-124-

lich nicht wie bei den Bantelmanns ganz viele Flaschen und Konservendosen, sauber und ordentlich nach Größen geordnet, in praktischen Wandregalen. Nein, hier stehen nur wieder Umzugskartons. Kleine und große, ein paar sind wohl zusammengefaltet, aber die meisten liegen einfach übereinander geworfen da.

»Und?«, sagt Fridz. Sie scheint von diesen Kartons ganz begeistert zu sein.

»Kartons«, sagen die Konrads. Keine Sache, von der man unbedingt begeistert sein muss.

»Ja, eben«, sagt Fridz. »Jede Menge Superkartons. Und darin können wir der blöden Ziege ihr Pest-Kaninchen auf den Hals schicken. Ohne dass sie rauskriegt, von wem es ist.«

Auch der alte Konrad ist gar nicht mehr erstaunt. Im Grunde hat er es ja gewusst. Aber während der neue Konrad erst einmal abwarten möchte, versucht der alte zu retten, was zu retten ist.

»Willst du das denn wirklich machen?«, sagt er.

Fridz hat mittlerweile angefangen, ein paar von den Kartons zur Seite zu räumen. »Was fragst du denn?«, sagt sie. »Du bist doch selbst auf die Idee gekommen.«

Ach du Schreck! Der alte Konrad erinnert sich genau. Er hat zwar gestern vom Fallenstellen gesprochen, aber die Idee mit dem Kaninchen – die hat Fridz doch ganz alleine ausgebrütet. Außerdem wollte er ja nur etwas Lustiges sagen, um sie zu trösten. Genau das würde er jetzt gerne zu seiner Verteidigung vorbringen. Aber so wie Fridz mit diesen Kartons hantiert, sieht es nicht so aus, als würde sie sich auf eine komplizierte Unterhaltung darüber einlassen, wer was gesagt hat und wer was nicht. Beinahe fliegen den Konrads nämlich schon die Kartons um die Ohren, so wühlt sie darin herum – und jetzt endlich hebt sie einen davon mit beiden Händen hoch über den Kopf.

»Der hier!«, ruft sie. »Ich hab ihn zur Sicherheit unter den anderen versteckt.«

Und das hat dieser Karton auch nötig gehabt, denn er sieht ganz anders aus als die anderen: Er ist knallrot, das heißt, er ist mit knallrotem Papier beklebt, außerdem sind etliche Meter quietschgelbes Band darum gewickelt, und oben auf dem Karton sitzt die dickste und schiefste und verwuseltste Schleife, die die Konrads jemals gesehen haben.

»Wau!«, sagen sie, alle beide.

»Genau!«, sagt Fridz. Sie sieht sehr stolz aus und das macht sie richtig schön. Sie dreht den Karton, damit man ihn von allen Seiten sehen kann. »Zwei Stunden hab ich gestern noch gebraucht, bis er so aussah. Gut, oder?«

Stimmt. Selbst wenn man widersprechen wollte, man könnte es nicht. So ein Karton aber auch! Oben hat er ein Adressenschild, das in drei verschiedenen

Farben geschrieben und mit aufgeklebten Herz-
chen verziert ist.

»Was glaubst du«, sagt Fridz und dabei macht sie
große Augen. »Was glaubst du, wie die Ziege sich
darauf stürzen wird, wenn sie ihn sieht. Die denkt
doch, da ist das größte und dickste Geschenk von
der ganzen Welt für sie drin. Und dann –«, sie
drückt sich den Karton vor die Brust und tanzt wie
ein Indianer im Kreis herum, »dann fetzt sie das
Papier herunter, mit ihren spitzen Fingernägeln
reißt sie den Deckel auf, mit ihren beiden gierigen
Händen greift sie hinein – und was zieht sie raus?«

Noch bevor die Konrads etwas sagen können,
lässt Fridz den Karton fallen und tut, als hielte sie
etwas in den Händen. Sie schaut dieses Etwas mit
einem irren Blick an und beginnt laut zu kreischen:
»Iiiiih! Iiiiih! Ein Kaninchen! Hilfe! Hilfe!«

Dann tut sie, als schmisse sie dieses Etwas weit
von sich. Und sofort kratzt sie sich am ganzen Kör-
per. »Iiiiih!«, schreit sie dabei. »Ich kriege Pickel!
Meine Haare fallen aus! Ich bin überall blau und
grün! Meine Zähne werden schwarz! Meine Zehennägel rollen sich auf! Hilfe! Hilfe!«

Schließlich legt sie sich die Hände um den Hals
und drückt ganz fest zu. »Ich kriege keine Luft!«,
röchelt sie heiser und verdreht dabei die Augen.
»Ich habe eine multinationale Tierfell-Allergie und
muss jetzt leider ein bisschen sterben.«

Sie nimmt eine Hand vom Hals und winkt den Konrads damit zu. »Ade, du schnöde Welt«, röchelt sie. »Und tut mir bitte noch einen Gefallen. Sagt den Kaninchen auf dem Friedhof, sie sollen nicht auf meinem Grab buddeln.« Dann lässt sie sich steif wie eine Bahnschranke nach hinten in die Kartons fallen.

Gleich darauf ist sie schon wieder auf den Beinen. »Wie findest du das?«, sagt sie.

Doch darauf kriegt sie erst einmal keine Antwort. Die beiden Konrads sind nämlich ganz einmütig vor Lachen auf den Boden gefallen und da liegen sie jetzt, die Tränen laufen ihnen über die Backen und sie schnappen nach Luft.

»He«, sagt Fridz, »was soll die Durchhängerei? Jetzt wird gearbeitet. Jetzt muss das Karnickel in den Karton.«

Der alte Konrad, der vernünftige, kriegt als erster wieder Luft. »Was?«, sagt er. Er vermutet nämlich das Schlimmste – und er vermutet richtig.

»Du musst mir helfen«, sagt Fridz.

»Das kann ich nicht!«

Hoppla! Wer hat das gesagt? Sätze wie »Das kann ich nicht« sind doch strikt verboten, besonders Mädchen gegenüber.

Prompt kommt die verdiente Strafe. »Mach dir nicht ins Hemd«, sagt Fridz. »Hier, schau mal!« Sie nimmt den Karton, dessen Schleife jetzt noch ein bisschen schiefer ist, und drückt ihn den Konrads in die Hände. An der Seite hat der Karton eine Klappe, die aussieht, als sei sie mit einer Heckenschere hineingeschnitten worden. Fridz macht die Klappe einmal auf und einmal zu.

»Verstanden?«, sagt sie. »Du hältst den Karton. Klappe auf. Riese rein. Klappe zu. Das schaffst du schon. Und jetzt los! Wir haben nicht viel Zeit. In einer halben Stunde ist Henri zurück.«

Was soll man dagegen machen? Nichts natürlich. Sicherheitshalber gibt der alte Konrad den knallroten Karton an den neuen weiter, an den abenteuerlustigen – und der steht damit tatsächlich zwei Minuten später vor dem Kaninchenstall und hilft Fridz dabei, sich an der Freundin ihres Vaters zu rächen.

»Hältst du wohl still!«, sagt Fridz. Damit sind allerdings nicht die Konrads gemeint, obwohl denen ziemlich die Hände zittern. Gemeint ist vielmehr das Kaninchen, das offenbar ahnt, was man mit ihm vorhat, und das sich daher nicht so einfach fangen lässt.

»Ich halt ja still«, sagt der neue Konrad, weil er hinter dem Karton gar nichts sehen kann.

»Bist auch nicht gemeint«, sagt Fridz. Und jetzt hat sie tatsächlich den letzten Belgischen Riesen geschnappt. »Klappe auf!«, ruft sie.

Der neue Konrad hält die Klappe so weit auf, wie

es eben geht. Seine Augen lässt er dabei allerdings zu. Und als er merkt, wie der Karton plötzlich sehr schwer wird und wie es gleichzeitig darin zu rumoren anfängt, da gerät er beinahe ein bisschen in Panik.

»Klappe zu!«, ruft Fridz.

Aber der neue Konrad kann gar nichts mehr machen. Mit Ach und Krach schafft er es gerade noch, den tonnenschweren und dabei noch ruckelnden und zuckenden Karton nicht fallen zu lassen.

Da sagt Fridz etwas ziemlich Unfreundliches und macht die Klappe selbst zu. Sie holt eine große Rolle Klebeband aus ihrer Tasche und eine riesige Schere, und mit ein paar Stücken Klebeband klebt sie die Klappe so fest zu, dass auch nicht ein Dutzend Kaninchen sie wieder aufkriegen könnten. Jedenfalls sagt sie das, als sie mit dem Zukleben fertig ist.

»Kannst ihn absetzen.«

Was der neue, aber schon nicht mehr ganz so abenteuerlustige Konrad auch liebend gerne tut.

»Aber nur kurz zum Verschnaufen«, sagt Fridz. »Wir müssen gleich los!«

»Los? Wohin?«

»Na, was denkst du denn? Zur Post natürlich.«

Jetzt muss sogar der neue Konrad ganz energisch protestieren. »Doch nicht zur Post!«, ruft er.

»Und warum nicht?«

Warum nicht! Warum nicht! Wo soll man da mit

dem Erklären anfangen? Du lieber Himmel! Ein Kaninchen in einem Karton mit der Post schicken! Erstens werden die das bei der Post ganz sicher nicht erlauben. Und zweitens hätten sie damit auch Recht, denn es wäre doch glatte Tierquälerei.

»Wieso Tierquälerei?«, sagt Fridz. Sie stupst einmal kurz mit dem Fuß gegen den Karton. »Da hat er doch Platz drin. Und wenn du meinst, dann kann ich ja noch ein paar Luftlöcher reinmachen.« Schon hebt sie die Riesenschere über den Karton.

»Das nutzt doch gar nichts!« Konrad ist ganz aufgeregt. »Mensch!«, sagt er. »Die Pakete, die werden doch überall rumgeworfen! Da bricht sich das Kaninchen doch sämtliche Knochen!«

Fridz sagt ein paar Sekunden lang nichts. Das ist selten bei ihr. Wahrscheinlich denkt sie nach. Und wenn sie nachdenkt, dann kommt dabei vermutlich auch etwas heraus. Fragt sich nur – was?

»So«, sagt sie endlich. »Und warum steht dann auf Paketen manchmal *Zerbrechlich* drauf? Was meinst du? Doch nur, weil ganz zerbrechliche Sachen drin transportiert werden. Sogar Sachen aus Glas. Und wenn schon Glas in Kartons transportiert wird, dann passiert auch dem Belgier hier nichts!«

Sie stupst noch einmal gegen den Karton. Dann verschwindet sie aus der Garage.

Die beiden Konrads sehen sich an.

»Siehst du!«, sagt der alte. »Das hast du davon.«

»Ph«, sagt der neue.

Einen Moment lang sieht es so aus, als bekämen sie gleich Streit. Doch dann beschließen die beiden sich wieder zusammenzutun. Denn für das, was jetzt kommt, braucht man wahrscheinlich alle Kräfte.

Fünf Minuten später ist Fridz wieder in der Garage. Sie hat ein großes Schild gemalt. *Zerbrechlich* steht darauf, aber ohne Herzchenverzierung. Sie klebt das Schild mit Klebeband auf den Karton.

Konrad will es noch einmal versuchen. »Aber zur Post ist es doch so weit«, sagt er. »Bis zum Supermarkt. Das schaffen wir doch gar nicht.«

»Schaffen wir wohl«, sagt Fridz. »Wart's ab!« Sie macht Konrad ein Zeichen und dann tragen die beiden den Karton aus der Garage in den Garten.

»Na«, sagt Fridz. »Jetzt bist du geplättet, oder?«

Und ob! Wie sieht das hier aus? – Ein Garten ist das jedenfalls nicht. Rechts und links, da sind wohl Gärten. Da stehen Büsche und kleine Bäume, genau wie im Bantelmannschen Garten und in den Gärten der Nachbarn von Nummer 17a. Und genau wie da kommt nebenan auch schon der neue Rasen aus der Erde. Der neue Rasen, auf den man noch lange, lange nicht treten darf.

Aber hier in der Mitte, wo der Garten von Nummer 28b sein müsste, da ist nichts als eine hügelige

Mondlandschaft aus fettem, schwarzem Lehm. An ein paar Stellen wachsen Pflanzen, zu denen Mama Bantelmann mit Sicherheit Unkraut sagen würde, und weiter hinten sieht man noch ganz deutlich die Spur der Raupenkette von einer Planierraupe oder einem Bagger.

Grauenhaft! Andererseits aber auch nicht. Konrad stellt sich vor, wie wunderbar man hier *Landung auf einem unbekannten Planeten* spielen könnte. Oder *Schatzsuche auf einer einsamen Insel*.

»Glotz nicht so!«, sagt Fridz. »Das tun schon die von nebenan genug.«

Aber der ist doch schön, der Garten.

»Von wegen«, sagt Fridz. »Wenn Henri es nicht bald schafft, einen Gärtner zu bestellen, dann kriegen wir eine Anzeige wegen unerlaubten Samenflugs.«

»Wegen was?«

»Wegen Weil-dann-unser-Unkraut-auch-nebenan-wächst! – Mann!«, sagt Fridz, »lass doch den blöden Garten. Schau her!«

Ach so. Auf der Terrasse steht ein hölzernes Wägelchen, gerade groß genug, dass man den Belgischen Riesen-Karton hineinstellen kann.

So soll das also gehen.

Jetzt gibt es kein Zurück mehr, denkt Konrad.

Fridz macht ein Zeichen und zusammen heben sie den Karton in das Wägelchen.

»Erst mal Richtung Straße«, sagt Fridz. »Du ziehst. Und ich passe auf.«

Konrad zieht. Die Räder des hölzernen Wägelchens quietschen entsetzlich. Aber er hört es kaum. Wie muss das aussehen!, denkt er bloß. Wie muss das aussehen! Ein beinahe großer Junge zieht ein quietschendes Bollerwägelchen mit einem großen roten Karton darin. Von der gelben Schleife ganz zu schweigen!

Schon sind sie auf der Straße. Und! – Hat sich da nicht in der Nummer 27b die Blümchengardine bewegt? Lena und Lisa! Oder Lara und Lana? Egal. Konrad hat das hochgradig unangenehme Gefühl, sich gewaltig zu blamieren.

»Schau hin, wo du gehst!«, sagt Fridz. »Kopf hoch! Rechts einschwenken. Und Tempo steigern!«

Sie gehen. Als sie in Sichtweite der Nummer 17a sind, würde Konrad sich am liebsten in Luft auflösen; aber zum Glück schaut niemand heraus. Überhaupt ist das ganze Dransfeld wie ausgestorben. Und eine ziemlich anstrengende halbe Stunde später stehen sie tatsächlich vor dem Supermarkt an der großen Kreuzung.

Postwendend zurück

Über dem Eingang zum Supermarkt hängt ein gelbes Schild. Es zeigt an, dass hier eine Poststelle untergebracht ist.

Das ist aber praktisch, denkt Konrad.

Seine Meinung ist das gerade nicht. Doch den Satz *Das ist aber praktisch* haben bislang alle neuen Nachbarn der Bantelmanns im Dransfeld gesagt, wenn davon gesprochen wurde, dass im Supermarkt eine Poststelle eingerichtet ist. Wahrscheinlich extra für die neuen Dransfelder. Damit sie mit ihren Briefen und Paketen nicht bis zum großen Postamt mitten in der Stadt fahren müssen, sondern *ganz praktisch* ihre Postgeschäfte vor oder nach dem Einkauf im Supermarkt erledigen können.

Aber jetzt ist das nicht praktisch. Im Gegenteil. Das ist praktisch eine Katastrophe!

Denn schlagartig wird Konrad klar, warum das Dransfeld eben so ausgestorben war, dass sie es geschafft haben, mit dem Quietschwägelchen und dem albernen roten Riesen-Karton unerkannt und unbehelligt hinaus zu kommen. – Logisch! Die Dransfelder sind jetzt geschlossen beim Einkaufen.

Und also wird bestimmt jemand da sein, bei dem Konrad Bantelmann aus der Nummer 17a letzte Woche zu Besuch war, um seine Kinder-Liste zu vervollständigen. Es muss nur einer sein – das reicht. Das reicht, um ihn unmöglich zu machen. Denn natürlich wird die Post sich weigern, ein Kaninchen zu transportieren, es wird einen Riesen-Skandal geben, und zu allem Übel werden dann alle Dransfelder von der unsäglichen Rache-Geschichte erfahren.

Konrad Bantelmann verschickt Allergie-Kaninchen, wird es überall heißen!

Außerdem verschickt er sie mit Mädchen!

Und dann kann Konrad Bantelmann sein Dransfeld-Heft ruhig wieder als Schulheft benutzen. Oder allenfalls noch als vollständige Liste der Dransfeld-Nachbarskinder, mit denen er niemals mehr auch nur eine einzige Minute wird spielen können, weil sie ihn für komplett verrückt halten.

Am Ende werden sie ihn den *Karnickel-Konni* nennen.

Das perfekte Grauen!

»Was ist los?«, sagt Fridz. »Blei in den Beinen?«

Wenn es nur das wäre! Konrad wünscht sich ein Wunder. Bitte bitte, denkt er. Und noch einmal: Bitte. Die automatische Glastür des Supermarktes soll einen geheimen Mechanismus haben, der macht, dass sie sich nicht öffnet, wenn jemand versucht, ein Riesen-Kaninchen in einem Karton hineinzuschmuggeln! Mir zuliebe, denkt Konrad. Immerhin sind Tiere im Supermarkt verboten. Und Verbote sollen doch eingehalten werden.

Konrad Bantelmann hat immer schon ein ziemlich ungespanntes, fast möchte man sagen, er hat ein freundliches Verhältnis zu Verboten gehabt. Er liebt sie nicht, das tut keiner. Aber er liebt es noch viel weniger, sich mit Verboten anzulegen. Und niemals zuvor hat sich Konrad Bantelmann so inständig wie jetzt gewünscht, dass ein Verbot auch für ihn gelten soll.

»Los«, sagt Fridz. »Auf geht's!«

»Wiusch«, macht die automatische Glastür. Und geht auf. Natürlich! Ein Spezial-Wunder für Konrad Bantelmann war mal wieder nicht zu haben.

Drinnen im Supermarkt passiert erst einmal gar nichts. Die Leute kaufen weiter ein und die Verkäuferin an der Gemüsetheke ordnet weiter Tomaten in die Kisten. Keiner schaut auf den roten Monster-Karton mit der gelben Schiefschleife.

Die Leute sind ganz schön abgehärtet, denkt Konrad.

Ansonsten denkt er nicht sehr viel. Er versucht sogar, das Denken so weit wie möglich abzustellen. Er würde auch gern das Atmen und das Sehen abstellen. Aber das geht nicht, denn er muss ja sehen, wohin er das Wägelchen zieht, damit er nicht irgendwo in die Regale rasselt. Und atmen muss man sowieso.

Im Supermarkt läuft Musik. Die hilft den Leuten beim Einkaufen, hat der Papa einmal gesagt. Musik beruhigt und man hat dann keine Angst mehr, dass man zu viel Geld ausgeben könnte. Konrad wünschte jetzt, dass die Musik auch ihn beruhigte. Aber das Gegenteil ist der Fall. Diese Musik sorgt dafür, dass er sich vorkommt wie in einem der Fernseh-Krimis, die er eigentlich gar nicht sehen darf. Da gibt es auch Musik, wenn es besonders gefährlich wird.

»Da lang«, sagt Fridz.

Mit ein bisschen Mühe kommen sie durch die automatische Schranke, dann geht es vorbei an der Gemüsetheke und am Obststand. Gleich um die Ecke ist die Poststelle: ein gelber Tresen mit ein paar gelben Regalen dahinter und einer großen Waage daneben. Dort fahren sie vor, dann stellen sie den knallroten Karton auf die Waage. Der Zeiger schlägt weit nach links aus.

»Na«, sagt jemand. »Wer soll denn so ein schweres Geschenk kriegen?«

Dieser Jemand ist der Mann von der Poststelle. Das weiß Konrad, auch wenn er jetzt gar nicht aufschaut, sondern sich sehr interessiert den Boden vor dem Posttresen ansieht.

»Das steht doch drauf«, sagt Fridz.

-138-

Also gut, denkt Konrad. Dieses Mädchen hat ihn in eine der peinlichsten Situationen seines bisherigen Lebens gebracht. Aber andererseits muss er sie doch wieder bewundern. Wie frech sie geantwortet hat. »Das steht doch drauf.« Einfach so. Super. Konrad könnte jetzt vermutlich nicht einmal antworten, wenn man ihn nach seinem Namen fragen würde oder danach, wie viel zwei und zwei ist.

»Na, dann wollen wir mal sehen«, sagt die Poststimme. »Wirklich ein toller Karton. Da würde ich schon gerne wissen, was drin ist!«

Es ist eine laute Stimme. Und indem er ganz kurz aufschaut, sieht Konrad, dass zwei Frauen offenbar eine Einkaufspause machen, um sich den Karton anzusehen.

»Ich tippe auf – ich tippe auf – einen Goldbarren«, sagt die laute Poststimme.

Gold! Ausgerechnet Gold. Ein Wort, für das sich alle Leute interessieren. Auch die Leute im Supermarkt. Jetzt steht schon mindestens ein Dutzend von ihnen in der Nähe der Poststelle und glotzt herüber. Konrad tut, als müsste er sich seine Schnürsenkel neu binden.

»Oder«, sagt die Poststimme, »Edelsteine und Diamanten.«

Wohin Konrad auch sieht beim Schnürsenkelbinden, überall Beine. Frauenbeine, Männerbeine und sogar ein paar Kinderbeine. Die Schnürsenkel wollen gar nicht zugehen. Oben kratzen Stifte auf Papier, etwas wird auseinander gerissen und es gibt ein dumpfes Klopfen.

»18 Mark 80«, sagt die Poststimme und dann klimpert Geld auf dem Tresen.

Könnte die Sache gut ausgehen? Konrad, der Dauersenkelknüpfer, wagt es kaum zu hoffen. Trotzdem steht er langsam auf.

Da macht es: »Rumms!« Und nochmal: »Rumbums!« Gleichzeitig hopst der knallrote Karton auf der Waage ein Stück nach rechts, dass der Zeiger wie verrückt nach beiden Seiten ausschlägt.

»Holla!«, sagt der Mann, dem die Poststimme gehört. »Was zum Teufel ist denn da drin?«

Schicksal, nimm deinen Lauf, denkt Konrad. Das sagt die Mama immer, wenn dem Peter Kakao eingeschenkt wird und alle sich sicher sind, dass er ihn heute wieder umkippen wird.

»Was Zerbrechliches«, sagt Fridz. »Das steht ja auch drauf.« Sie tippt mit einem Finger auf das *Zerbrechlich*-Schild.

Mutig, denkt Konrad. Aber wahrscheinlich vergebens!

Und richtig.

»Sag mal«, beginnt der Postmann ganz vorsichtig, aber auch schon ein bisschen streng, »ist das Zerbrechliche in diesem Karton vielleicht auch ein bisschen was Lebendiges?«

Ob Fridz nun abstreiten wird, dass ein Belgischer Riese was Lebendiges ist? Es wäre ihr zuzutrauen.

Nein, tut sie nicht. »Da ist ein Kaninchen drin«, sagt sie laut. »Aber keine Bange, Herr Postdirektor, das hält schon still.«

»Ach so«, sagt der Postmann. »Es kommt aber gar nicht drauf an, ob dein Kaninchen still hält. Wir von der Post dürfen nämlich keine lebendigen Tiere in normalen Kartons transportieren. Das ist nicht gut für die Tiere und für die andere Post auch nicht. Die Tiere könnten nämlich verdursten oder totgequetscht werden. Oder sie könnten ausbrechen und die Sortiergeräte beschädigen.«

»Ach ja?«, sagt Fridz ziemlich schnippisch. »Da lern ich ja was fürs Leben.«

»Sehr richtig«, sagt der Postmann. Er gibt ihr das Geld zurück und macht einen dicken Filzschreiberstrich quer über das Adressenschild auf dem Karton.

Konrad lernt auch gleich etwas fürs Leben. Etwas sehr Wichtiges sogar. Er lernt nämlich, dass Rechthaben und Rechtbehalten gar nicht so toll sein müssen. Denn er hat zwar Recht behalten, tatsächlich verschickt die Post keine lebenden Kaninchen. Aber davon hat er jetzt rein gar nichts!

Denn nachdem Fridz ihr Geld zurück genommen hat, sieht sie ihn an, als sei er ganz alleine schuld an dieser Pleite. Er, der vernünftige Konrad, und nicht sie, die verrückte Friederike, oder der Postmann oder die ganze vernünftige Post. Sie sagt nicht: »Ach je, da hätte ich wohl besser gleich auf meinen neuen Freund gehört, auf den vernünftigen Konrad Bantelmann!« Nein, nein. Sie funkelt ihn an, als hätte er sie mit Absicht und aus schierer Heimtücke in diese Postfalle laufen lassen.

»Na, dann fass mal an«, sagt sie ganz giftig. Und nachdem sie den Karton wieder in das Wägelchen gestellt haben, knufft sie ihn sogar, dass er fast umgefallen wäre.

Aber wenn es nur das wäre! Eine giftige Friederike könnte Konrad vielleicht noch so gerade eben ertragen. Aber als sie das Wägelchen aus dem Supermarkt ziehen, da stehen rechts und links dicht gedrängt die Menschen, die Kunden mit den Einkaufstaschen und die Verkäuferinnen in den weißen Kitteln. Und während die Supermarkt-Musik gerade ein besonders fröhliches Stück spielt, glotzen sie sich die Augen aus dem Kopf. Es fehlte nur noch, dass sie auch klatschten. Beifall für die beiden verrücktesten Kinder aus dem Dransfeld.

Konrad guckt wieder starr zu Boden. Dabei weiß er sicher, dass das gar nicht hilft. Das war's!, denkt er. Todsicher hat ihn jemand erkannt. In einer Viertelstunde wird er das Gespött der Dransfeld-Leute sein. Mit ihm wird keiner mehr spielen. Nicht einmal, wenn seinem Papa sieben Spielwarengeschäfte gehörten!

»Wiusch«, macht zum Glück wieder die automatische Tür, und die beiden stehen mitsamt ihrem Quietschwägelchen auf dem Parkplatz des Supermarktes. Wo Fridz dann ein Wort sagt – ein so schreckliches Wort, dass Konrad sofort beschließt, es sich auf keinen Fall zu merken.

»Hättest du auf mich gehört«, sagt er.

Das macht es nicht besser. »Ja ja«, sagt Fridz. Und dann sagt sie noch einmal das schreckliche Wort.

Pech, denkt Konrad. Jetzt wird er es niemals vergessen.

»Die verschicken eben keine lebenden Tiere.«

»Blas du dich nur auf! Besserwisser.« Fridz tritt gegen das Wägelchen. »Zieh lieber! Ich will nach Hause.«

Und so machen sich die beiden auf den Weg zurück ins Dransfeld. Es ist fast wie auf dem Hinweg. Der knallrote Karton mit der schiefen Schleife steht in dem Wägelchen, das Wägelchen quietscht, Konrad zieht und Fridz geht daneben und passt auf. Und es wird wieder nicht gesprochen.

Aber es gibt auch Unterschiede. Auf dem Hinweg wurde nicht gesprochen, weil Konrad sich nicht wohl in seiner Haut fühlte. Und jetzt wird nicht gesprochen, weil Friederike Frenke sauer ist.

Und weil Konrad Bantelmann beleidigt ist; so beleidigt, dass er, als sie endlich an der Nummer 17a ankommen sind, Fridz das Wägelchen in die Hand drückt, »Tschüss« sagt, klingelt und an der erstaunten Mama vorbei die Treppe hoch rennt.

Worauf Fridz sehr laut »Ph!« und sehr leise etwas anderes sagt und alleine weitergeht.

In seinem Kinderzimmer holt Konrad gleich die Maus Mattchoo unter der Bettdecke hervor und erzählt ihr eine Viertelstunde lang, was für eine schreckliche Person diese Fridz ist. Und schließlich erzählt er ihr sogar, was für ein schreckliches Wort sie gesagt hat.

Mattchoo muggelt vor Entsetzen.

Die doppelte Waldschlange

Was für ein Tag!

Den Rest des Morgens und den ganzen Nachmittag verbringt Konrad mit Beleidigt-Sein. Das macht keinen Spaß, doch etwas anderes kriegt er einfach nicht hin. Kurz vor dem Abendessen bessert sich seine Laune ein wenig, aber dann hat leider der Kakao seinen ganz großen Auftritt.

Beim Abendessen kippt Peter seinen Becher nämlich nicht einfach nur um, vielmehr fällt er ihm zur Abwechslung aus einer Höhe von zirka 20 Zentimetern auf den Porzellanteller, auf dem der Käse und der Aufschnitt liegen, woraufhin die Gouda- und die Parmaschinkenscheiben völlig überschwemmt werden.

Sofort versucht Konrad zu retten, was zu retten ist. Leider! Denn er fischt zwar Peters Tasse aus dem Kakaosee, doch dann rutscht sie auch ihm wieder aus der Hand und zerschlägt dabei den Porzellanteller, sodass der Kakao abfließen und sich in großer Eile auf dem ganzen Tisch ausbreiten kann.

Alles andere ist wie sonst, nur schlimmer! Papa tobt, Mama läuft in die Küche, beide rufen ihr »Nichts anfassen!« und »Sitzen bleiben!« sowie an-

-145-

dere, wesentlich hässlichere Wörter über Kinder, die nicht in der Lage sind, ihren Kakao zu trinken, ohne dabei ganze Doppelhaushälften zu überfluten. Schließlich kann Konrad mitzählen, wie viele saugfähige Küchentücher heute gebraucht werden, um den Inhalt eines Bechers Kakao aufzuwischen. Es sind 23. Das ist rekordverdächtig.

Peter heult währenddessen außerordentlich laut. Er ist noch in dem Alter, in dem Kinder glauben, außerordentlich lautes Geheule könne vor Schimpfen schützen. Das ist allerdings ein Irrtum; es sei denn, man heult so laut, dass man das Schimpfen gar nicht mehr hört.

Dabei wäre es viel besser, nur eine Schnute zu ziehen und, wie es mit einem Spezialausdruck heißt: *betroffen* zu Boden zu blicken. Der Papa hat das ein paar Mal vorgemacht und Konrad kann es seitdem, aber Peter kann es leider noch nicht. Er habe eben schlechte Nerven, hat er einmal gesagt.

Als endlich der Kakao aufgewischt ist, versuchen alle zusammen, den Goudakäse und den Parmaschinken zwischen noch mehr saugfähigen Küchentüchern zu trocknen. Das klappt auch anfangs ganz gut, doch dann bleiben leider sehr viele Fusseln am Käse und am Schinken hängen; und bei dem Versuch, die Fusseln abzukratzen, leiden Käse und Schinken so sehr, dass man sie gar nicht mehr richtig voneinander unterscheiden kann. Woraufhin schließlich die Mama sagt, jetzt gebe es drei Tage lang überbackenen Auflauf mit Käse und Schinken, denn dabei kommt es nicht so sehr darauf an, ob sich Käse und Schinken noch unterscheiden. Und es ist auch egal, ob noch Küchentuchfusseln dran hängen oder nicht.

Das ist nun bitter! Und nicht nur wegen der Fusseln. Konrad ist nämlich überhaupt kein Freund von überbackenem Schinken-Käse-Auflauf. Dabei schmeckt der im Grunde ganz gut. Aber man kann so gar nicht erkennen, was alles darin ist. Und immer wenn Konrad die bräunliche Überbackung vom Auflauf anhebt, dann kommt ihm zuerst der heiße Auflauf-Dampf ins Gesicht und dann die Idee in den Kopf, die Mama könnte vielleicht neben den Kartoffeln, dem Schinken und dem Käse noch andere Sachen in den Auflauf geschmuggelt haben, die er nicht essen würde, wenn er sie richtig erkennen könnte. Die Mama bringt so was fertig!

Aber es wird noch schlimmer. Denn als der Tisch wieder trocken ist, sagt der Papa, er werde wegen dieser rekordverdächtigen Schweinerei heute zur Strafe nicht weiter von der Waldschlange und dem rätselhaften Kristall erzählen.

Peng! Nicht weitererzählen! Das ist nun wirklich hart. Nicht-Erzählen gilt als die Höchststrafe im Hause Bantelmann. Es gibt sie nur für die grauenvollsten und im Grunde unvorstellbaren Ver-

-147-

stöße gegen die Regeln menschlichen Zusammen-
lebens. Sagt der Papa.

Eine Hoffnung aber bleibt noch. Denn immer
wenn im Hause Bantelmann Strafen ausgesprochen
werden, dürfen Konrad und Peter die sogenannten *Schuldminderungsgründe* vorbringen. Das sind
Gründe, welche – wie der Name schon sagt – die
Schuld des Schuldigen so weit vermindern, dass die
Strafe entweder milder wird oder sogar ganz aus-
fällt.

Minderungsgründe im Falle des Kakao-Umkip-
pens gibt es eine ganze Reihe, und sie sind auch
schon alle durchprobiert worden. Manche haben
sich dabei als gut erwiesen und manche als schlecht.
Eher schlecht ist zum Beispiel: »Die Tasse war so
glatt« oder »Sie war so klebrig«. Das ist eigentlich
erstaunlich, denn meistens ist die Tasse ja wirklich
glatt oder klebrig, weil man sie mit nassen oder ho-
nigverschmierten Fingern angefasst hat. Aber wahrscheinlich denken die Eltern, dass man für die
Glätte oder die Klebrigkeit seiner Finger selbst
zuständig ist, und erkennen daher diesen Minderungsgrund nicht an.

Sehr gut ist dagegen der Minderungsgrund: »Ich
bin so müde.« Er funktioniert natürlich nur beim
Abendessen; und es ist ganz wichtig, dass man sofort über dem ausgeschütteten Kakao zu gähnen
beginnt, gar nichts mehr essen und wirklich und

wahrhaftig sofort ins Bett gehen will. Kommt das aber alles zusammen, dann wird »Ich bin so müde« in den meisten Fällen als Minderungsgrund akzeptiert. Manchmal schimpfen die Eltern dann nicht einmal mehr mit dem Kakao-Umkipper, sondern machen sich nur gegenseitig Vorwürfe, sie kümmerten sich nicht genug um ausreichenden Schlaf ihrer Kinder.

Heute aber sieht es nicht so aus, als könnte einer der alten Minderungsgründe funktionieren. Dafür war die Schweinerei wohl zu rekordverdächtig. Trotzdem will Konrad es versuchen. Denn erstens müssen Strafen immer vermieden werden, zweitens heult Peter jetzt noch viel lauter und schriller und drittens –

Ja, drittens würde Konrad heute gerne wieder etwas erfahren. Was? – das weiß er nicht so ganz genau. Aber er weiß, dass er es am besten wird erfahren können, wenn von der Waldschlange erzählt wird. Und daher bringt er jetzt auch einen Minderungsgrund vor, den er selbst für den wildesten hält, den sie jemals versucht haben. Aber ein anderer fällt ihm einfach nicht ein.

Er sagt: »Wir konnten nichts dafür, weil – weil –«

»Ja, weil?«, sagt der Papa, während die Mama mit spitzen Fingern den Käse in die Küche trägt.

»Weil wir hier noch so neu sind.« Da ist er heraus, der wildeste von allen Gründen.

»Neu?«, sagt der Papa. »Hier? Wo hier? Am Esstisch? Auf der Welt?«

»Im Dransfeld«, sagt Konrad.

»Oho!« Der Papa tut, als würde er das einsehen. »Ich verstehe. Und im Dransfeld wiegen Kakao-Becher viel schwerer als anderswo. Natürlich. Da haben sie ein anderes spezifisches Gewicht. Wie konnte ich das vergessen?«

Natürlich sieht der Papa gar nichts ein. Er ist jetzt bloß ironisch. Ironisch-Sein heißt so tun, als würde man einen wilden Grund fürs Kakao-Umkippen akzeptieren, um dann später doch die Höchststrafe auszusprechen.

Da macht es aus der Küche zuerst: »Klirr!« Und dann: »Schepper!«

»Huch!«, sagt die Mama.

Papa und Konrad laufen in die Küche. Peter nicht, der muss weiterheulen.

Der Mama ist ein Teller runtergefallen. »Es stimmt«, sagt sie. »Der Teller war auch viel schwerer als sonst. Ich konnte ihn nicht halten und da fiel er runter.« Dabei sieht sie den Papa an.

»Unerhört«, sagt der Papa. »Wir werden ein Team von Wissenschaftlern kommen lassen, um dieses Phänomen zu untersuchen. Offenbar sind meine Söhne vollkommen unschuldig.«

Worauf Peter so schnell zu heulen aufhört, als hätte man ihm hinten einen Stecker rausgezogen.

»Übrigens«, sagt der Papa. »Mein erstgeborener Sohn war doch heute wieder bei seiner Freundin. Wie war's denn? War's schön?«

»Konrad«, sagt die Mama schnell. »Holst du bitte eine neue Küchenrolle aus dem Keller!«

Konrad geht. Er geht sehr rasch und sehr gerne! Doch bevor er aus der Tür ist, sieht er noch, wie die Mama dem Papa ziemlich hektische Zeichen macht.

Zwei Stunden später liegen Konrad und Peter wieder rechts und links vom Papa in Peters Bett und versuchen, ihm so wenig wie möglich in den Bauch zu treten.

»Ich fahre also fort«, beginnt der Papa, »wo Franzkarl Forscher und sein Expeditionsteam vor dem Problem stehen, wie sie den Kristall trotz seiner geheimnisvollen Kräfte aus seinem Urwaldversteck in ein Forschungslabor bringen können. Denn nur dort können sie ja die Untersuchungen durchführen, die ihnen den Knobelpreis einbringen sollen.«

»Ja!«, sagt Peter. Es klingt ehrlich begeistert, was man auch daran erkennen kann, dass er dem Papa dabei ein bisschen in den Bauch tritt.

»Doch dieser Vorsatz«, sagt der Papa, »ruft natürlich die Waldschlange Anabasis auf den Plan. Denn deren einzige Aufgabe ist es ja, den geheimnisvollen Kristall vor fremdem Zugriff zu schützen.«

»Aber leider kann sie gar nichts machen.« Das sagt Konrad.

»Wie bitte?« Das sagen Papa und Peter.

»Sie kann nichts machen.«

»Und warum nicht?«

Warum nicht! Wer erzählt hier die Geschichten?

»Ich weiß es nicht«, sagt Konrad. »Jedenfalls fällt ihr nichts ein. Vielleicht ist sie irgendwie gelähmt. Oder sauer.«

»Aha«, sagt der Papa. »So so. Möglicherweise ist ja etwas sehr Seltsames und Beunruhigendes geschehen, das den weiteren Verlauf unserer Geschichte nicht unerheblich beeinflussen könnte. Hm. Was glaubt ihr, was das ist?«

Die beiden haben natürlich keine Ahnung.

»Nun«, sagt der Papa, »wahrscheinlich ist geschehen, was bislang noch niemand beobachtet hat und für das es in allen wissenschaftlichen Büchern noch kein Beispiel gibt.«

Dann macht der Papa eine Pause.

Einen Moment lang fürchtet Konrad, dass auch der Papa nicht weiß, um welchen merkwürdigen Vorgang es sich handelt. Aber das stimmt nicht.

»Stellt euch vor«, sagt der Papa, »in der Nacht hat sich die Waldschlange Anabasis geteilt. Was sagt ihr dazu?«

Was sollen sie sagen? Geteilt? Die Waldschlange? Und in was, bitteschön?

»In die Waldschlange Ana und die Waldschlange Basis.«

»Oh«, sagt Peter.

»Hm«, macht Konrad.

»Zugegeben«, sagt der Papa, »eine ausgesprochen vertrackte Geschichte.« Tatsächlich bestehe nämlich die Waldschlange Anabasis schon seit unvordenklichen Zeiten aus zwei Schlangen, welche erstaunlicherweise in der Lage sind, einander so in den Schwanz zu beißen, dass dadurch eine vollkommen harmonische Verbindung zwischen ihnen entsteht. Und es sich also nicht mehr um zwei, sondern eher um eine einzige Schlange handelt. Gewissermaßen um eine Koppelschlange.

»Oder Kuppelschlange«, sagt Peter.

»Oder Kuppelschlange«, sagt der Papa. Obwohl er das Wort nicht so passend finde.

»Das gibt's doch nicht, oder?«, sagt Konrad.

»Klar doch!« Der Papa erklärt es noch einmal. »Und nicht zu vergessen«, sagt er, »wenn sie gerade zusammengekoppelt sind, dann wissen Ana und Basis nicht einmal selbst, dass sie nicht eine, sondern zwei Schlangen sind.«

»Hm«, sagt Konrad. »Und warum ist das so?«

»Tja«, sagt der Papa. »Eine hochintelligente Art und Weise des Energiegewinns. Eine denkt für zwei und zwei arbeiten für eine.« Auf diese Erklärung ist der Papa sichtlich stolz.

»Hm«, sagt Konrad wieder. »Und welche ist immer vorn?«

»Das wechselt.«

»Aber muss nicht Ana immer vorne sein?«

»Wieso?«

»Sonst hieße es ja Basisana.«

»Basisana!«, ruft Peter. Der Name gefällt ihm.

»Tja«, sagt der Papa. »Darüber müsste man vielleicht noch einmal nachdenken.« Was er allerdings auf später verschieben möchte. »Worauf es nämlich im Moment ankommt«, sagt er, »ist dies: Die Waldschlange hat sich in der Nacht geteilt, aber anschließend haben sich die beiden Einzelschlangen nicht, wie sie das sonst tun, nach einem kurzen Plausch wieder zusammengekoppelt. Sie sind hingegen getrennt geblieben. Verstanden?«

»Klar«, sagt Konrad. Er hat mittlerweile begriffen, dass weitere technische Nachfragen dem Fortgang der Geschichte wahrscheinlich zu sehr schaden würden.

»Also, dann weiter«, sagt der Papa. »Denn das Allerwichtigste kommt ja erst jetzt. Die beiden Waldschlangen fangen nämlich unmittelbar nach ihrer Trennung einen Streit darüber an, was sie gegen den Abtransport des Kristalls unternehmen sollen.«

»Einen Streit?«, sagt Konrad. Das ist jetzt mal ein interessantes Thema!

»Allerdings«, sagt der Papa. »Und sogar einen besonders schlimmen Streit. Denn Streit ist zwar immer schlimm. Doch wenn sich zwei streiten, die ansonsten die meiste Zeit ganz ohne Streit und ganz harmonisch miteinander verbringen, dann ist das natürlich noch viel schlimmer.«

»Stimmt!«, sagt Konrad. »Aber warum?«

»Nun ja. Erstens sind sie enttäuscht darüber, dass ausgerechnet sie sich streiten, obwohl sie doch dachten, bei ihnen käme so etwas überhaupt nicht vor. Und zweitens – ja, zweitens tun sich Leute, die sich mögen, beim Streiten besonders weh.«

»Ach«, sagt Konrad. »Und warum?«

»Weil sie meistens keine Streitkultur besitzen.«

Eine Streitkultur?

»Das sind die Regeln fürs Streiten.«

Als ob es so was gebe! Regeln fürs Streiten.

»O doch«, sagt der Papa. »Ein Beispiel: Wenn man eine Streitkultur hat, dann läuft man nach einem Streit nicht einfach weg und schmollt. Sondern man setzt sich ruhig irgendwohin und überlegt, wie man den Streit am besten schlichten kann.«

»Auch wenn man sich ganz furchtbar geärgert hat?«

»Auch dann«, sagt der Papa.

»Auch wenn man überhaupt nicht schuld war an dem Streit?«

»Haha!«, sagt der Papa. »Da haben wir ein ausgezeichnetes Beispiel für die Streitkultur. Wenn man die nämlich hat, dann weiß man, dass niemals nur einer an dem Streit schuld ist. Und wenn man das weiß, dann kann man eher einmal über den eigenen Schatten springen und seinem Partner – nun, wie soll ich sagen –«, der Papa überlegt, dann lacht er, »ich sage mal: die Hand zur Versöhnung reichen. Oder so ähnlich.«

Ein paar Sekunden lang sagt keiner etwas.

Dann sagt Peter etwas. Er sagt: »Waldschlange!« Aber gemeint ist: Wird jetzt endlich weiter erzählt?

»Okay«, sagt der Papa. Und dann erzählt er, obwohl es schon beinahe Viertel nach acht ist, ganz besonders ausführlich davon, dass und wie sich die beiden Waldschlangen Ana und Basis darum gestritten haben, welches denn die beste Methode sei, um den Kristall vor dem Abtransport zu schützen.

Ein schlimmer Streit. Die etwas wildere Ana will nämlich noch vor dem Morgengrauen alle Mitglieder der Expedition mit ihrem linken Giftzahn beißen, in dem sich ein Schlafgift befindet, das einen Menschen für zwei Tage in einen Dauerschlaf versetzt.

»O je«, sagt Konrad.

Die etwas ruhigere Basis sieht darin aber gar keinen Sinn. Sie will vorerst gar nichts mehr unternehmen. Im Grunde wisse man doch gar nicht, warum man eigentlich auf diesen Kristall aufpasse. Man solle daher die Gelegenheit nutzen, um endlich herauszukriegen, was es mit dem Ding auf sich habe. Die Forscher sollen nur ruhig weiterforschen, man bleibe derweil auf der Lauer und schreite erst ein, wenn sich der Stand der wissenschaftlichen Erkenntnisse merklich erhöht habe.

»Na ja«, sagt Konrad.

Und in der Tat. Das klingt der wilden Ana viel zu vernünftig. Sie haben nun einmal den Auftrag, den Kristall zu bewachen, und damit basta! Und weil sie unterdessen noch wütender geworden ist, schlägt sie jetzt vor, die Forscher mit ihrem rechten Giftzahn zu beißen, in dem sich das noch viel schlimmere Kribbelgift befindet.

»Was für Kribbelgift?«, sagt Peter.

»Ha!«, ruft der Papa. »Ihr kennt das furchtbare Kribbelgift nicht? Das wirkt so!« Und damit stürzt er sich auf Konrad und kitzelt ihn so lange am Bauch, bis er ganz rot wird im Gesicht und vor lauter Lachen keine Luft mehr bekommt.

»Ich auch!«, sagt Peter. »Bitte!« Er kann das Kitzeln zwar überhaupt nicht ertragen und er muss schon brüllen, wenn man nur sagt, man werde ihn gleich kitzeln; aber – Rätsel des Lebens – noch viel weniger kann er es ertragen, wenn sein älterer Bruder gekitzelt wird und er nicht.

»Na gut«, sagt der Papa und dann stürzt er sich auf Peter. Der bittet schon drei Sekunden später, man solle wieder aufhören; doch das kann bei dem allgemeinen Lärm niemand verstehen und daher kitzelt der Papa ihn noch ein kleines bisschen weiter.

»Seht ihr«, sagt er endlich. »So wirkt das gefährliche Kribbelgift. Eine Überdosis davon kann durchaus tödlich sein.«

Als erster kann Konrad wieder sprechen. »Und wie geht der Streit zwischen Ana und Basis weiter?«

»Schlecht«, sagt der Papa. »Die beiden haben nämlich auch nicht das kleinste bisschen Streitkultur. Im Gegenteil. Je mehr sie sich streiten, desto dümmer und vernagelter werden sie. Ana will schließlich alles wegbeißen, egal wie viel Gift sie dafür verspritzen muss. Und Basis sagt sogar, sie habe im Grunde überhaupt keine Lust mehr, auf das bescheuerte Glitzerdings aufzupassen, und wenn diese Forscher es unbedingt haben wollten, dann sollten sie es sich doch unter den Arm klemmen und damit hingehen, wo der Pfeffer wächst. Und so weiter und so weiter. Zum Schluss sagt die eine Ja, bloß weil die andere Nein sagt; und die andere sagt Nein, bloß weil die eine Ja sagt.«

»Und dann?«, sagt Konrad.

»Tja«, sagt der Papa. »Dann passiert, was manchmal passiert. Plötzlich schämen sich die Waldschlangen nämlich so sehr über ihre Streiterei, dass sie beide im selben Moment beschließen, sich wieder zu versöhnen. Und was meint ihr, wie sie das machen?«

»Keine Ahnung.«

»Ganz einfach! Sie koppeln sich wieder aneinander. Aber weil sie es im selben Moment beschließen, beißen sie sich gegenseitig in den Schwanz. Ana beißt in den Schwanz von Basis und Basis beißt in den von Ana.«

»Hoi«, sagt Konrad.

»Tja«, sagt der Papa. »Und so liegen sie jetzt da. Wie ein weggeworfener Fahrradreifen. Total miteinander versöhnt, aber dumm wie Bohnenstroh. Ana denkt, Basis ist vorn, und schaltet daher das Denken ab. Und Basis denkt, Ana ist vorn, und schaltet ebenfalls das Denken ab.«

»Dann kommen sie ja nie wieder auseinander!«

»Die Armen«, sagt Peter. Es klingt, als müsse er gleich weinen.

»Na ja.« Der Papa stöhnt, als er sich aufrichtet, um aus Peters Bett zu steigen. »Ein ganz kleines bisschen können sie schon noch denken. Jedenfalls reicht es, dass sie sich nach ein paar Minuten gleichzeitig wieder loslassen. Und dann –«, jetzt ist der Papa heraus aus dem Bett, »dann flüchten sie wütend in zwei verschiedene Richtungen und verschwinden im undurchdringlichen Dickicht des Dschungels.«

Er küsst die beiden Jungs auf die Stirn. »Genau wie ihr beiden jetzt«, sagt er. »Und keinen Streit, verstanden!«

»Verstanden«, sagen die beiden.

Das große Machen

Am nächsten Tag, dem Donnerstag, und etwa zwei Stunden nach dem Frühstück legt Konrad Bantelmann den Zeigefinger seiner rechten Hand auf die Klingel der Nummer 28b in der Hedwig-Dransfeld-Straße. Die linke Hand hat er in der Hosentasche. Damit umklammert er die neue Streitkultur. Die neue Streitkultur besteht aus genau acht Sätzen, die er heute Morgen in den zwei Stunden nach dem Frühstück auf ein freies Blatt in seinem Dransfeld-Heft geschrieben hat.

Drinnen gibt es einen Ton und schon wird die Tür aufgerissen.

»Du?!«, sagt Fridz. »Mit dir hätt ich aber nicht gerechnet.«

»Ich bin ja auch kein Taschenrechner«, sagt Konrad.

Eigentlich hat er etwas ganz anderes sagen wollen. Nämlich den ersten Satz vom neuen Streitkultur-Blatt. Aber diesen zugegebenermaßen ziemlich blöden Witz haben sie in der Schule mindestens 500 mal gemacht und der saß ihm wohl so locker auf der Zunge, dass er aus dem Mund kam, bevor der Zungenbesitzer ihn zurückhalten konnte.

O weh, denkt Konrad jetzt. Das fängt ja gut an!

Es fängt aber tatsächlich gut an. Fridz lacht nämlich. »Bist du wieder besser drauf?«, sagt sie und ohne eine Antwort abzuwarten zieht sie ihn ins Haus und wirft die Tür ins Schloss.

Als ob es darauf ankomme, dass ausgerechnet er gut drauf sei! Wo doch sie gestern so grottenschlecht drauf war! Genau das würde Konrad jetzt auch am liebsten sagen, aber das wäre wohl nicht so sehr im Sinne der neuen Streitkultur. Er sagt stattdessen endlich, was er sich vorgenommen hat: den ersten Satz aus seiner linken Hosentasche.

»Hallo, Fridz«, sagt er. »Ich bin heute gekommen, um dir zu sagen –« Aber weiter kommt er nicht.

»Was ist los mit dir? Willst du ein Geburtstagsgedicht aufsagen? Das ist zu spät. Ich hatte schon am 9. Mai.«

Ganz ruhig bleiben, Konrad Bantelmann. Ganz ruhig!

»Ich bin heute gekommen, um dir zu sagen –«

»Dass wir es anders machen müssen«, sagt Fridz. »Du Schlaumeier!« Sie tippt sich an die Stirn. »Klar müssen wir es anders machen. Man kann eben keine Kaninchen mit der Post schicken. Das weiß doch jedes Kind. Ein lebendes Tier in einem Karton! So was Blödes! Das können sich ja nur Blödmänner ausdenken. Nein, nein, so geht das nicht.«

Das ist ja zum Mäusemelken! Konrad kneift die Augen zu. Er fühlt sich wie eine Silvesterrakete, deren Zündschnur gerade bis in die Pulverladung gebrannt ist. Gleich wird er steil in die Luft fliegen, an der Flurdecke von Nummer 28b explodieren und in einer Million wütender Funken herunterrieseln. Was ist diese Fridz doch für ein freches und großmäuliges Geschöpf!

Doch bevor er nun tatsächlich mitsamt seiner schönen Streitkultur in der Hosentasche in die Luft geht, schaut Konrad noch einmal durch schmale Augenschlitze zur Fridz hin und – er sieht sie grinsen. Ganz breit grinsen. Und richtig nett.

Sollte etwa auch Friederike Frenke eine Streitkultur haben? Wenn ja, denkt Konrad, dann wird sie wahrscheinlich anders aussehen als seine. Er schließt seine linke Hand ganz fest um seine acht Sätze. »Stimmt«, sagt er. »Das gestern war blöd.«

»Meine Rede«, sagt Fridz. Und dann gibt sie Konrad einen Kuss. Den zweiten. Ganz schnell und zum Glück wieder nur auf die Backe. Aber trotzdem: Kuss ist Kuss.

Konrad wird rot. Noch vor drei Tagen ist er fast eingeknickt, weil er sich unversehens mit einem Mädchen verabredet hat, und jetzt kriegt er von ihr schon dauernd Küsse.

Schrecklich! Oder etwa nicht?

»Dann los!«, sagt Fridz. Sie zeigt in Richtung Keller. »Wir haben viel zu tun. Packen wir's an!«

Moment mal! Was soll das heißen? Nach der Pleite von gestern wird sie doch hoffentlich ihren schrecklichen Plan aufgegeben haben. Schluss mit der Wir-schicken-der-Kristine-Krise-ein-Allergie-Kaninchen-Aktion.

Oder etwa nicht?

»Sollen wir nicht ein bisschen *Irre Käfer* spielen?«, sagt Konrad. Man muss alles versuchen.

»Ach was. Komm jetzt!«

»Ist denn deine Mama nicht da?« Das ist Konrads letzte Hoffnung. Vielleicht wird dieser ganze Wahnsinn nicht gleich wieder ausbrechen, wenn Fridz' Mama da ist. Eltern haben doch diese wunderbare Eigenschaft, durch ihre bloße Anwesenheit den Unfug in ihrer Umgebung zu stoppen oder wenigstens abzuschwächen. Andererseits ist Fridz' Mama nicht unbedingt eine Garantie für hochgradig vernünftiges und Konrad-Bantelmann-mäßiges Verhalten. So viel hat Konrad mittlerweile verstanden.

»Und wenn schon!«, sagt Fridz. »Die muss gleich zur Bank.«

Da geht eine Tür im oberen Stockwerk und Fridz' Mama kommt herunter in den Flur.

Fridz knufft Konrad in die Seite. »Deine Schuld«, sagt sie ganz leise. »Wir könnten schon unten sein.«

Fridz' Mama hat ihre Haare zu einem Knoten zusammengesteckt. Sie ist wieder ganz blass. Ein bisschen sieht sie aus, als hätte sie geweint. »Hast du diesen Aktenordner gesehen?«, sagt sie.

»Welchen Aktenordner?«

»Den roten. Nein, den blauen!« Fridz' Mama setzt sich auf die unterste Treppenstufe. »Ach, der Konrad! Spielt ihr heute wieder was Schönes?«

»Äh«, sagt Konrad.

»Na, so wie gestern. Wo ihr Weihnachten gespielt habt. Mitten im Sommer! Die Leute von gegenüber haben's mir erzählt. Und du warst Rudi das Rentier, das den Schlitten gezogen hat.«

Rudi das Rentier! Gleich wird sich der Boden auftun! Konrad tastet ein bisschen mit dem Fuß. Nein, der Boden hält. Vorläufig.

»Es war seine Idee«, sagt Fridz.

»Süß«, sagt Fridz' Mama. »Aber wenn ich diesen Ordner nicht finde, können wir gleich ausziehen.«

»Vielleicht im Backofen«, sagt Fridz. »Oder im Kühlschrank. Da ist ja noch viel Platz.«

»Frechdachs«, sagt ihre Mama. Dann schlägt sie sich an die Stirn. »Im Auto! Der ist bestimmt noch im Auto.« Sie schaut auf die Uhr. »Ist sowieso höchste Zeit. Ihr passt gut auf euch auf, ja?« Sie nimmt eine Jacke und läuft aus dem Haus. Kurz darauf springt mit ziemlichem Lärm ihr seltsames Buckel-Auto an und fährt knatternd davon.

»Glück gehabt«, sagt Fridz. »Jetzt zeig ich dir, wie wir's machen.«

Machen, denkt Konrad. Dieses schlimme Wort. Es soll also schon wieder was gemacht werden. Dabei könnte es doch auch ohne *Machen* gehen. Sie könnten zum Beispiel *Irre Käfer* spielen und sich dabei schlapp lachen. Oder sie könnten sich ganz in Ruhe irgendwo hinsetzen und sich verrückte Geschichten erzählen. Das war doch so lustig. Aber nein – Fridz will was *machen*. Und dass er wieder mitmachen soll, ist offenbar längst beschlossene Sache.

Fridz ist schon auf der Kellertreppe.

»Ich komme schon«, sagt Konrad. Er sagt es eigentlich mehr zu sich selbst. Quasi als Aufforderung: Los, mein lieber Konrad. Jetzt gibt es kein Zurück. Wer A sagt, muss auch B sagen. Was man angefangen hat, muss man auch zu Ende bringen. Und so weiter. Lauter Sätze, die Mama und Papa sehr lieben, so oft sagen sie sie.

»Du wirst staunen«, sagt Fridz, als sie im Keller sind. »Ich hab einen neuen Plan. Und diesmal hab ich an alles gedacht. Es kann gar nichts mehr schief gehen.«

Schreck, lass nach! Den letzten Satz kennt Konrad. »Es kann gar nichts mehr schief gehen.« Diesen Satz sagen regelmäßig die Diebe in seinen Krimis, bevor sie losgehen, um dann in die Falle zu tappen,

die ihnen die Kinderbande *Schlauer Fuchs* gestellt
hat. Genauso geht das immer. »Es kann gar nichts
mehr schief gehen« bedeutet soviel wie: »Was immer
wir jetzt machen, es wird auf jeden Fall in die Hose
gehen.« Nur anders gesagt.

Und immer von den Blöden gesagt, die am
Schluss garantiert auf die Nase fallen!

Aber das hat man davon, denkt Konrad. Das ist
die gerechte Strafe dafür, dass er sich darauf eingelassen hat, mit einem Mädchen zu spielen. Wer
einmal mit Mädchen spielt, ist dazu verdammt,
den Rest seines Lebens bei schrecklich peinlichen
Sachen mitmachen zu müssen. Rudi das Rentier!
Man hat ihn ja gewarnt, in der Schule; und da
hat er auch niemals mit Mädchen gespielt. Aber
leider hat man ihm nicht genau gesagt, was ihn erwartet.

Fridz hat unterdessen die Tür zu dem Keller-
raum aufgeschlossen, in dem die Umzugskartons
stehen. Sie geht hinein, zieht Konrad hinter sich her
und macht die Tür gleich wieder zu.

Und da steht er, der neue Plan, gar nicht zu übersehen! In Sekundenbruchteilen weiß Konrad vollkommen Bescheid. Aber dass es gleich so schlimm
kommen würde, das hätte er sich doch nicht träu-
men lassen.

»Na«, sagt Fridz. »Geil, oder?«

Dieses Wort ist sowieso verboten. Wenigstens in

der Familie Bantelmann. Aber Konrad ahnt, dass er das jetzt nicht sagen sollte.

»Ja«, sagt er stattdessen. »Irre.« Und er meint: furchtbar.

Andererseits muss man sagen, dass Fridz sich wieder große Mühe gegeben hat. Auf zwei anderen Kartons steht wie auf einem Siegerpodest ein Karton, wie ihn die Welt noch nicht gesehen hat.

Sagt jedenfalls Fridz. Und zur Bekräftigung dieser Aussage hebt sie ihn hoch und zeigt ihn von allen Seiten. Weil er von allen Seiten gleich sehenswert ist. »Hier«, sagt sie. »Wenn Sie mal schauen wollen.«

Ganz oben steht auf allen vier Seiten des Kartons: OFFIZIELLER TIERTRANSPORT. Mit dickem, schwarzem Filzschreiber geschrieben und jeder Buchstabe einmal rot und einmal gelb umrandet. Ganz unten auf jeder Seite steht, etwas kleiner geschrieben, damit es drauf passt: DIESER TRANSPORT IST VOLL GESETZMÄSSIG UND ERLAUBT.

»Irre«, sagt Konrad. »Da kann ja nichts mehr schief gehen.«

»Allerdings«, sagt Fridz. »Und jetzt pass auf!« Sie steckt den Zeigefinger durch ein kleines Loch und zieht eine Klappe auf, die ungefähr so groß ist wie eine Mau-Mau-Karte. Innen auf der Klappe steht: SPEZIELLES KANINCHEN ATEMLOCH.

»Davon gibt es insgesamt sechs«, sagt Fridz. »Genau wie es in den Vorschriften steht.«

Welche Vorschriften?, würde Konrad jetzt gerne fragen. Aber er lässt es lieber. Wahrscheinlich ist es im Sinne der neuen Streitkultur momentan das Allerbeste, überhaupt nichts zu sagen.

»Und jetzt Achtung! Das Irrste kommt noch.« Fridz zeigt eine weitere Klappe an der Oberseite der Kiste. Neben der steht geschrieben: SPEZIELLE KANINCHEN FUTTER ZUFUHR. Und etwas kleiner: JEDE STUNDE EINE MÖHRE HIER EINSTECKEN!

»Irre«, sagt Konrad. Etwas anderes fällt ihm als Kommentar einfach nicht ein. Außerdem muss er, seitdem ihm dieser Karton vor die Nase gehalten wird, dauernd an etwas anderes denken. Und obwohl er vielleicht besser nicht fragen sollte, fragt er doch.

»Und wie«, sagt er, »äh – wie willst du den transportieren?«

»Na, wie wohl!« Fridz tippt sich an die Stirn. »Wie gestern. Wir packen das Karnickel in den Karton, den Karton auf das Wägelchen, und dann ziehen wir das Ding bis vor das Haus von dieser Zicke.«

O weh!

»Vielleicht«, sagt Konrad, »vielleicht können wir dieser Kristine einen anderen Streich spielen?«

»Kommt gar nicht in Frage!«, sagt Fridz. »Die soll eine Allergie kriegen und sich rot und blau kratzen.«

War ja auch nur so ein Versuch. Konrad überlegt weiter. Und es fällt ihm tatsächlich etwas ein, ganz langsam, doch mit Macht! »Aber«, sagt er schon mal.

»Ja? Aber. Und weiter?«

»Aber wie willst du das Kaninchen in die Wohnung reinkriegen?«

Fridz tippt sich an die Stirn. »Die blöde Ziege arbeitet ganz in der Nähe von ihrem blöden Ziegenstall. In einem Klamotten-Laden. Da gehn wir hin, du bleibst draußen und passt auf den Riesen auf, ich geh rein und schleime ihr den Schlüssel ab.«

»Hm«, sagt Konrad. Er tippt gegen den Karton. »Aber wenn hier überall KANINCHEN draufsteht, dann wird sie ihn gar nicht aufmachen.«

Peng – das sitzt!

Von wegen! Fridz grinst so breit, dass ihre Mundwinkel bis fast an die Ohren reichen. »Meine Mama«, sagt sie, »erzählt mir manchmal was von der geistigen Überlegenheit der Frauen über die Männer. Und weißt du, meine Mama kriegt zwar nichts mehr auf die Reihe, aber dumm ist sie nicht.«

Fridz stellt sich ganz nah vor Konrad hin. »Jetzt«, sagt sie ganz leise und ganz deutlich, »folgt nämlich der genialste Teil meines Planes. Ich sage dir, sie wird überhaupt nichts merken. Wir gehen nämlich in die Wohnung, nehmen das Karnickel raus und jagen es so lange durch die Zimmer, bis es mindestens zehntausend von seinen Allergie-Haaren verloren hat.«

Fridz dreht sich um und tut, als würde sie etwas vor sich her treiben. »Husch! Husch!«, ruft sie dabei. »Rauf aufs Sofa! Liebes Tierchen! Rein ins Bett! Dreh dich, wälz sich! Fein gemacht!« Dann stellt sie sich wieder so nah vor Konrad hin, dass ihre Nasenspitze genau einen Millimeter von Konrads Nasenspitze entfernt ist.

»Verstanden?«, sagt sie. »Wenn alles voller Haare ist, machen wir die Biege und keiner kann uns was nachweisen. – Und jetzt sag: Ist das genial oder nicht?«

Eine rhetorische Frage.

»Und wo wohnt diese Kristine?« Konrad sagt das ganz leise.

»Hm«, sagt Fridz. Sie macht einen Schritt zurück. »Nicht so weit. – Kennst du Spielwaren *Gerhards*?«

Wer würde Spielwaren *Gerhards* nicht kennen!

»Da in der Nähe.«

»Was?«, sagt Konrad. Zu Spielwaren *Gerhards* muss man vom Dransfeld aus erst einmal in die Mitte der Stadt fahren und dann noch ein Stück weiter. Zu Fuß kann das Stunden dauern. Oder, wer weiß, vielleicht sogar Tage!

»Aber«, sagt Konrad. »Aber!«

»Aber was?«, sagt Fridz.

»Das ist zu weit!«

»Zu weit, zu weit!« Kein Zweifel, Fridz wird wütend. »So reden Leute, die sich nicht trauen.«

»Und wenn wir mit dem Bus fahren?«

»Du glaubst also, dass wir zwei den Karton und das Wägelchen in einen Bus kriegen? Die steilen Stufen rauf!«

Nein, wenn er ehrlich ist, dann glaubt Konrad das nicht.

»Und ein Taxi?«

»Kein Gedanke«, sagt Fridz. »Taxifahrer nehmen Kinder nicht mit.«

»Woher weißt du das?«

Fridz verdreht die Augen. »Letzte Woche ist Mama durchgedreht und da wollte ich abhauen. Ich hab ein Taxi gerufen, aber der Fahrer hat gesagt: Nur in Begleitung Erwachsener. Und jetzt stell dir vor, wir haben auch noch so einen Karnickel-Karton dabei. Da dreht der Taximann doch durch und macht einen Riesenaufstand.«

Ja, das ist zu befürchten.

»Na also. Dann gibt's ja wohl keine andere Möglichkeit. Oder?«

Oder? Konrad denkt nach. Wenn er auf diese Oder-Frage nicht sofort eine ungeheuer gute Antwort findet, dann muss er entweder dieses Quietschwägelchen mit dem Belgische Riesenkarton durch die ganze Stadt ziehen, oder – Ja, was oder?

Oder es ist aus zwischen ihm und dieser Fridz. Denn alleine schafft sie das nie. Und wenn er jetzt kneift, dann wird keine Streitkultur der ganzen Welt sie wieder versöhnen. Dann wäre Konrad Bantelmann seine rothaarige, quälgeistige, nervtötende, katastrophensüchtige Friederike für immer los.

Und weil Konrad das aus irgendeinem Grunde nicht will, sagt er etwas Ungeheuerliches. Er sagt: »Ich könnte meinen Vater fragen.«

»Was?«

»Ich könnte meinen Vater fragen, ob er uns fährt. Wir haben einen *Passat*. Da kann man den Karton hinten reinstellen. Ganz bestimmt.«

»Mensch«, sagt Fridz. »Mensch, was bist du blöd.« Sie klatscht in die Hände. »Das gibt's ja gar nicht. Das muss doch verboten sein, dass einer so blöd ist.«

»Wieso?«

»Wieso? Ja, glaubst du denn, dein Vater fährt uns, wenn er weiß, was wir mit dem Kaninchen machen wollen?«

»Nö«, sagt Konrad. Und dann sagt er etwas noch Ungeheuerlicheres. Er sagt: »Das muss er ja nicht erfahren.«

»Wau«, sagt Fridz. Und noch einmal: »Wau!« Dann sagt sie nichts. Sie ist offenbar beeindruckt. Mindestens zehn Sekunden lang, für sie eine außerordentlich lange Zeit. Endlich sagt sie: »Und was willst du ihm erzählen, wenn er fragt?«

»Hm. Vielleicht, dass das Kaninchen krank ist. Dass es zum Tierarzt muss. Oder so was in der Art.«

»Mann«, sagt Fridz. »Du bist mir ja einer. Professor Superschlau und sein großer Tüftelplan.« Das ist wieder ziemlich frech, aber so wie sie es sagt, klingt es gar nicht frech. Es klingt anerkennend. »Und du meinst wirklich, er glaubt dir?«

Konrad zuckt die Schultern und sagt gar nichts. Das sieht gut aus, aber er fühlt sich überhaupt nicht gut. Wobei »überhaupt nicht gut« der falsche Ausdruck ist. Er fühlt sich nämlich hundsmiserabel. Du lieber Himmel, was hat er da bloß vorgeschlagen! Er soll seinen Vater in die verrückte Kaninchen-Rache hineinzuziehen, ohne dass der etwas davon merkt. Was heißen soll: Er, Konrad Bantelmann, soll – lügen!

»Wau«, sagt Fridz noch einmal. »Wau wau wau. Das wird was!« Offenbar hat sie schon gar keinen Zweifel mehr daran, dass dieser Plan gelingen wird. Während Konrad inzwischen schon Zweifel daran hat, ob er überhaupt noch einigermaßen sicher auf der Erde steht, so sehr schwankt der Boden unter seinen Füßen.

»Dann spielen wir jetzt *Irre Käfer* und danach gehn wir zum Kanal«, sagt Fridz.

Na klar, zum Kanal. Darauf kommt es jetzt auch nicht mehr an.

Test am Kanal

Eine Stunde später sitzen die beiden wieder da, wo sie vor zwei Tagen gesessen haben, am eigentlich verbotenen Kanal. Sie lassen auch wieder die Beine in Richtung Kanalwasser hängen und Fridz wirft wieder kleine Steine hinein. Doch etwas Wichtiges ist anders als vor zwei Tagen, ziemlich anders sogar.

Vor zwei Tagen hatten sie gerade Fridz' Mama geweckt, die so unglücklich ist, dass sie manchmal Schlaftabletten nimmt, um ein bisschen zu schlafen und ihr Unglück zu vergessen. Und dann hatte Konrad – natürlich vollkommen zufällig und ungewollt! – Fridz auf die grauenhafte Idee gebracht, der Freundin ihres Vaters ein Allergie-Kaninchen zu schicken. Weil sie so wütend gewesen war und so traurig.

Doch wenn Konrad sie jetzt wieder heimlich von der Seite anschaut, dann sieht sie ziemlich fröhlich aus. Sogar wenn sie gar nichts sagt und nur so über den Kanal schaut. Überhaupt – seitdem diese grausige Allergie-Kaninchen-Aktion angefangen hat, ist sie nie mehr so traurig und wütend gewesen wie vor zwei Tagen hier am Kanal. Frech – ja, frech war sie dauernd. Unglaublich frech sogar. Und sauer. Geradezu über-sauer. Aber Frech-Sein und Sauer-Sein sind leichter zu ertragen als Traurig-Sein, für einen selbst und für andere auch. Und deshalb, denkt Konrad, ist diese Kaninchen-Idee vielleicht doch nicht so hirnrissig, wie er am Anfang gedacht hat.

Kompletter Wahnsinn aber ist, was er selbst vor einer Stunde im Keller von Nummer 28b vom Stapel gelassen hat: Sein Vater soll sie in die Stadt fahren. Und ausgerechnet der bekanntermaßen gesetzestreue Konrad Bantelmann soll ihm dazu das Blaue vom Himmel herunterlügen.

War das denn wirklich die einzige Möglichkeit? Das fragt sich Konrad jetzt. Wäre es nicht tausendmal besser gewesen, dieses elende Quietschwägelchen durch die halbe Stadt zu ziehen, statt sich auf eine solche Lügerei einzulassen?

Vermutlich ja. Aber es gibt kein Zurück mehr.

»Du«, sagt Konrad.

»Ja?«

»Wie geht's denn deiner Mutter?«

»Geht so«, sagt Fridz. »Heute Nachmittag muss sie zur Bank. Und heute Morgen waren wir beim Anwalt. Zum siebenhunderttausendsten Mal. Sie wollen nämlich ganz schnell eine vorläufige Besuchsordnung beschließen.«

»Eine was?«

»Eine vor-läu-fi-ge Be-suchs-ord-nung. Darin

steht, wie oft mich mein Herr Vater besuchen darf und was wir dann zusammen machen.«

»So?«, sagt Konrad. »Das gibt es?«

»Allerdings.« Fridz zieht ihre Beine hoch und setzt sich in den Schneidersitz. »Deswegen war ich auch wieder mit dabei. Ich darf nämlich Vorschläge machen. Hier, hör mal!« Sie zieht ein Papier aus ihrer hinteren Hosentasche und faltete es auseinander. Dann liest sie vor:

»Es wird hiermit festgelegt und befohlen, dass Herr Matthias Frenke jeden Freitag um 16 Uhr seine einzige Tochter Friederike Luise von zu Hause abholt und dann sofort mit ihr in einen Kinofilm geht, den sie sich selbst aussuchen darf. Vor dem Kino kriegt sie eine große Tüte Popcorn mit Honigzucker und danach eine Pizza mit allem drauf, was sie will, einschließlich Gummibärchen und Lakritzschnecken. Anschließend darf sie fernsehgucken, bis ihr die Augen zufallen, und Herr Frenke muss sie dann ins Bett tragen, ohne sie dabei zu wecken. – Wie findest du das?«

Beinahe hätte Konrad »geil« gesagt. Aber nur beinahe. Er sagt: »Irre.«

»Es geht noch weiter. Hör zu! – Am Samstagmorgen muss Herr Frenke seine einzige Tochter Friederike Luise so lange schlafen lassen, wie sie will, und ihr anschließend zum Frühstück Pfannkuchen mit Zucker und Sirup machen. Außerdem darf seine blöde Freundin Kristine beim Frühstück nicht dabei sein und sich nicht eklig an mich ran-knutschen wollen.«

»Holla!«, sagt Konrad. »Und das haben die wirklich genehmigt?«

»Weiß ich nicht«, sagt Fridz.

»Was heißt: Weiß ich nicht?«

»Ich hab's nicht vorgelesen.« Fridz faltet das Papier wieder zusammen und steckt es zurück in die Hosentasche.

»Und warum nicht?«

»Weil meine Mama dann noch trauriger geworden wäre. – Du«, sie boxt Konrad gegen die Schulter, »du müsstest einmal dabei sein, wenn wir zum Anwalt fahren. Das ist furchtbar, sag ich dir. Vorher ist die Mama total nervös. Richtig in Panik. Manchmal setzt sie sich sogar ganz plötzlich irgendwo hin und fängt an zu weinen. Ein paar Mal hat sie auch noch im Auto geweint. Aber ich sag dir: Wenn wir dann bei dem Rechtsanwalt sind, dann ist sie total cool und dann redet sie mit dem Mann stundenlang und bloß über Zahlen.«

»Über Zahlen?«

»Ja. Wie viel Papa für sie zahlen muss, wie viel er für mich zahlen muss und wie viel er sparen muss, damit ich mal zur Universität gehen kann. Lauter solche Geld-Sachen. Und dann«, jetzt fängt Fridz wieder mit dem Steine-in-den-Kanal-Schmeißen

-178-

an, »wenn es um das Haus geht, dann wird es am schlimmsten. Denn das doofe Haus gehört ja weder Mama noch Papa. Das doofe Haus gehört der Sparkasse, und Mama sagt, wenn wir nicht aufpassen wie die Luchse und den Papa einfach so machen lassen, dann müssen wir in ein paar Monaten wieder ausziehen.«

»Warum denn das?« Konrad ist sehr erschrocken.

»Weiß ich doch nicht«, sagt Fridz. »Jedenfalls reden Mama und der Rechtsanwalt stundenlang über das Haus. Und über Zahlen. Und je länger sie über Zahlen reden, desto trauriger wird die Mama. Solange wir bei dem Anwalt sitzen, geht's noch mit ihr. Aber im Auto, spätestens an der ersten Ampel, da fängt sie wieder an zu heulen. Bis zu Hause. Da fährt sie das Auto vor die Garage und dann tritt sie gegen die Haustür und sagt ›Scheiß Kasten‹. Und dann –«

»Was dann?«

Fridz sagt erst mal gar nichts. Dann wirft sie mit beiden Händen gleichzeitig Steine in den Kanal. »Weiß nicht«, sagt sie. »Irgendwas. Jedenfalls ist sie super super schlecht drauf. Und wenn ich so einen Zettel vorlesen würde, dann wär sie mit Sicherheit noch viel schlechter drauf.«

»Ich verstehe«, sagt Konrad.

»Du verstehst gar nichts«, sagt Fridz. Aber sie

sagt es überhaupt nicht frech. Sie klopft sich die Hände ab und lässt die Beine wieder hinunterhängen. »Kann man auch keinem wünschen, dass er von so einem Drecksmist was versteht.«

Konrad hat einen ganz kleinen Stein genommen und lässt ihn jetzt neben seinen Beinen in den Kanal fallen. Der Stein macht ganz bescheiden »Plitsch«.

»Was meinst du«, sagt er, »ob sich meine Eltern auch mal trennen?«

»Keine Ahnung!«

»Aber ich denke, du verstehst was davon.«

Fridz lacht. »Ich versteh doch nichts von deinen Eltern«, sagt sie. »Ich hab ja schon genug damit zu tun, meine zu kapieren.«

»Hm«, sagt Konrad. »Aber bei dir sind doch alle geschieden. Da musst du dich doch viel besser auskennen als ich.«

»Okay«, sagt Fridz. »Wenn du meinst.« Sie grinst wieder so, wie wahrscheinlich nur sie grinsen kann. »Dann machen wir jetzt mal einen Test.«

»Was für einen Test?«

»Na, den großen Eltern-Scheidungs-Test. Ich stell dir ein paar Fragen, und wenn du die meisten mit Ja beantwortest, dann lassen sich deine Eltern demnächst scheiden.«

»Oh«, sagt Konrad. Das hat er nicht erwartet. »Wie viele Fragen denn?«

-180-

»Tja«, sagt Fridz, »ich denke mal: fünf. Einverstanden?«

Konrad zieht seine Beine an den Bauch und umklammert mit den Armen seine Knie. Ihm ist ein bisschen mulmig zumute. Fünf Fragen – das heißt, er darf höchstens zweimal mit Ja antworten. Sonst lassen sich auch seine Eltern scheiden! »Einverstanden«, sagt er, »fang an!«

»Dann los!« Fridz beißt sich kurz auf die Unterlippe. »Frage Nummer eins: Habt ihr vor kurzem ein Haus gebaut?«

»Das weißt du doch!«

»Also lautete die erste Antwort schon mal: Ja.«

»Ja, schon. Aber –« So geht das also. Die erste Frage und schon steckt Konrad im Schlamassel. Dabei hat Fridz ja womöglich Recht! Franzkarl Forscher und seine Frau Evelyn haben sich auch scheiden lassen, als sie gerade ein Haus bauten. Und die Eltern Bantelmann haben sich während der Hausbauzeit ja wirklich ziemlich oft gezankt. Über so entsetzlich unwichtige Dinge wie: Wo kommt das zweite Waschbecken im Badezimmer hin? Welche Kacheln sollen im Flur liegen? Soll das Regenrohr rund oder eckig sein? Und so weiter und so weiter.

Trotzdem sagt Konrad noch einmal: »Aber –« Mehr fällt ihm allerdings nicht ein.

»Von wegen aber«, sagt Fridz. »1 : 0 für Scheidung. – Zweite Frage: Streiten sich deine Eltern jeden Sonntagmorgen beim Frühstücken so lange, bis einer von beiden irgendwas vom Tisch nimmt und auf den Boden knallt?«

»Nein!«, ruft Konrad ganz schnell und ganz laut. Nicht jeden Sonntagmorgen – das kann man nun wirklich nicht sagen. Außerdem sind fürs Auf-den-Boden-Knallen von Sachen ganz eindeutig Peter und manchmal auch er selbst zuständig. Also ein klares Nein!

»1 : 1«, sagt Fridz. »Dritte Frage: Steht deine Mama manchmal vor ihrem Kleiderschrank und sagt: ›Ich weiß wirklich nicht, für wen ich das alles anziehen soll?‹«

Konrad überlegt. Tatsächlich steht seine Mama manchmal sehr lange vor dem Kleiderschrank. Aber sie sagt dabei immer was anderes. Sie sagt: »Ich habe überhaupt nichts anzuziehen.« Wenn das der Papa hört, dann lacht er zuerst eine Viertelstunde lang, später küsst er die Mama und nennt sie bei so vielen komischen Namen, bis sie auch lacht.

Das alles erzählt Konrad der Fridz.

»Ja ja«, sagt sie. »Ist ja schon gut. Also: Nein. Womit es 2 : 1 gegen Scheidung steht. – Vierte Frage.« Fridz scheint überlegen zu müssen. »Vierte Frage«, sagt sie noch einmal ganz langsam. Aber dann hat sie es: »Haben deine Eltern schon mal überlegt, ob sie getrennt in Urlaub fahren sollen?«

Au weia! Konrad fühlt, wie er ganz rote Ohren kriegt. Das haben seine Eltern nämlich wirklich schon einmal überlegt. Und zwar genau in diesem Jahr. Papa hat es vorgeschlagen. Die Mama sollte mit ihm und dem Peter eine Woche an die See fahren, und er wollte in dieser Zeit noch ein paar Handwerksarbeiten im Haus zu Ende bringen. Dabei würden sie dann doppelt sparen: das Geld für Papas Hotelbett und das für die Handwerker.

Ein vernünftiger Vorschlag! Die Mama ist allerdings sehr dagegen gewesen. Und schließlich, als der Papa wieder einmal in sehr schlechter Stimmung von der Bank gekommen ist, haben sie beschlossen, in diesem Jahr alle zu Hause zu bleiben, um noch mehr Geld zu sparen.

»Trotzdem«, sagt Fridz. »Das zählt als Ja. Ob sie es nun gemacht haben oder nicht. Es genügt schon, wenn sie drüber reden, ob sie es mal machen sollen. Ich sage dir, das ist der Anfang vom Ende. – Also steht es 2 : 2.«

Fridz hebt jetzt eine Hand in die Höhe. »Mit anderen Worten, hochverehrtes Publikum«, das sagt sie wie ein Zirkusdirektor, der die Löwennummer ankündigt, »jetzt folgt für Konrad Bantelmann die letzte und entscheidende Frage im großen Scheidungs-Test. Ich darf die Kapelle um einen Trommelwirbel bitten.« Und sie macht ein Geräusch, das wohl wie ein Trommelwirbel klingen soll.

Das hat man nun davon, denkt Konrad. Hätte er sich doch bloß nicht auf diesen Test eingelassen.

»Also«, sagt Fridz. Mit einem ganz langen a: »Aaaaalso.«

»Na, mach schon«, sagt Konrad. Es soll jetzt schnell gehen, damit er nicht noch kribbliger wird.

»Also. Fünfte Frage: Kriegst du zu viele Geschenke?«

»Wie bitte?« Was ist denn das für eine Frage? Zu viele Geschenke! Kein Mensch auf dieser Welt kriegt zu viele Geschenke! Nein – das ist unmöglich. Das verstößt gegen die Naturgesetze, würde der Papa sagen.

Und Konrad sagt jetzt etwas Ähnliches.

»Denkste«, sagt Fridz. »Nimm zum Beispiel mal mich. Ich kriege zu viele Geschenke.«

»Im Ernst?«

»Im Doppelernst sogar. Und zwar von meinem Papa. Mittlerweile kriege ich schon jedes Mal, wenn er kommt, was geschenkt.«

»Das ist doch super!« Vielleicht, denkt Konrad, ist Fridz doch verrückt.

»So«, sagt sie. »Findest du? Dann wünsch dir mal schnell, dass deine Eltern ganz unglücklich miteinander sind. Denn wenn sie unglücklich miteinander sind, dann fangen sie gleich an nachzudenken, ob sie sich nicht lieber scheiden lassen sollen. Wenn sie aber übers Scheiden nachdenken, kriegen sie ein ganz schlechtes Gewissen. Denn es gibt ja dich noch und du hast mit ihrem Unglück- lichsein gar nichts zu tun. ›Das arme Kind!‹ denken sie dann. Und vor lauter schlechtem Gewissen schenken sie dir ab sofort einen kompletten Spiel- warenladen zusammen.«

»Ach«, sagt Konrad.

»Allerdings ach. Und wenn sie dann erst richtig auseinander sind, dann geht es noch viel doller los. Oder glaubst du vielleicht, ich habe *Irre Käfer Drei*, weil ich so ein liebes und folgsames Mädchen bin und immer hübsch artig meinen Haferbrei auf- esse?«

Darauf sagt Konrad lieber nichts.

»Na also. Und wenn es dich sehr interessieren sollte, was man so alles kriegt, wenn sich die Eltern scheiden lassen, dann kannst du dir ja mal meine Versammlung von süßen Kuscheltieren ansehen, die mir mein weggelaufener Herr Vater geschenkt hat, damit ich mit meiner Mama und seinen blöden Karnickeln nicht mehr so einsam bin.«

»In deinem Zimmer stehen doch gar keine Ku- scheltiere«, sagt Konrad. Das weiß er genau. Nicht ein einziges hat da gestanden.

»Die sind im Keller«, sagt Fridz. »Da wo die Mülltonnen stehen. Einmal am Tag geh ich runter und quäl sie mit spitzen Nadeln und scharfen Sche- ren. Du solltest mal hören, wie die dann um Hilfe schreien. Am lautesten schreit immer so eine blöde grüne Schildkröte. Da muss man sich regelrecht die Ohren zuhalten, wenn die loslegt.«

»Stimmt das wirklich?«

»Na ja«, sagt Fridz. »Vielleicht hab ich auch gelogen. Vielleicht schreit ja dieser komische Biber am lautesten. Oder dieser total bescheuerte lila Saurier mit den ekligen gelben Punkten. Oder eine von den supersüßen kleinen, wolligen Mäusen, die man so schön hintereinander auf eine besonders lange Stricknadel spießen kann.«

Konrad muss an seine eigene Maus denken, die auf den problematischen Namen Mattchoo hört. Gut, dass er von der noch nicht gesprochen hat. »So was machst du?«, sagt er.

»Klar«, sagt Fridz. »Nicht immer, aber immer öfter. Wollmaus-Schaschlik-Spieß nenn ich das. Und wenn die Biester schön schreien, dann drehe ich sie über offener Flamme, bis sie außen knusprig und innen saftig sind. Das macht Spaß.«

»Ha ha«, macht Konrad. Von einem richtigen Lachen ist dieses »Ha ha« allerdings weit entfernt.

»Pass mal auf«, sagt Fridz, »wenn deine Eltern sich scheiden lassen, dann kriegst du vielleicht 5000 süße kleine Autos geschenkt. Die kannst du sehr schön zwischen zwei Ziegelsteinen zerschmettern – das macht vielleicht auch so einen irren Spaß.«

»Aber«, sagt Konrad. »Meine Eltern lassen sich

ja gar nicht scheiden. Hast du vergessen? Es ist doch 3 : 2 ausgegangen.«

»So?«, sagt Fridz. »Du kriegst also nicht zu viel geschenkt? Ehrlich?«

»Ja!«, sagt Konrad. »Also: Nein! Ich kriege wirklich nicht zu viel geschenkt. Papa hat sogar gesagt, demnächst kriege ich noch weniger, weil wir alle sparen müssen.«

»Okay«, sagt Fridz. »Ich hab's begriffen.«

»Also 3 : 2 gegen Scheidung.«

»Einverstanden.« Fridz steht auf und klopft sich etwas von der Hose. »Aber ich sag's dir: 3 : 2 ist knapp. 4 : 1 wäre besser gewesen. – Und jetzt mal was ganz anderes: Wann fragst du eigentlich deinen Vater, ob er uns fährt?«

Ach ja! Daran hat Konrad jetzt die ganze Zeit überhaupt nicht mehr gedacht. Lieber hat er sich Sorgen darum gemacht, was einmal in werweißwie ferner Zukunft mit seinen Eltern passieren könnte.

Gibt es so was?, fragt er sich jetzt. Dass man sich die einen Sorgen macht, bloß damit man die anderen vergisst? Das klingt ziemlich doof. Andererseits lehrt die Erfahrung, dass manche Sachen nicht aufs Passieren verzichten, bloß weil sie doof sind. Im Gegenteil, ausgerechnet die doofen Sachen wollen ja immer und unbedingt passieren. Zum Beispiel das Hinfallen-und-sich-das-Knie-Aufschlagen. Und ganz besonders das Kakao-Umkippen. Die können vom Passieren den Hals gar nicht voll kriegen.

»He«, sagt Fridz. »Träumst du? Ich hab dich was gefragt.«

»Ja ja«, sagt Konrad. »Heute. Heute frage ich ihn. Und morgen stehen wir pünktlich bei euch vor der Tür. Sagen wir: neun Uhr?«

»Punkt neun!«, sagt Fridz. »Das ist gut. Da schläft Henri noch. Aber keine Minute später.« Dann macht sie eine Bewegung, die heißen soll: Komm, wir gehen heim! Gehorsam steht Konrad auf, klopft sich auch etwas von der Hose, und dann gehen die beiden gemeinsam am Kanal entlang.

»Du weißt hoffentlich, dass jetzt alles an dir liegt«, sagt Fridz, als sie bei dem kleinen Weg angekommen sind, der vom Kanal weg ins Dransfeld führt. »Wenn du dich verquasselst und dein Vater rauskriegt, was wir in Wirklichkeit vorhaben, dann sind wir verratzt bis in alle Ewigkeit.« Sie bleibt stehen und packt Konrad bei den Armen. »Weißt du, was ich dann machen kann?«

Konrad schüttelt den Kopf.

»Dann kann ich meiner Mama ein Spezialkochbuch für Kaninchenbraten schenken.«

Jetzt lacht Konrad wirklich, obwohl ihm eigentlich nicht zum Lachen zumute ist. »Kaninchen im Karton gedünstet«, sagt er.

Und da lacht Fridz auch. »Oder Kaninchen geschmort im Blätterteigwägelchen. Ein altes Hausrezept der Meisterköchin Friederike von Bratenduft.«

»Sehr gut«, sagt Konrad. »Und als Nachspeise servieren wir Belgisches Riesenkompott mit Ketchup und Mayo.«

Darüber muss Fridz so sehr lachen, dass sie sich kaum noch auf den Beinen halten kann.

»Und als Getränk empfiehlt unser Oberkellner Bantelmann einen erstklassigen ohrengärigen Fellburgunder aus der originalen Stallabfüllung.«

»Hör auf!«, kreischt Fridz. Da sie nun wirklich nicht mehr stehen kann, lässt sie sich auf den Hintern fallen. »Mein Zwerchfell reißt!«, quietscht sie zwischen dem Lachen.

»Zwerchkaninchenfell?«, sagt Konrad. »Das hilft sehr gut gegen verspannten Nacken, wenn man es sich nachts unter die Füße legt.«

Aber da bekommt Fridz tatsächlich keine Luft mehr, und so hört Konrad auf, noch mehr Witze übers Kaninchen-Verzehren zu machen, weil sie sonst nicht gesund nach Hause kommen würde.

Der Planet Klimbambium

Kaum hat Konrad die Nummer 17a betreten, da ist ihm allerdings gar nicht mehr zum Lachen zumute. Denn irgendwann heute wird er seinen Papa dazu bringen müssen, diese grundverrückte Allergie-Aktion gegen die Krisen-Kristine tatkräftig zu unterstützen.

Doch was im Moment das Allerschlimmste ist: Konrad hat noch immer nicht die leiseste Ahnung, wie er das überhaupt machen soll. Er verzieht sich daher rasch auf sein Zimmer, um vor dem Abendessen möglichst lange darüber nachdenken zu können. Und damit ihm keine gute Idee verloren geht, schreibt er alles, was ihm einfällt, gleich in sein Dransfeld-Heft. Ein paar Stunden später stehen da auch tatsächlich drei Pläne.

Plan Nummer eins klingt am einfachsten.

Man sagt: »Hallo Papa. Kleine Bitte von deinem ältesten Sohn. Könntest du morgen früh bitte die Friederike und eines von ihren Kaninchen zum Arzt fahren. Das Biest hat Löffelpilz oder so und muss ein paar Tage unter ärztlicher Kontrolle bleiben. Die müssen prüfen, ob das ansteckend ist. – Du machst das für uns? – Toll. Danke!«

Klingt wirklich einfach, dieser Plan. Er hat nur den geringfügigen Nachteil, dass alles komplett erlogen ist. Und leider ist Konrad Bantelmann nun einmal kein Weltmeister im Lügen. Im Gegenteil: Die Wahrscheinlichkeit, dass er beim Lügen sofort anfängt zu stottern und zu stammeln, ist außerordentlich hoch, und damit auch die Wahrscheinlichkeit, dass er die ganze Kaninchen-Aktion sofort vermasselt.

Plan Nummer zwei klingt ein bisschen komplizierter.

Er geht so: »Hallo Papa. Ich muss dich was fragen. Also die Friederike, die kennst du ja, von der hab ich ja schon mal erzählt, die will einer Bekannten ein Überraschungsgeschenk machen, so ein Kaninchen, weißt du, aber das soll irgendwie ganz geheim sein und leider kann sie es nicht transportieren, weil sie ja auch keinen Papa mehr hat, und deshalb bittet sie dich, ihr morgen früh dabei ein bisschen zu helfen. – Du machst es? Die Friederike würde sich wirklich sehr freuen. – Klasse, vielen Dank.«

Nicht übel, oder? Das wäre nämlich ziemlich genau zur Hälfte wahr und zur Hälfte gelogen. Denn irgendwie stimmt es ja, nur der böse Zweck der Aktion, der würde verheimlicht. Jedenfalls bestünde so eine wesentlich größere Chance, dass Konrad nicht ins Stottern und Stammeln gerät.

Andererseits aber ist Konrad ja leider mit einem ziemlich wissbegierigen Papa ausgestattet – und der wird bei einer so interessanten Geschichte mit lauter Löchern darin sicher nachfragen: Wer soll überrascht werden? Und warum? Und warum mit einem Kaninchen? Und wie genau soll das passieren? Und so weiter und so weiter. Mit einem Wort: lauter Fragen, auf die Konrad unter gar keinen Umständen antworten darf, wenn nicht der riesengroße Lügenanteil an dieser Geschichte herauskommen und die Aktion wieder platzen soll.

Bleibt schließlich noch Plan Nummer drei. Der ist Konrad ganz zuletzt eingefallen. Und anfangs war er sogar ziemlich begeistert davon. Denn Plan Nummer drei heißt: einfach die Wahrheit sagen.

Das geht so: »Hallo Papa. Hast du mal fünf Minuten Zeit? Danke. – Ich bin da in eine komische Sache reingeschliddert. Also, da gibt es doch diese Friederike, weißt du, dieses verrückte Mädchen aus Nummer 28b, die hat einen Papa, der ausgezogen ist, weil er eine Freundin hat, genau wie Franzkarl Forscher – und die Friederike ist darüber so sauer, dass sie dieser Freundin, die übrigens zufällig auch Kristine heißt, ein Kaninchen schicken will, damit dann diese Freundin davon eine Allergie kriegt (tief Luft holen) – ja, und wie der Zufall es so will, habe ich in einem Anfall geistiger Umnachtung versprochen, dass du das Kaninchen zu dieser Freundin transportierst, wobei die Friederike natürlich auf überhaupt gar keinen Fall rauskriegen darf, dass du weißt, was sie eigentlich will, weswegen du uns nicht nur in die Stadt fahren musst, sondern auch noch so tun, als würdest du glauben, wir fahren mit dem Kaninchen zum Doktor (noch mal tief Luft holen) oder so ähnlich – puh, jetzt ist es raus, bitte, lieber Papa, mach es und lass mich nicht hängen, sonst stehe ich als der doofste Typ von der ganzen Welt da – und das kannst du doch auch nicht wollen, oder doch? – Tja, das war's, was ich sagen wollte!«

Ja, das wär's dann. Alles ganz ehrlich. Hier stehe ich, Papa, ich kann's nicht anders sagen. Hilf mir – oder lass mich in die schlimmste Situation meines ganzen Lebens kommen.

Großartig! – Und der ehrliche Konrad hätte nichts mehr zu tun, als darauf zu warten, wie Ihre Majestät Papa von Bantelmann auf Dransfeld im vorliegenden Falle entscheidet.

Allerdings hat Plan Nummer drei einen kleinen, einen ganz winzig kleinen Schönheitsfehler: Plan Nummer drei ist feige! Durch und durch feige. Und nicht nur das – er wäre sogar Verrat. Denn wenn einer zu seinem Freund sagt: Ich mache alles mit und halte alles geheim – und danach geht dieser eine zu einem anderen und erzählt alles, dann begeht er Verrat. Auch wenn der andere der eigene Papa ist.

So sieht das aus. So und nicht anders.

Also steckt Konrad Bantelmann in der Klemme. Was immer er macht – es wird falsch sein. Entweder Plan Nummer eins oder zwei: Er belügt seinen Papa – oder Plan drei: Er verrät Fridz. Und aus dieser Klemme gibt es keinen Ausweg! So steht es auch in tiefschwarzer Schrift unter die drei Pläne im Dransfeld-Heft geschrieben, als die Mama zum Abendessen ruft.

Wer in der Klemme steckt, ist übrigens entweder sehr laut oder sehr still. Konrad Bantelmann ist erwartungsgemäß sehr still – so still, dass es schon nach kurzer Zeit unangenehm auffällt.

»Ist was?«, fragt die Mama.

»Nö«, sagt Konrad. Womit die Lügerei auch schon gleich losgeht, als könnte sie es gar nicht erwarten.

»Warst du heute wieder bei deiner neuen Freundin?«, will der Papa wissen.

»Ja«, sagt Konrad.

Ist das auch gelogen? Vielleicht wegen des irgendwie nicht ganz unproblematischen, oder besser gesagt: wegen des außerordentlich gefährlichen Wortes *Freundin*? Nein, Konrad beißt die Zähne zusammen und beschließt, dass das keine Lüge ist.

»Und?«, sagt der Papa. »Wie war's denn heute? Ihr seid ja offenbar schon unzertrennlich.«

»Hm«, sagt Konrad. Wenn der Papa wüsste, wie

sehr er Recht hat. Jedenfalls ist das momentane Schicksal von Konrad Bantelmann untrennbar mit Fridz' Kaninchen-Kiste verbunden.

»Die sind verliebt«, sagt Peter.

Schau an! So sehr hat Konrad seinen Bruder noch nie auf den Mars oder noch besser gleich auf den Jupiter gewünscht. Aber mit allergrößter Willensanstrengung und leuchtend roten Ohren schafft er es, nichts zu sagen. Das Thema ist einfach zu heikel.

»Gibt's sonst noch etwas Interessantes zu berichten?«, sagt der Papa. Er hat wieder diesen gewissen Ton in der Stimme. Da heißt es für Konrad aufpassen, wenn er nicht gleich alles vermasseln will. Doofe Stimmung beim Abendessen wäre nun wirklich die schlechteste Voraussetzung für sein Unternehmen.

»Tja«, sagt Konrad daher und tut, als dächte er angestrengt nach. Dabei denkt er wirklich angestrengt nach. Was kann er dem Papa erzählen, damit der nicht weitermacht mit seiner Fragerei? Ah – das vielleicht: »Die Friederike«, sagt Konrad, »die hat jetzt *Irre Käfer Vier*. Das ist super-toll. Wenn man da auf Level sieben ist, dann hat man nicht nur zehn Netze und so, sondern auch eine vollautomatische Fangvorrichtung und die sieht so aus: Da ist ein großer Hebearm, der ist an einem Turm dran. Oder an einem Mast. Oder so ähnlich. Und der kommt ungefähr von hier«, Konrad zeigt es quer über den Tisch, »und wenn man dann mit der Maus auf diese eine Stelle klickt und dabei gleichzeitig die Enter-Taste gedrückt hält, dann –«

»Danke«, sagt der Papa. Er fühle sich hinreichend informiert und freue sich über die Anteilnahme, die sein Sohn an der Entwicklung der Computertechnik nehme. Dann geht er in die Küche und holt sich eine Flasche Bier. Und fragt nichts weiter. – Was ja ganz gut ist.

Aber Konrad, der fragt auch nichts. Was eher schlecht ist. Denn das Abendessen geht zwar zu Ende, ohne dass es irgendwelche Probleme gegeben hätte oder doofe Stimmung aufgekommen wäre – aber auch ohne eine Lösung von Konrads überlebensgroßem Kaninchen-Problem.

Punkt acht Uhr ruckeln sich dann Peter und Konrad neben dem Papa zurecht, um die Fortsetzung der Waldschlangen-Geschichte zu hören.

»Wir waren«, sagt der Papa, während Peter so sehr aufpasst, ihm nicht in den Bauch zu treten, dass er vergisst, Luft zu holen, »wir waren bei dem schlimmen Streit angekommen, den die beiden Teil-Waldschlangen Ana und Basis über ihre weiteren Aktionen in Sachen geheimnisvoller Kristall ausgetragen haben.«

»Pooooh«, macht Peter, der beinahe erstickt wäre. Zum Glück nur beinahe. Leider aber tritt er dem Papa beim Wieder-Luftholen ziemlich fest in die Seite.

»Hoppla«, sagt er.

»Macht nichts«, sagt der Papa. Er habe sich ans Beim-Erzählen-Getreten-Werden mittlerweile schon so sehr gewöhnt, dass ihm jetzt wahrscheinlich gar nichts mehr einfalle, wenn er nicht vorher ein bisschen getreten werde. Das sei im übrigen sogar ziemlich normal. Die meisten Menschen müssten getreten werden, damit ihnen etwas einfalle.

»Hähä«, sagt der Papa.

Das ist schon wieder diese sogenannte Ironie. Konrad weiß das, sagt aber lieber nichts.

»Nun denn«, sagt stattdessen der Papa, »nach jedem Regen scheint wieder die Sonne, das heißt: irgendwie müssen die Dinge ja weitergehen. Und da die Mitglieder der Forschungsexpedition den ganzen nächsten Tag nur darüber beratschlagen, wie der geheimnisvolle Kristall in das große Forschungslabor zu schaffen wäre, müssen die beiden Waldschlangen rasch zur Tat schreiten. Was zu tun ist, wissen sie nicht, aber sie wissen, dass die Zeit drängt und schnell gehandelt werden muss.« Der Papa macht eine Pause. »Das ist wie im richtigen Leben.«

»Weiter«, sagt Peter.

»Gut.« Der Papa stöhnt. »Die beiden Teilschlangen warten also, bis die dunkle Tropennacht über

Kristall und Expedition fällt, dann gehen sie getrennt voneinander auf geheime Erkundungstour. – Wer von euch weiß denn noch, was die Basis wollte?«

Eine Test-Frage. Davon hat Konrad heute eigentlich schon genug gehabt. »Wissen, was es mit dem geheimnisvollen Kristall auf sich hat«, sagt er trotzdem.

»Richtig«, sagt der Papa. »Sehr gut erinnert. Und deshalb schleicht sie sich jetzt zu der Stelle des Kristalls, an der die Forscher, wenngleich ganz und gar vergeblich, ein Stück herausgebrochen hatten. Es ist besonders still in dieser Dschungelnacht. So still, als würden die Tiere im Wald den Atem anhalten vor Spannung.«

Peter hält wieder die Luft an.

»He«, sagt der Papa. »Nicht du, die Tiere des Waldes. Oder bist du ein Waldtier?«

»Nö«, sagt Peter und atmet wieder.

»Also«, sagt der Papa. »Und tatsächlich – kaum dass die Waldschlange Basis die Kristallspitze erreicht hat, geschieht etwas außerordentlich Merkwürdiges und Aufregendes. Beim Herankriechen in der Dunkelheit berührt sie nämlich den freigelegten Kristall. Zum ersten Mal seit all den Jahren berührt sie seine glatte und spiegelnde Oberfläche – und sogleich beginnt der Kristall zu leuchten und zu glühen. Rot und blau und grün und gelb leuch-

-198-

tet und glüht er bis tief hinunter in die Tiefe, wo er noch fest in der Erde vergraben ist.«

»Oh«, sagt Peter. »Ist er auch heiß?«

»Nein«, sagt der Papa.

»Aber wenn er doch glüht?«

»Nein«, sagt der Papa noch einmal. »Er ist definitiv nicht heiß. Er leuchtet und glüht zwar, aber er ist nicht heiß, allenfalls handwarm, und außerdem gibt er ein leise klingendes Geräusch von sich.«

Peter hebt die Maus Lackilug hoch und lässt das Glöckchen klingeln, das sie um den Hals trägt.

»Ein leise *klingendes* Geräusch«, sagt der Papa, »kein *Klingeln*, ein Klingen. Das ist ein Unterschied.«

Peter stopft die Maus Lackilug wieder unter die Bettdecke. Er sagt etwas, das keiner verstehen kann. Möglicherweise ist er beleidigt.

»Jedenfalls«, sagt der Papa, »erschrickt die Waldschlange Basis, wie sie noch nie erschrocken ist. Doch bevor sie auch nur daran denken kann, die Flucht zu ergreifen, passiert das Allererstaunlichste von allem. – Na, und was glaubt ihr, was das ist?«

Die Jungs haben natürlich keine Ahnung.

»Dann aber aufgepasst!«, sagt der Papa. »Wie durch ein Wunder und außerdem völlig lautlos öffnet sich nämlich in der Spitze des Kristalls, genau da, wo ihn die Waldschlange berührt hat, eine kleine Tür, die vorher niemand hat erkennen können. Eine Tür, genau so groß, dass eine normal entwickelte Waldschlange mühelos hindurchschlüpfen kann. Und wie von einer geheimnisvollen Macht geleitet, schlüpft die Waldschlange Basis auch tatsächlich, zitternd vor Aufregung, durch die kreisrunde Waldschlangentür ins Innere des Kristalls. Worauf sich, kaum dass auch ihre Schwanzspitze hindurch ist, die Tür wieder schließt, so dass niemand sehen kann, wo sie einmal gewesen ist. – Na, was sagt ihr?«

Die Jungs sagen gar nichts.

»Hm«, sagt der Papa. »Und jetzt geht es erst richtig los. Denn nun rutscht die Waldschlange durch einen langen, dünnen Kanal in immer neuen Spiralen und Windungen tiefer und tiefer in den Kristall hinein. Sie rutscht und fällt dabei so lange, dass sie schon glaubt, sie sei auf einer Reise zum Mittelpunkt der Erde und überhaupt vollkommen verloren – da endlich öffnet sich die enge Rutschröhre, die Waldschlange fliegt noch ein Stück durch die leere Luft und dann plumpst sie ganz sanft auf den erstaunlich weichen Boden eines großen Raumes, der ganz hell ist und aus lauter Glas zu bestehen scheint.«

Der Papa wartet, ob die Jungs etwas sagen, aber sie sagen nichts.

»Ja, also ganz hell ist es in dem Raum, wie schon gesagt, und ringsum an den Wänden und auch an

der Decke sind lauter Knöpfe und Schalter und
Monitore und überhaupt alles an technischen Ap-
paraturen, was man sich nur denken kann. Und da!
Genau in dem Moment, als sie alle diese Knöpfe
und Schalter und den ganzen Krimskrams sieht, da
wird der Waldschlange plötzlich klar, was das alles
ist – und: Es wird ihr auch klar, wer sie selbst eigentlich ist!«

Der Papa macht eine Pause. Dass er heute mit
seiner Geschichte besonders zufrieden ist, kann
man förmlich mit Händen greifen. Die Zufrieden-
heit mit seiner Geschichte steht gewissermaßen
wie ein großer, roter, windgeblähter Papierdrache
kerzengerade über Peters Bett in der Luft.

»Und?«, sagt der Papa. »Was glaubt ihr? Was er-
fährt die Waldschlange im Inneren des Kristalls?«

Keine Ahnung. Was soll eine noch dazu halbe
Waldschlange im Inneren eines Kristalls mit vielen
Knöpfen erfahren? Dass man nachts im Urwald komische Sachen erleben kann? Dass man besser nicht
überall reingeht, wo man so gerade eben noch rein-
passt? Oder was sonst? Und wenn er einmal ganz
ehrlich sein soll, dann ist Konrad heute auch nicht so
über alle Maßen an den Erfahrungen dieser Halbschlange interessiert. Er hat ja so seine eigenen Sorgen. Und seine Hauptsorge ist es, dass er nur noch
etwa zehn Minuten Zeit hat, um seinem Vater die
Frage aller Fragen zu stellen. Denn in zehn Minuten

wird das Licht ausgemacht und dann heißt es nicht nur: Gute Nacht, teure Waldschlange, sondern auch: Gute Nacht, ungeliebte Kaninchen-Aktion.

Und: Auf Nimmerwiedersehen, liebe Fridz!

»Tja«, sagt der Papa, »dann werdet ihr jetzt aber ganz schön staunen. Zuerst einmal spürt die Waldschlange ein großes Gefühl von Vertrautheit und Geborgenheit. Sie weiß nicht, warum, aber es ist ihr, als sei sie zu Hause und alles sei gut. Das dauert ein paar Minuten, und dann beginnt sie sich daran zu erinnern, dass der geheimnisvolle Kristall in Wahrheit ein Raumschiff vom Planeten Klimbambium ist und sie selbst der verwandelte klimbambische Oberastronaut Nil Ambstronk.«

»Ach«, sagt Peter. Ihm gefällt die Geschichte. Vor lauter Aufregung drückt er sich die Maus Lackilug ganz fest gegen die Nase.

»Ja«, sagt der Papa. »Und gerade so, als würde er aus einem langen, traumreichen Schlaf erwachen, erinnert sich der klimbambische Oberastronaut Nil Ambstronk auch wieder daran, wie sein Raumschiff, die Klimbine 9, vor 437 klimbambischen Jahren bei einem Routinekontrollflug durch das Weltall ausgerechnet auf den wilden Planeten Erde gestürzt ist und sich dabei tief in den Boden des Dschungels gebohrt hat.«

Die Maus Lackilug ahmt das Geräusch des Aufpralls treffend nach.

-202-

»Sehr schön«, sagt der Papa. »Kann ich weitererzählen?«

Kann er.

»Also. Unverletzt hatten zwar Nil Ambstronk
und sein Copilot Eddi Aldi den Absturz überlebt,
aber die Klimbine 9 war nicht zu reparieren, da auf
der Erde einige wichtige Materialien fehlten. Und
außerdem war der Funk ausgefallen, so dass sie keine
Hilfe holen konnten. Deshalb hatten die beiden
Astronauten schweren Herzens beschlossen, sich
von ihrem Transmutator in die Doppel-Waldschlan-
ge Anabasis verwandeln zu lassen und in dieser
Gestalt das Raumschiff zu bewachen, damit es
nicht in unbefugte Hände fällt. – Na, was sagt ihr
jetzt?«

Der große rote Drache der Papa-Zufriedenheit
knattert leise, aber stolz im Wind.

»Hm«, sagt Peter. Das hat er noch nie in seinem
ganzen Leben gesagt.

Der Papa ist daraufhin auch ein bisschen perplex.
»Ist doch eine tolle Geschichte«, sagt er. »Oder
etwa nicht?«

»Doch doch«, sagt Konrad rasch. Es darf jetzt
auf keinen Fall schlechte Stimmung aufkommen.
Und das beste Mittel dagegen wären wohl ein paar
besonders kluge Fragen. »Äh«, sagt er daher mit
einem fragenden Unterton, dabei weiß er noch gar
nicht, was er fragen soll. Doch dann fällt es ihm ein.

-203-

»Wieso wusste die Waldschlange denn vorher gar nicht, wer sie ist und woher sie kommt?«

»Äh«, sagt jetzt der Papa. Auch mit einem fragenden Unterton.

O je, denkt Konrad, hoffentlich war diese Frage nicht zu klug. Das wäre dumm!

Aber er hat Glück.

»Das war so«, sagt der Papa. »Nil Ambstronk und Eddi Aldo –«

»Aldi«, sagt Peter unter der Maus Lackilug hervor.

»Pardon, Aldi – die beiden hatten den Transmutator so programmiert, dass sie sich nicht nur in Waldschlangen verwandeln, sondern auch alles vergessen sollten – alles außer ihrem Auftrag, den Kristall zu bewachen. Und das wiederum hatte keinen anderen Grund als den, dass sie nicht vor lauter Heimweh nach ihrem Heimatplaneten Klimbambion –«

»Klimbambium«, sagt die Maus Lackilug mit Peters Stimme.

»Sorry, also dass sie nicht vor lauter Heimweh nach ihrem Heimatplaneten Klimbambium todunglücklich oder verrückt werden sollten. Lieber zwei ziemlich beschränkte Waldschlangen sein, haben sie sich gedacht, als zwei heimatlose, unglückliche und gelangweilte Astronauten. – Das ist doch einleuchtend, oder?«

Klar, das ist es. »Und warum darf niemand an das Raumschiff heran?«, fragt Konrad.

»Haha!«, ruft der Papa. »Die Frage der Fragen! Natürlich aus dem ebenso schlichten wie donnernden Grunde, dass die ausgesprochen fortschrittliche Technik der Klimbambianer auf keinen Fall in die Hände der prinzipiell unvernünftigen und streitsüchtigen Menschen fallen darf. Es wäre nämlich nicht auszudenken, was besagte Menschen für einen Unsinn damit anstellen würden.«

Der Papa glüht jetzt vor Begeisterung darüber, wie gut er diese überraschende Entwicklung in der Waldschlangen-Geschichte hingekriegt hat. Gleich wird Konrad ein Stück zur Seite rücken müssen, um sich nicht an ihm zu verbrennen. Eigentlich, denkt er, wäre jetzt eine gute Gelegenheit, die Rede auf die Kaninchen-Sache zu bringen. Aber wie genau soll er das machen? Wie soll er die Überleitung von der unvernünftigen Menschheit im Ganzen auf eine einzelne, vollkommen blödsinnige Aktion eines verrückten rothaarigen Mädchens hinkriegen?

Wie?

Doch dann zeigt sich plötzlich, dass es ganz unnötig ist, weiter darüber nachzudenken. Denn obwohl es noch nicht ganz Viertel nach acht ist, hat der Papa offenbar beschlossen, mit dieser funkensprühenden Klimbamboriums-Geschichte die heutige Fortsetzung zu beschließen. Immer noch in allerbester Laune setzt er sich nämlich mit einem Ruck auf, knufft und kitzelt noch kurz den Peter und den Konrad, wünscht den beiden eine Gute Nacht und geht hinaus in den Flur.

»In fünf Minuten Licht aus!«, ruft er noch, dann sind seine Schritte schon auf der Treppe.

Und Konrad hat nicht gefragt.

Bigomil Trüger

Tatsächlich machen Peter und Konrad nach fünf Minuten das Licht aus. Ihre beiden Mäuse aber sind noch ziemlich munter und sie unterhalten sich in der Dunkelheit von Zimmer zu Zimmer. Zuerst geht es dabei um die gerade beendete Fortsetzung der Waldschlangen-Geschichte. Peters Maus Lackilug hat offenbar nicht so genau verstanden, wie sich die Dinge entwickelt haben. Möglicherweise stellt sie sich auch bloß dümmer, als sie eigentlich ist. Trotzdem erzählt ihr die Maus Mattchoo noch einmal die ganze Verwandlungs-Geschichte.

»Außerdem«, sagt sie mit ihrer quietschigen Stimme, und es klingt wie »auscherdäm«, außerdem könne man bei dieser Geschichte wahrscheinlich gar nicht verlangen, dass alles genau zu verstehen ist. Immerhin stammen die beiden Waldschlangen-Astronauten ja vom Planeten Klimbambium, auf dem alles schon viel moderner und daher auch viel komplizierter ist als hier auf der Erde. Und weil sie gerade so gut in Fahrt ist, erklärt die Maus Mattchoo der Maus Lackilug auch gleich noch ein paar andere komplizierte und ungemein fortschrittliche Einrichtungen auf dem Planeten Klimbambium.

Als da wären zum Beispiel: die vollautomatische Waschstraße für Menschen, bei der einem sogar automatisch die Zehennägel geschnitten werden, ohne dass es wehtut; die funkgesteuerten Schulbücher, die man sich nachts nur unters Kopfkissen legen muss, um am nächsten Morgen alles zu wissen, was darin steht; die Essmaschinen mit Geschmacksumwandler, die Schweinebraten mit Rotkohl und Klößen kochen, der original wie rote Grütze mit Vanillesoße schmeckt, und noch einige andere Dinge, die das Leben leichter machen.

Über diesen Beschreibungen schläft die Maus Lackilug dann schließlich ein, was Konrad daran merkt, dass Peter leise zu schnarchen beginnt. Kurz darauf schläft auch die Maus Mattchoo ein.

Nur einer liegt noch wach: Konrad Bantelmann. Und der weiß, dass er ans Schlafen nicht einmal denken darf. Denn wenn er nicht heute Abend noch den Mut findet, seinen Papa endlich um eine gewisse Dienstleistung zu bitten, dann kann er morgen früh gleich im Bett bleiben und sich die Decke über den Kopf ziehen. Und übermorgen auch. Jedenfalls sollte er sich dann im ganzen Dransfeld nicht mehr sehen lassen, ganz besonders nicht in der Nähe von Nummer 28b.

Und weil das so ist – besser gesagt: weil das so nicht sein darf, deshalb klettert um fünf Minuten nach halb neun selbiger Konrad Bantelmann ganz leise aus seinem Bett. Ganz leise, damit Mattchoo, Lackilug und Peter nicht wach werden, geht er aus dem Zimmer. Genauso leise und ohne zu atmen geht er die Treppe hinunter, bis er, ganz leise, unten im Flur vor der verschlossenen Wohnzimmertür steht.

Er spürt sein Herz klopfen. Er hört es sogar klopfen. Und bevor seine Eltern hinter der Wohnzimmertür es auch klopfen hören, klopft er selbst an die Tür.

»Ja, bitte!«, sagt es von drinnen.

Und Konrad geht rein. Geht rein und steht jetzt also im Wohnzimmer, wo der Papa auf der Couch liegt und die Mama im Sessel sitzt, beide ein Buch auf dem Schoß haben und beide ihn ansehen, als sei er der Prinz Karneval, der zu Ostern in einem Taucheranzug erscheint und fröhliche Weihnachten wünscht.

»Hallo«, sagt Konrad.

»Hallo«, sagen auch die Eltern. Ob es denn noch etwas zu klären gebe, das nicht bis morgen warten könne?

»Na ja«, sagt Konrad. »Ich kann nicht einschlafen.« Das ist wenigstens nicht gelogen.

»Und warum nicht?«

»Weil – weil –« Teufel! Jetzt muss es aber heraus. Es muss. Und wenn es ihn den Kopf kostet. Es muss!

-209-

»Weil ich nicht weiß, wie die Geschichte weitergeht.«

Herzlichen Glückwunsch! Konrad Bantelmann –
der größte lebende Feigling der Welt. Man wird
ihn demnächst in einem Zirkus ausstellen, und die
Leute können ihn dann für eine Mark fünf Minuten lang von allen Seiten betrachten.

»So so!«, sagt der Papa.

»Nein!«, sagt Konrad schnell. Es denkt jetzt so
angestrengt in ihm, dass es bald aus seinen Ohren
dampfen muss. »Es ist anders. Ich hab mir überlegt,
wie die Geschichte weitergehen könnte. Aber ich
weiß nicht genau, ob das richtig so ist. Und deshalb
kann ich nicht einschlafen.«

»Hm«, sagt diesmal der Papa. »Vielleicht erzählst du mal und dann sehen wir ja, ob es klappt
oder nicht.«

»Also«, sagt Konrad. Ein schöner Anfang für
eine Geschichte!

Aber was hat der Papa neulich gesagt? Die meisten Menschen müssen getreten werden, damit ihnen
etwas einfällt. Jetzt versteht Konrad endlich, was er
damit gemeint hat.

»Du, Papa«, sagt er. »Du erinnerst dich doch an
Doktor Trüger?«

»Aber natürlich«, sagt der Papa. »Bigomil Trüger, der einfallslose, hinterhältige und intrigante
Möchtegernforscher.«

-210-

»Ja«, sagt Konrad. »Das heißt: nein! Ich glaube nämlich, wir haben ihm Unrecht getan.«

»Ach?«, sagt der Papa. »Das klingt ja interessant. Und womit haben wir ihm Unrecht getan?«

Konrad setzt sich erst einmal in den freien Sessel und zieht sich die Füße unter den Po. »Das war doch so«, sagt er. »Der Trüger wollte ein Stück von dem Kristall abschneiden.«

»Woran ihn die damals noch doppelte Waldschlange Anabasis gehindert hat.«

»Richtig. Und wir haben geglaubt, er will das Stück aus dem Kristall haben, um als erster den Knobelpreis für die größte wissenschaftliche Forschung zu bekommen.«

»Stimmt«, sagt der Papa.

»Stimmt eben nicht!«, sagt Konrad und seine Stimme klingt jetzt beinahe wie die der Politiker im Fernsehen. »Ich weiß jetzt nämlich, dass alles ganz anders war, als wir gedacht haben.«

»Da staun ich aber«, sagt der Papa. »Und wie ist alles gewesen?«

»Du wirst es vielleicht nicht glauben«, sagt Konrad. »Aber in Wahrheit ist Bigomil Trüger auch ein Astronaut vom Planeten Klimbambium.«

»Holla«, sagt der Papa. »Und wie heißt er in Wirklichkeit?«

»Öh«, sagt Konrad. Eine gute Frage. Die dringend eine Antwort braucht. »Darnok Retep«, sagt er schnell. »So heißt er, Darnok Retep. Er ist auf dem Planeten Klimbambium in den Wissenschaftler Bigomil Trüger verwandelt worden und er hat den Geheimauftrag, das Raumschiff zu schützen. Daher ist er den Wissenschaftlern über den Obernoko gefolgt.«

»Hm«, sagt der Papa. »Aber –«

Kein Aber! Konrad ist jetzt in Fahrt. »Und weißt du«, sagt er, »als wir dachten, er wollte ein Stück aus dem Kristall schneiden, da war er tatsächlich auf der Suche nach dem Eingang, den jetzt die Halbschlange Basis gefunden hat.«

Das sitzt. Konrad ist sehr stolz auf sich.

»Tja«, sagt der Papa. »Aber das Raumschiff schützen doch schon die Waldschlangen.«

»Ja-ha«, sagt Konrad. Nichts kann ihn mehr aufhalten. »Aber leider konnten ja die Astronauten Ambstronk und Aldi der Zentrale auf Klimbambium nicht zufunken, welche Gestalt sie angenommen haben, und deshalb glaubt man dort seit 437 klimbambischen Jahren, dass das Raumschiff ganz ohne Schutz ist.«

»Das hört sich logisch an«, sagt der Papa.

Logisch? Das hört sich großartig an. Nie zuvor hat Konrad die Waldschlangen-Geschichte so gut gefunden wie jetzt. »Ja«, sagt er. »So ist das eben. Manchmal glaubt man, die Leute machen nur Blödsinn oder sogar etwas richtig Böses, und dann stellt sich am Ende doch heraus, dass sie es nur gut gemeint haben.«

»Ach«, sagen die Eltern.

Konrad redet sich jetzt richtig in Eifer. »Die Waldschlange zum Beispiel, die hätte den Trüger, also den Darnok, ruhig machen lassen sollen, der hatte nämlich schon einen kompletten Plan, wie er das wertvolle Raumschiff wieder zum Planeten Klimbambium zurück bekommt.«

»Na so was«, sagt der Papa. »Dumm gelaufen.«

»Und wie! Hätte die Waldschlange sich nicht eingemischt, dann wären vielleicht schon alle Probleme gelöst.« Konrad sagt das mit einem ganz vorwurfsvollen Ton in der Stimme. »Denn weißt du, der Trüger ist ein ganz zuverlässiger Mann, der beste Experte im Raumschiff-Zurückholen. Er hat das schon auf ganz vielen Planeten gemacht. Und natürlich hat er auch alles dabei, was man braucht, um das Raumschiff zu reparieren.«

»Tja«, sagt der Papa. Er hat ganz schlitzige Augen und viele Falten auf der Stirn. »Das ist aber schlimm. Denn soweit ich unterrichtet bin, schleicht sich die Waldschlange Ana gerade in das Zelt von Bigomil Trüger, pardon, von –«

»Darnok Retep.«

»Danke. Denn genau ihn will sie als ersten durch ihren Lähmungsbiss in einen metertiefen Schlaf fallen lassen. – Was sagst du nun?«

»Ach du je«, sagt Konrad. Damit würden sich die beiden Raumschiff-Rettungstruppen ja gegenseitig ausschalten.

»Genau«, sagt der Papa und grinst.

»Aber das passiert nicht.«

»Und warum nicht?«

»Weil«, sagt Konrad, »weil die eine Waldschlange – weil sie in dem Moment, wo sie zubeißen will, plötzlich ein – ein – na, so ein Dings hat.«

»Ein Dings?«, sagt der Papa.

»Ja, so ähnlich wie die andere, als sie in das Raumschiff kam.«

»Eine plötzliche Erkenntnis? Weiß die Halbschlange Ana plötzlich, dass sie in Wahrheit der Astronaut Eddi Aldi ist?«

»Nein«, sagt Konrad. Er redet jetzt in dem Ton, in dem der Papa sonst dem Peter die Sachen erklärt, die er eigentlich schon wissen müsste. »Nein, das wäre nur passiert, wenn sie den Kristall berührt hätte. Aber sie hat jetzt plötzlich so ein – so ein – wie soll ich sagen –«

»Ein komisches Gefühl?«

»Ja, aber nicht komisch.«

»Ein Gefühl von Geborgenheit?«

»So ähnlich.«

»Ein Gefühl von reinem Vertrauen?«

»Was ist das?«

»Das ist«, sagt der Papa, »wenn ich jemandem

vertraue, ohne zu wissen, was er macht. Einfach so. Vielleicht weil ich ihn lieb habe. Das ist reines Vertrauen.«

»Genau«, sagt Konrad. Er muss ganz laut ausatmen. »Genau das hat jetzt die Waldschlange Ana, obwohl sie nicht einmal weiß, dass sie der Astronaut Aldi ist.«

»Toll«, sagt der Papa. »Ich bin ganz sprachlos. Und was macht sie?«

»Erstmal den Trüger nicht beißen und zurück in ihr Dschungel-Versteck kriechen.«

»Hui! Ein ziemliches Glück für alle Beteiligten.«

»Ja«, sagt Konrad. Und dann entsteht eine ziemlich lange Pause, in der niemand etwas sagt.

»Also«, sagt schließlich der Papa, »ich denke, die Geschichte kann so weitergehen. – Übrigens, gibt es noch etwas?«

»Äh, ja«, sagt Konrad.

Jetzt oder nie!

»Könntest du bitte morgen früh die Friederike, mich und einen Karton mit einem Kaninchen in die Stadt fahren?«

Es ist heraus! Was immer jetzt noch passieren mag – Konrad geht es auf jeden Fall schon viel, viel besser.

»Hm«, sagt der Papa. »Wie groß ist denn der Karton?«

»So ein Umzugskarton. Kennst du doch.«

»Kenne ich in der Tat«, sagt der Papa. »Sowas passt ja leicht ins Auto. Wo wollt ihr denn hin?«

»Du kannst uns bei Spielwaren *Gerhards* absetzen.«

»Tja«, sagt der Papa. »Das liegt auf dem Weg. – Na dann.«

Na dann? Sollte sie also nicht kommen, die Frage aller Fragen?

Nein, sie kommt!

»Und was soll das?«, sagt der Papa. »Warum soll denn dieses Kaninchen in die Stadt gefahren werden? Damit es ein bisschen was von der großen weiten Welt zu sehen kriegt? Oder hat es Geburtstag und darf sich selbst ein Spielzeug aussuchen?«

Jetzt heißt es eisern bleiben!

»Papa«, sagt Konrad. Dabei steht er auf und hält den Kopf ganz gerade. »Papa, wenn du jetzt ein reines Vertrauen zu mir hättest, dann würdest du nicht fragen, sondern uns einfach fahren.«

Wieder ist es ein paar Sekunden ganz still im Wohnzimmer.

Bis der Papa sagt: »Und warum sollte ich dieses Vertrauen haben?«

Konrad zuckt bloß die Schultern. Gut muss das aussehen, wie er so dasteht. Ziemlich cool. Dabei zittert er bis runter zu den Zehen.

»O, ich verstehe«, sagt der Papa. »Passt euch denn neun Uhr?«

»Das passt uns gut.«

»Abgemacht«, sagt der Papa. »Dann aber rasch ins Bett, damit du noch etwas Schlaf bekommst vor deinem geheimnisvollen Unternehmen.«

Das muss man Konrad heute wirklich nicht zweimal sagen. Die Mama kriegt noch einen schnellen und der Papa einen sehr schnellen Kuss, dann rennt Konrad die Treppe hinauf, springt in sein Bett, weckt die Maus Mattchoo und erzählt ihr in Kürze das Nötigste. Worauf er so schnell einschläft, als hätte jemand das Licht in ihm ausgemacht.

Es geht los

Das Frühstück am nächsten Morgen könnte man für ein ganz normales Bantelmann-Frühstück halten. Die Mama erzählt von ihrer neuesten Idee, wie sich im Haus noch eine Kleinigkeit verbessern ließe, Peter wirft beinahe seinen Kakao um und der Papa liest etwas Komisches aus der Zeitung vor. Dabei ist das natürlich kein normales Bantelmann-Frühstück – doch von der wichtigsten Sache der Welt ist erstaunlicherweise gar nicht die Rede. Schon denkt Konrad, der Papa habe sein Versprechen vergessen, aber pünktlich um fünf Minuten vor neun steht der auf und macht ihm ein Zeichen.

»Auf geht's«, sagt er. »Ich hol schon mal den Tier-Transporter aus der Garage. In drei Minuten ist Abfahrt.«

Wie der Blitz ist Konrad im Flur. Zur Sicherheit macht er zwei doppelte Knoten in die Schuhbänder. Das ist eigentlich lästig, denn tagsüber ziehen sich doppelt geknotete Schuhbänder fest zu und tun weh, und abends kriegt man sie gar nicht mehr auf. Aber sicher ist sicher. Und obwohl es draußen warm ist und gar nicht nach Regen aussieht, nimmt

Konrad den gelben Regenanorak mit den silbernen Reflektierstreifen vom Haken und zieht ihn an. Auch aus Gründen der Sicherheit.

»Hast du Geld für den Bus?«, sagt die Mama.

Bus? Wieso Bus? Konrad sagt nichts, aber sein Gesicht muss aussehen wie ein Fragezeichen.

»Wie wollt ihr denn sonst zurückkommen?«, sagt die Mama.

»Klar«, sagt Konrad. »Klar. Bus. Geld.« Er nickt. Geld hat er tatsächlich dabei. Er hat zwei Zehnmarkscheine und zehn Markstücke in ein kleines Portmonee getan und das Portmonee hat er sich mit einer Schnur um den Hals gehängt. Es liegt jetzt unter dem T-Shirt auf seiner Brust und fühlt sich ein bisschen kalt an. Er holt es heraus und zeigt es der Mama.

»Sehr professionell«, sagt die Mama. »Und kennst du unsere Telefonnummer auswendig?«

Konrad sagt sie fünfmal hintereinander fehlerfrei auf.

»Na ja«, sagt die Mama. Dann hockt sie sich vor Konrad auf den Boden und legt ihm ihre Hände auf die Schultern. »Und versprichst du mir auch, keinen Unsinn zu machen und gut auf dich aufzupassen?«

»Ja.« Das gilt zwar, genau genommen, nur fürs Gut-auf-sich-Aufpassen, aber jetzt, da der Papa schon das Auto holt, ist wirklich nicht die richtige

Zeit, um mit der Mama ein Gespräch übers Kei-
nen-Unsinn-Machen zu führen.

Zum Glück akzeptiert die Mama das Ja. Konrad
kriegt noch einen Kuss, dann geht er aus dem Haus
und steigt ins Auto. Leider muss er immer noch auf
einen der beiden schrecklich bunten Kindersitze,
zum Normal-Sitzen ist er genau ein Kilo zu leicht.

»Angeschnallt?«, sagt der Papa.

»Angeschnallt.«

Und dann fahren sie langsam durchs Dransfeld.

»Welche Nummer genau?«

»28b.«

Aber das hätte er gar nicht sagen müssen! Denn
vor Fridz' Haus steht, mitten auf dem Bürgersteig,
der mittlerweile dritte Kaninchen-Transportkar-
ton, der erfreulicherweise aussieht wie ein ganz
normaler Umzugskarton. Auf dem Karton steht
eine Lampe, so groß wie eine Kaffeemaschine,
und in der Lampe dreht sich ein grelles, rotes
Licht.

Als er das sieht, lacht der Papa sehr laut, doch
dann schaut er in den Rückspiegel und hört sofort
damit auf. »Ich glaube, wir werden erwartet«, sagt
er. Dann hält er bei dem beleuchteten Karton und
steigt aus.

Neben dem Karton steht Fridz. Sie hat ihre
Haare zu einem Zopf geflochten und sie trägt einen
gelben Rucksack auf dem Rücken. »Hei«, sagt sie

-220-

und streckt ihre Hand weit aus. »Ich bin Friederike Frenke.«

»Angenehm«, sagt der Papa. Er nimmt die Hand. »Ich bin der Vater von Konrad Bantelmann. Ist alles zum Transport bereit?«

»Selbstverständlich«, sagt Fridz und macht die Lampe aus. »Ich hoffe, dieser Karton wird Ihr Fahrzeug nicht über Gebühr belasten.«

»Da sehe ich absolut keine Probleme«, sagt der Papa. Und während Fridz die Lampe vor die Haustür von 28b stellt, öffnet er die Heckklappe und hebt den Karton ins Auto. Im Karton rumpelt es.

»Donnerwetter«, sagt der Papa. »Der hat aber sein Gewicht.«

»Hat er«, sagt Fridz. »Ein sogenanntes Prachtexemplar. Fast 98 Kilo im wachen Zustand. Schlafend immerhin 73.«

»So so. Und wie heißt es denn, das Kaninchen?«

»Es heißt: Der-Letzte-von-den-Belgischen-Riesen-der-immer-ganz-einsam-im-Stall-sitzt.«

O weh!, denkt Konrad auf seinem Kindersitz.

Aber der Papa sagt nur: »Ein schöner Name. Und sehr poetisch.« Dann macht er die Heckklappe zu, und Fridz setzt sich auf den Kindersitz vom Peter. »Hei«, sagt sie.

»Hei.«

»Können wir?«, sagt der Papa.

»Wir können.«

»Roger. Alles angeschnallt?«

»Angeschnallt«, sagt Fridz, »ready for take-off.«
Und sie fahren los.

Kaum sind sie aus dem Dransfeld, kneift Fridz
den Konrad in die Seite. Das tut ziemlich weh. Was
hat sie bloß wieder! Aber Konrad beißt auf die
Zähne und sagt nichts.

Fridz sagt auch nichts. Stattdessen kneift sie
Konrad noch einmal, diesmal allerdings nicht so
fest, und dazu macht sie ein Gesicht, auf dem steht:
»Super!« Oder: »Das hast du toll gemacht!« Dazu
rutscht sie auf ihrem Kindersitz hin und her, als
hätte ihr jemand Juckpulver in ihre Tigerstreifen-
Hose gestreut.

So also ist das!

So ist das, wenn man von einer wie Fridz gelobt
wird. Besonders üppig ist so ein Lob ja nicht, das
kann man wirklich nicht sagen. Trotzdem!, denkt
Konrad. Vielleicht war es doch ganz richtig, sich auf
dieses Abenteuer einzulassen.

Sie sind jetzt auf der Straße, die in die Innenstadt
führt. Vor dem Supermarkt schiebt gerade jemand
eine lange Reihe von Einkaufswagen über den
Parkplatz, und an der Tankstelle steht jemand auf
einer Leiter und wechselt die Zahlen vom Benzin-
preis aus.

»Guck mal«, sagt Konrad. »Wird das Benzin billiger oder teurer?«

»Du kannst fragen!« Fridz tippt sich an die Stirn. »Alles wird immer bloß teurer. Und nichts wird niemals billiger. Das kann man sich ganz leicht merken. Sogar du.«

Jetzt sagt Konrad erst einmal wieder gar nichts. Er guckt auch nicht nach vorne, damit er den Augen vom Papa nicht im Rückspiegel begegnet. Wieder rumpelt es im Kaninchen-Karton.

»Euer Passagier wird unruhig«, sagt der Papa.

»Keine Bange. Alles im Griff.« Fridz zieht eine Möhre aus ihrem Rucksack und hält sie hoch. »Spezial-Karotte. In Baldrian-Tropfen eingelegt. Das beruhigt und entspannt. Die kriegt er jetzt.« Und tatsächlich schnallt sie sich ab, beugt sich in den Kofferraum und steckt die Möhre irgendwie in den Karton. Jedenfalls ist kurz darauf das Geräusch zu hören, das Kaninchenzähne auf Möhren machen.

»Donnerwetter«, sagt der Papa. »Sehr professionell.«

Dann fahren sie eine Zeitlang schweigend. Der Verkehr wird dichter und an beinahe jeder Ampel haben sie Rot. Schließlich müssen sie hinter einem Müllauto warten, bei dem sich eine Tonne verklemmt hat. Die Müllmänner hauen mit bloßen Fäusten gegen die Tonne und schimpfen dabei so laut, dass man es bis ins Auto hören kann.

»Sehr unprofessionell«, sagt Fridz und der Papa schaltet das Radio ein.

Endlich sind sie da. Durch den großen Kreisverkehr geht es in die Berliner Straße. »Nächste Haltestelle Spielwaren *Gerhards*«, sagt der Papa. »Reisende mit Spezialgepäck bitte bereithalten!«

»Allzeit bereit«, sagt Fridz und schon biegt der Papa in eine freie Parklücke.

»Ausstieg in Fahrtrichtung rechts!«

Die beiden steigen aus und der Papa stellt die Kaninchen-Kiste auf den Gehweg. »Dann viel Glück!«, sagt er und im Vorbeigehen streicht er Konrad über den Kopf. Schon hat er den Griff der Autotür wieder in der Hand.

Wahnsinn!, denkt Konrad. Noch ein paar Sekunden und dann ist das Heikelste überstanden. Der Papa hat tatsächlich nichts mehr gefragt!

Doch der Papa lässt die Autotür wieder los und kommt auf ihn zu. »Da ist mir noch etwas eingefallen«, sagt er.

Also doch. Wahrscheinlich ist ihm eingefallen, Fridz mal eben zu fragen, wer denn das Kaninchen kriegen soll und weshalb und warum. Konrad fühlt sich, als hätte jemand mitten in ihm drin heißen Kakao umgekippt.

Aber der Papa zieht nur sein neues, winzig kleines Klapphandy aus der Tasche und hält es Konrad hin. »Hier«, sagt er. »Du weißt ja, wie man damit umgeht. Falls irgendetwas schief läuft, rufst du damit die Mama an. Okay?«

»Okay«, sagt Konrad. Er steckt das Handy ein. Das sieht lässig aus. Und der Papa fährt ab. Winkt noch einmal und fährt tatsächlich ab. Konrad schaut hinterher, bis der blaue *Passat* im Verkehr verschwindet.

»Sieht schlecht aus für dich«, sagt Fridz. Sie sitzt auf dem Karton und kramt in ihrem Rucksack.

»Wie bitte?«

»Na, wegen Scheidung. Dein Vater ist nämlich eindeutig nett. Und Nett-Sein ist ein klarer Punkt für Scheidung. Ich würde mal sagen, es steht doch eher 3 : 3.«

»Du spinnst ja!« Jetzt tippt Konrad sich an die Stirn. »Wieso ist Nett-Sein ein Punkt für Scheidung?«

»Tja«, sagt Fridz. »Wenn ich ihn schon nett finde, wer wird das dann sonst noch alles tun?«

»Na, wer denn?«

»Ach, du Dummchen«, sagt Fridz und klimpert mit den Augen. »Andere Frauen natürlich. Und wenn so viele andere Frauen ihn nett finden, dann kann er sich doch ganz leicht eine davon aussuchen.«

»Ich hasse dich!« Gegen diesen Satz hat Konrad nichts machen können. Der wollte einfach gesagt werden.

Fridz steht vom Karton auf und hängt sich ihren Rucksack um. »Prima«, sagt sie. »Dann bleiben wir ja lange zusammen.« Dann macht sie einen Schritt auf Konrad zu, und ehe er sich dagegen wehren kann, kriegt er wieder einen Kuss von ihr. Den dritten. Diesmal mitten auf dem Gehweg in der Berliner Straße und mitten auf den Mund.

Konrad ist sprachlos. Das behaupten die Leute oft von sich und reden dann in einem fort. Aber Konrad kann jetzt wirklich kein Wort sagen.

»So«, sagt Fridz. »Phase eins ist erfolgreich abgeschlossen. Jetzt folgt Phase zwei: die Übertölpelung des Opfers. Also los – hier ist dein Griff – pack an!«

Immer noch sprachlos, packt Konrad an, und zusammen tragen sie den Karton die Berliner Straße hinunter.

»Ist es noch wei-heit?«, sagt Fridz nach ein paar Metern in einer quengeligen Kinderstimme.

»Musst du doch selbst wissen.« Aha, wenigstens ist die Sprachlosigkeit weg.

»Weiß ich auch. Da vorne – wo *Moden Öllers* steht. Da ist es. Da arbeitet die Giftschlange.«

Noch einmal zwanzig Meter und die beiden sind vor der Tür des Modehauses angekommen. »Und wenn sie den Karton sieht?«, sagt Konrad.

»Tut sie nicht. Die arbeitet im zweiten Stock und zum Aus-dem-Fenster-Gucken ist sie viel zu dumm.«

Konrad setzt sich auf den Karton. »Dann viel Glück«, sagt er.

Aber Fridz geht nicht in das Modehaus, sie schaut nur nachdenklich zu Boden. »Komm lieber mit«, sagt sie endlich.

»Wie bitte! Hast du Angst?«

Fridz verdreht die Augen. »Sonst noch was? Blödsinn! Aber mit dir zusammen sieht das bestimmt echter aus. Du kannst so treudoof gucken.«

»Aber der Karton? Der kann doch nicht auf der Straße bleiben.«

Jetzt schaut Fridz noch nachdenklicher. »Ne, kann er nicht. Dann tragen wir ihn eben rein und verstecken ihn, bis wir wieder raus sind.«

»Verstecken? Und wo?«

Aber da hat Fridz schon den einen Griff gepackt, und Konrad bleibt nichts anderes übrig, als den anderen zu nehmen und den Karton ins Modehaus *Öllers* zu tragen.

O je, denkt er.

Als sie drinnen sind, guckt auch gleich eine Verkäuferin herüber. Aber sie sieht gelangweilt aus und guckt gleich wieder weg. Zwei Kinder mit einem normalen, mittelgroßen Umzugskarton – das ist wohl noch kein Grund zur Beunruhigung.

»Da hinten«, sagt Fridz.

Da hinten steht ein runder Kleiderständer, auf dem lauter Damenhosen im Sonderangebot bis fast auf den Boden hängen.

»Guckt einer?«

Nein, jetzt guckt niemand. Fridz teilt mit der rechten Hand die Damenhosen wie einen Vorhang, und zusammen schieben sie den Karton hindurch. Drinnen kommt er zwar ein bisschen schief auf den Füßen des Kleiderständers zu stehen, aber Fridz meint, das sei nicht schlimm.

»Genial«, sagt sie.

Konrad ist anderer Ansicht. Er würde gerne ein paar Bedenken anbringen, aber es geht jetzt alles so schnell. Schon fahren sie die Rolltreppe hinauf in den zweiten Stock. »Herrenabteilung«, sagt Fridz. »Ist doch typisch, dass diese Tussi in der Herrenabteilung arbeitet, oder?«

Konrad hat dazu keine Meinung.

In der Herrenabteilung fährt ein junger Mann einen Ständer mit Mänteln durch den Gang.

»Ah«, sagt Fridz. Sie bleibt in der Mitte des Ganges stehen, und der junge Mann mit den Mänteln muss anhalten. »Super. Sind das die angesagten Herbstfarben?« Fridz nimmt einen Mantelärmel und hält ihn hoch. »Ein kaltes Kakaobraun und ein trockenes Brotgrau. Sehr schön. Sehr kleidsam.«

»Lässt du mich mal bitte vorbei, Kleine«, sagt der junge Mann.

»Aber sicher, Kleiner«, sagt Fridz. »Wenn du mir sagst, wo ich das Fräulein Oberverkäuferin Kristine Ahlberger finde.«

»Frau Ahlberger ist Abteilungsleiterin bei *Frei-*

zeit und Junge Mode«, sagt der junge Mann. »Da hinten in Richtung Aufzug.«

»Untertänigsten Dank.« Fridz nimmt Konrad am Arm. »Und jetzt Achtung«, sagt sie ihm leise ins Ohr. »Guck traurig und sag nichts. Kannst du doch, oder?«

Konrad nickt. Wieder eine Gemeinheit. Die wievielte heute? Er sollte einmal mitzählen.

In der Abteilung *Freizeit und Junge Mode* werden gerade Jeans auf einen Tisch gestapelt. Zwei Männer machen das und eine Frau mit ganz kurzen blonden Haaren steht daneben. Fridz drückt Konrads Hand, dann geht sie langsam auf die Frau zu. Konrad hinterher, einen halben Schritt zurück.

»Hei, Krissi«, sagt Fridz mit einer Stimme, als müsste sie gleich anfangen zu weinen.

»Friederike!«, sagt die Frau. »Das ist aber eine Überraschung. Was machst du denn hier?«

Und da, von einer Sekunde auf die andere, weint Fridz wirklich. Konrad fühlt seine Hand in ihrer feucht und kalt werden. Sie muss sich anfühlen wie ein toter Frosch. Aber Fridz lässt sie nicht etwa los, sondern drückt sie noch stärker. Und dann läuft sogar eine Träne aus ihrem linken Auge und hinunter bis zum Kinn.

»Ach, Friederike«, sagt die Frau, »was ist denn los mit dir?«

Die beiden Jeans-Stapler schauen schon her, da

-229-

nimmt die Frau Fridz bei der Schulter und führt sie ein Stück weg vom Stapeltisch. Konrad in ihrem Schlepptau hinterher.

»Nun sag doch bitte, was passiert ist«, sagt die Frau.

»Ich –«, sagt Fridz, »ich –« Aber vor lauter Schluchzen bekommt sie keinen Satz heraus. Stattdessen weint sie eine zweite Träne, diesmal aus dem rechten Auge.

Mann o Mann!, denkt Konrad. Ist die raffiniert! Und wie das wirkt. Die Frau Abteilungsleiterin sieht schon ganz erschrocken aus. Sie sagt »Ach je« und »O je« und schließlich hockt sie sich vor Fridz und streicht ihr über den Kopf, genau wie es die Mama am Morgen mit Konrad gemacht hat.

Das also ist sie, die Krisen-Kristine. Eigentlich sieht sie ganz nett aus. Wären ihre Haare ein bisschen länger, dann könnte sie gut eine Dransfeld-Mutter sein. Mit einem Mann und zwei eigenen Kindern und einem neuen Haus mit einem Vorgarten, einer kleinen Buchsbaum-Hecke und einem Volkswagen *Passat* davor.

Und schon tut sie Konrad leid. Morgen wird sie überall voller Pickel und Pusteln sein und sich mit ihren hübsch rot angemalten Fingernägeln die Haut vom Leib kratzen. Das wird nicht schön aussehen. Wahrscheinlich wird sie dabei heulen müssen, und dann läuft ihr auch noch die Schminke übers Gesicht. Ebenfalls kein schöner Anblick. Und das alles, weil ein gewisser Konrad Bantelmann einer gewissen Friederike diese Kaninchen-Aktion ins Ohr gesetzt hat.

Die arme Frau.

Aber wer weiß!, denkt Konrad. Vielleicht wird sie ja morgen so schrecklich aussehen, dass Fridz' Vater sie wieder verlässt und zu seiner Frau und seiner Tochter zurückkommt – und dann hätte ja alles seinen Sinn. Dann könnte sich der Vater wieder um seine Kaninchen kümmern, die Nummer 28b bekäme endlich einen Vorgarten, der genauso schön ist wie die anderen Vorgärten im Dransfeld, Fridz' Mutter wäre nicht mehr unglücklich und müsste keine Schlaftabletten mehr nehmen und Fridz würde nie mehr wütend und traurig sein.

Das wäre doch was!

Und wenn zum Tausch dafür anderswo eine verkratzte Abteilungsleiterin herumsäße und sich die Augen ausweinte – dann hätten sie immer noch ein gutes Werk getan.

Oder etwa nicht?

Doch, ja!, denkt Konrad. Ein gutes Werk trotz allem. Da muss man jetzt hart sein. Bloß kein falsches Mitleid. Und ziemlich laut sagt er: »Selber schuld.«

»Wie bitte?«, sagt die Frau.

O je, denkt Konrad.

Zum Glück kann Fridz jetzt wieder sprechen. »Es stimmt«, sagt sie schnell. »Ich bin alles selber schuld. Ich hab angefangen. Ich hab gesagt, du bist eine blöde Schlampe.«

»Wer?«, sagt die Frau. Sie guckt komisch. »Wer ist eine blöde Schlampe?«

»Na, die Mama.« Fridz tut sehr aufgeregt. »Und dann hat die Mama gesagt, du bist eine hysterische Ziege.«

»Wer?«

»Ich. Und dann hab ich gesagt, dich soll der Teufel holen und du sollst am Spieß braten und –«

»Nein, bitte!« Die Frau tut, als wollte sie Fridz den Mund zuhalten. »Ich verstehe jetzt. Du hast dich mit der Mama gestritten. Und was dann? Bist du weggelaufen?«

Fridz nickt.

»Aha. Und wer ist dein Begleiter?«

»Konrad Bantelmann. Nummer 17a. Der passt auf mich auf. Ich bin ja nur eine Frau. Mir kann doch alles Mögliche passieren.« Fridz sieht jetzt aus wie eine Heidi in einem albernen japanischen Trickfilm. Und sie hat sogar eine Stimme wie ein albernes japanisches Trickmädchen. Mit dieser Stimme sagt sie: »O, du, Krissi, ich kann nicht nach Hause. Bitte, bitte, lass mich bei dir auf den Papa warten. O, bitte, du, das wäre so lieb von dir.«

Konrad mag nicht hinschauen. Wenigstens lässt

ihn Fridz jetzt los, um sich der Frau um den Hals zu werfen. »Bitte, bitte«, sagt sie dabei. Und immer weiter: »Bitte, bitte, bitte.«

Grauenhaft!

»Natürlich kannst du bei mir bleiben!«

»Wirklich?«, ruft Fridz. »Wirklich, wirklich? – O, du bist ja so nett!«

Es fehlte nur noch, dass sie vor Freude hüpfen würde! Eigentlich müsste man öffentlich vor diesem Mädchen warnen. Oder noch besser, sie müsste ein Schild um den Hals tragen. »ACHTUNG HEXE« müsste darauf stehen. Und: »VORSICHT! HALTEN SIE ZEHN METER SICHERHEITSAB-STAND UND GLAUBEN SIE DIESEM MEN-SCHEN KEIN WORT!«

Die Frau hat Mühe, Fridz von ihrem Hals los zu kriegen. »Aber wir müssen deiner Mutter Bescheid sagen. Damit sie sich keine Sorgen macht.«

»Na ja«, sagt Fridz ganz langsam.

Da zieht Konrad Papas Klapphandy aus der Tasche und hält es hoch. »Haben wir schon«, sagt er. »Hiermit.« Er lässt das Handy einmal auf- und zu-klappen, dann steckt er es wieder in die Tasche.

»Dann ist ja gut«, sagt die Frau. »Warte, ich hole den Schlüssel.« Sie geht zu einem Vorhang und ver-schwindet dahinter.

»Wie war ich?«, sagt Fridz leise.

»Zum Kotzen.«

»Stimmt. Aber du wirst auch immer ekliger.«

»Pst!«

Die Frau kommt mit dem Schlüssel zurück. Der mit dem roten Griff ist für die Haustür, der mit dem blauen für die Wohnungstür. Ob Friederike denn wisse, wie man vor hier aus dahin komme?

»Klar«, sagt Fridz. »Katzensprung.«

»Na. Dann geh nur.« Fridz hat sich schon umgedreht, aber die Frau hält sie zurück. »Ich habe mich sehr gefreut«, sagt sie. »Dass du zu mir gekommen bist. Vielleicht vertragen wir uns ja ab jetzt ein bisschen besser als bisher.«

»Ganz bestimmt«, sagt Fridz.

Konrad schaut genau hin. Wird sie rot? Wenigstens ein bisschen?

Ja, ein bisschen rot wird sie tatsächlich. Aber als sie die Rolltreppe hinunterfahren, ist es schon wieder weg.

»Zicke«, sagt Fridz.

Rote Hosen

Als die beiden im Erdgeschoss von *Moden Öllers* ankommen, nimmt Fridz Konrad beim Arm. »Vorsicht«, sagt sie. »Jetzt wird's gefährlich. Irgendwo was reinlegen ist kein Problem. Aber wenn man was rausholen will, ich sag dir, da passen die Leute auf wie die Wachhunde.«

»Verstanden«, sagt Konrad. Aber einstweilen ist das Rausholen des Kaninchen-Kartons gar nicht das Problem. Denn da, wo eben noch der Ständer mit den Damenhosen im Sonderangebot gestanden hat, genau da steht jetzt – nichts!

»Hä?«, sagt Fridz.

Konrad sagt gar nichts. Das war's dann wohl. Auch eine Lösung.

»Scheiße«, sagt Fridz.

»Pst«, sagt Konrad.

Fridz ist mit einem Mal so rot im Gesicht, dass es fast keinen Unterschied mehr zu ihren Haaren macht. »Wo ist der verdammte Stallhase?«, sagt sie.

»Sie haben ihn vielleicht gefunden und ins Tierheim gebracht.«

»Glaub ich nicht!«

»Bitte«, sagt Konrad, »lass uns verschwinden.«

Einen Moment lang fühlt er sich ganz leicht. Vielleicht sagt Fridz jetzt »einverstanden« und dann könnten sie in zehn Minuten im Bus sitzen und in einer halben Stunde im Dransfeld sein.

»Kommt nicht in Frage!«, sagt Fridz. »Wir geben nicht auf. Außerdem ist doch klar, dass sie den Braten nicht gefunden haben.«

»Wieso?«

»Na, schau dich doch um! Wenn die hier ein Karnickel gefunden hätten, dann würden doch all diese Mode-Tussis um den Karton herum stehen und ›O wie süß!‹ und ›O wie niedlich!‹ kreischen. Kennt man doch.«

Tatsächlich ist es ganz ruhig bei *Moden Öllers*.

»Wir müssen den Ständer finden«, sagt Fridz. »Ich wette, der Karton steckt noch da drin. Also los, Parole: Damenhosen im Sonderangebot. Wir teilen uns auf. Du da hinten und ich hier!« Und damit ist sie schon weg.

Konrad überlegt kurz, ob er sich nicht verdächtig machen könnte, wenn er hier nach Damenhosen sucht. Aber wahrscheinlich ist in einem Modehaus nichts verdächtiger als irgendwo herumzustehen und blöde vor sich hin zu gucken – und deshalb geht er erst einmal los. Dabei denkt er sich ein paar Sätze aus, die er sagen könnte, wenn man ihn anspricht.

»Ich brauche ein gedecktes Kostüm.« – »Ich su-

-236-

che einen bunten Schal zu meinem hellen Mantel.« –
»Ich interessiere mich für geblümte Blusen.«

Es gibt eine große Auswahl solcher Sätze. Zum
Glück ist Konrad oft genug mit der Mama in Mode-
häusern gewesen. Und stundenlang hat er dort zu-
gehört, wenn die Mama mit den Verkäuferinnen
gesprochen hat. Also wird ihm schon etwas Passen-
des einfallen.

Im Vorbeigehen streift er mit der Hand an einer
langen Reihe von Jacken entlang, dabei klappern
die Kleiderbügel auf der Stange, als hätten sie sich
etwas zu erzählen. Dann dreht er einen Ständer mit
Röcken, und das sieht lustig aus, wie die Röcke
beim Karussellfahren hochfliegen.

»Na, junger Mann, was suchen wir denn?«

»Ich?«, sagt Konrad. Er dreht sich um, da steht
eine Verkäuferin und lächelt ihn an.

»Ja, du.«

»Ich? Äh.«

»Die Kinderabteilung ist im dritten Stock.«

»Ja«, sagt Konrad. Keine sehr intelligente Antwort, das ist ihm klar.

»Hier unten sind Damenmoden«, sagt die Verkäuferin. »Oder suchst du etwas für deine Mutter?«

»Ja«, sagt Konrad. Würde ihm doch bloß etwas
anderes einfallen!

»Und was bitte?« Die Verkäuferin lächelt nur
noch ein ganz kleines bisschen.

»Hosen«, sagt Konrad. »Damenhosen.«

»Und wo ist deine Mutter?«

Zu Hause, denkt Konrad. Meine Mutter ist zu Hause und hat keine Ahnung davon, was ihr bislang kreuzbraver Sohn Konrad gerade für einen Unfug anstellt.

»Da hinten«, sagt er und zeigt irgendwohin. Jetzt wird gleich alles auffliegen!

»In der Umkleidekabine?«

In der Umkleidekabine? Ja, warum eigentlich nicht? Konrad nickt ein paar Mal.

»Und jetzt suchst du sicher den Ständer mit den Sonderangeboten?«

»Ja!« Konrad ist ganz begeistert. Es ist seit langem das erste Mal, dass er wieder die Wahrheit sagen darf.

»Du bist ja schon eine große Hilfe«, sagt die Verkäuferin. »Dann komm mal mit. Die Sonderangebote haben wir eben woandershin geschoben.« Sie geht voran. Konrad, die große Hilfe, geht hinterher.

Der Ständer mit den Damenhosen steht jetzt hinter einer großen Säule. Konrad versucht sich umzuschauen, ohne dabei den Kopf zu bewegen. Von Fridz ist nichts zu sehen. Womöglich hat sie bemerkt, dass man ihn gefasst hat, und versteckt sich jetzt.

»Da wären wir«, sagt die Verkäuferin. »Welche Größe hat denn deine Mutter?«

-238-

»36!« Das weiß Konrad sehr genau. Die Mama spricht aber auch oft genug darüber, dass sie Größe 36 hat. Sie ist sehr stolz darauf, denn Größe 36 heißt: man ist schön schlank. Größe 38 heißt: man ist eklig dick.

»36«, sagt Konrad noch einmal. Es ist so schön, zweimal hintereinander die Wahrheit zu sagen.

»Und was für eine Farbe soll es sein?« Die Verkäuferin sieht jetzt wieder sehr viel freundlicher aus. Sie greift mit beiden Händen in die Damenhosen hinein.

Bloß das nicht!

»Die da!«, sagt Konrad schnell. »Die rote!«

»Das nenne ich aber Geschmack«, sagt die Verkäuferin. »Schlanken Frauen stehen kräftige Farben besonders gut.« Sie zieht die Hose heraus.

Konrad nimmt sie. Die Verkäuferin sieht ihn an. Was muss er jetzt tun?

Richtig. Er muss die rote Hose in Größe 36 seiner Mutter in die Umkleidekabine bringen. Logisch.

»Danke«, sagt er.

Aber das »Danke« nutzt nichts. Die Verkäuferin geht nicht weg.

Geh weg!, denkt Konrad. Hopp, weg mit dir! Aber das Denken nutzt auch nichts. Die Verkäuferin steht wie festgewachsen und sieht ihn noch immer an. Was bleibt ihm also übrig, als mit der roten Hose in Richtung Umkleidekabinen zu gehen?

Und Konrad geht. Er geht langsam. Und er fühlt beim Gehen tatsächlich die Blicke der Verkäuferin in seinem Rücken. Bisher hat er gedacht, das stünde nur in seinen Detektivgeschichten. Da fühlen die Kinder, die in verlassenen Schlössern herumdetektiven, immer irgendwelche Blicke in ihrem Rücken. Doch das gibt es offenbar wirklich, dass man Blicke fühlen kann. Und nicht nur das. Konrad fühlt sogar, wie ihn die Blicke nach vorne schieben. Hin zu den verdammten Umkleidekabinen.

Es sind genau fünf. Bei dreien steht der Vorhang offen, bei zweien ist er zugezogen. Ene, mene, muh, denkt Konrad, und raus bist du. Und dann geht er ohne anzuhalten auf die rechte der beiden verschlossenen Kabinen zu. Die Blicke in seinem Rücken schieben ihn das letzte Stück, er zieht den Vorhang ein wenig beiseite und schlüpft hinein.

»Huch!«, sagt eine Frau. Sie hat nur Unterwäsche an, in der Hand hält sie etwas, das ein Kleid sein könnte. Die Frau ist ziemlich jung, aber das kann Konrad nur vermuten, denn er sieht halb nach unten und schräg an der Frau vorbei.

»Bitte«, sagt er leise. »Bitte seien Sie jetzt meine Mutter.« Er hält die rote Hose hoch. »Und probieren Sie das bitte an.«

»Bist du verrückt?«, sagt die Frau. »Oder haben die hier neue Verkaufsmethoden?«

»Hier, Mama!«, sagt Konrad so laut, dass man es

draußen hören muss. »Ich hab dir eine in Rot mitgebracht!« Dabei sieht er hoch und der Frau ins Gesicht. Sie ist auch ziemlich hübsch. Das macht es leichter.

»Bitte«, sagt er noch einmal ganz leise. »Bitte, bitte! Mir zuliebe«

Die Frau sagt einen Moment lang nichts. »Steckst du irgendwie in der Klemme?«, sagt sie dann.

Konrad nickt.

»Hast du was geklaut?«

Konrad schüttelt den Kopf.

»Sondern?«

»Ich kann das nicht erklären. Bitte, seien Sie meine Mutter. Es ist ja nur für eine kurze Zeit!«

Jetzt muss die junge Frau sehr lachen, aber sie drückt sich gleich eine Hand auf den Mund. »Und die Hose«, sagt sie dann, »muss ich die wirklich anziehen?«

»Na ja«, sagt Konrad. »Aber die ist im Sonderangebot. Und Sie haben doch bestimmt Größe 36.«

»Hey!«, sagt die junge Frau. »Du kennst dich aber aus.« Sie nimmt die Hose, steigt hinein und zieht ein kurzes T-Shirt darüber, das ihren Bauch ein Stückchen frei läßt.

»Wie heißt du denn?«

»Konrad.«

»Na, dann mal los!« Die junge Frau schiebt den Vorhang beiseite und tritt aus der Kabine.

Draußen steht noch immer die Verkäuferin. Sie lächelt Konrad an. Der grinst zurück. Die junge Frau tritt vor einen großen Spiegel, sie legt ihre Hände auf ihre Hüften und dreht sich um sich selbst. »Was meinst du, Konni-Schätzchen«, sagt sie, »steht mir die?«

Das macht sie wirklich gut. Alle Achtung! Obwohl *Konni-Schätzchen* nicht unbedingt nötig gewesen wäre.

»Super, Mamilein!«, ruft Konrad zurück.

Die Verkäuferin lächelt noch einmal und geht dann weiter. Kaum ist sie hinter einer Säule verschwunden, da erscheint über einem Tisch mit Pullovern Fridz' Kopf, und ihre beiden Arme machen wilde Zeichen. Man hat sie also nicht erwischt. Konrad gibt ein paar möglichst unauffällige Zeichen zurück. Dann geht er zu der jungen Frau vor dem Spiegel. »Ich bin jetzt außer Gefahr«, sagt er. »Vielen Dank, dass Sie mich nicht verraten haben.«

»Ist schon okay«, sagt die junge Frau. »Eine Frage noch. Was muss ich tun, damit ich auch so einen witzigen Sohn bekomme?«

Um Himmels willen! Konrad wird rot.

»Schon gut«, sagt die junge Frau. Sie streicht ihm einmal übers Haar. »Mach dich aus dem Staub, Agent 007.«

Das tut er auch. Hinter dem Pullovertisch wartet Fridz auf ihn. »Ich glaub's nicht«, sagt sie. »Statt

das Karnickel zu suchen, machst du hier Damenbe-
kanntschaften und verschwindest mit denen gleich
in der Umkleidekabine. Und was hör ich: *Konni-
Schätzchen*! So kenne ich dich gar nicht!«

»Ich –«, sagt Konrad. Es gäbe da wirklich eine
Menge zu erklären.

»Von wegen du«, sagt Fridz. »Ich! Ich hab nämlich inzwischen den Ständer gefunden. Und wie ich
richtig vermutet habe, ist die Kiste noch drin. Also
komm, *Konni-Schätzchen*, du unnütze Figur, hilf
mir wenigstens tragen!«

Nein, denkt Konrad. Jetzt bloß nicht protestieren! Bloß nicht versuchen, irgendetwas zu erklären. Das würde alles nur noch schlimmer machen.

»Guckt einer?«, sagt Fridz.

»Nein.«

»Dann los!« Mit ein bisschen Geruckel und Ge-
zerre bekommen sie den Karton zwischen den Hosen hindurch, jeder nimmt ihn an einer Seite und so
gehen sie in Richtung Ausgang.

Da steht die Verkäuferin von eben.

»Na«, sagt sie. »Du machst dich ja schon wieder
nützlich. Hat deiner Mutter die Hose gefallen?«

»Die überlegt noch«, sagt Konrad.

»Und das ist deine Schwester?«

»Ja«, sagt Konrad. »Sie heißt Friederike. Aber
wir sagen alle *Fritzi-Schätzchen* zu ihr!«

»Ach, wie süß«, sagt die Verkäuferin.

Zehn Schritte, fünfzehn Schritte und sie sind mit dem Karton auf der Straße.

»*Fritzi-Schätzchen*?«, sagt Fridz. Sie stellt ihre Seite des Kartons auf den Gehweg. »Du wirst mir ganz schön kess, mein Lieber!«

Konrad hält seine Seite des Kartons noch hoch. »Können wir hier bitte verschwinden?«, sagt er.

»Können wir«, sagt Fridz. »Ich brauche jetzt sowieso mein zweites Frühstück.«

Fünfzig Meter weiter ist ein Schnellrestaurant, das schon geöffnet hat. Das Schnellrestaurant gehört einer amerikanischen Firma und sieht daher genauso aus wie alle anderen Schnellrestaurants der amerikanischen Firma.

»Hier«, sagt Fridz. »Hier essen wir jetzt einen Donnerbörger auf den Schreck.«

»Ob wir da mit einem Tier reindürfen?«

»Nicht, wenn wir vorher fragen.«

Die beiden gehen in das Schnellrestaurant. »Bleib du hier mit dem Karton«, sagt Fridz. »Ich hol uns was. Ist ja wohl egal, was, oder?«

Das ist es in der Tat. Denn Konrad Bantelmann ist wahrscheinlich der einzige Junge auf der ganzen Welt, der überhaupt gar nichts aus amerikanischen Schnellrestaurants mag. Aber um das zu erklären, hat er schon wieder keine Zeit, denn erstens ist Fridz sofort in Richtung Theke verschwunden und zweitens stehen da drei größere Jungen. Die größeren Jungen tragen Jacken, auf denen sehr viel Text gedruckt ist, sie haben sehr moderne Turnschuhe an den Füßen und sehr moderne Frisuren auf den Köpfen. Kein Problem im Grunde. Jeder so, wie er es mag, sagt der Papa immer.

Dumm ist nur, dass der größte der größeren Jungen jetzt mit ausgestrecktem Arm auf den Karton zeigt. »Hey«, sagt er. »Wasndadrin?«

Wären bloß keine Schulferien!, denkt Konrad. Dann säßen die drei jetzt in irgendeiner Klasse und schrieben Zahlen von der Tafel ab. Oder sie machten sonst etwas Sinnvolles, statt ausgerechnet in diesem Schnellrestaurant zu stehen und sich für anderer Leute Kartons zu interessieren.

»Wasndadrin, hä?«

Fridz steht mittlerweile an der Theke und das ist zu weit zum Rufen.

Vielleicht, denkt Konrad, versuche ich es wieder mit der Wahrheit. Das hat heute ja schon einmal funktioniert.

»Ein Belgischer Riese«, sagt er.

»Hä?«

»Das ist ein außerordentlich großes Kaninchen. Höchstgewicht sieben Kilo.«

»Super! Lass mal sehen!«

Nein, die Wahrheit funktioniert hier nicht! Schon knien die drei größeren Jungen um den Karton und ihre sechs Hände zerren an dem Deckel.

»Vorsicht, es beißt!«, sagt Konrad

»Hähä!«

»Es hat eine ansteckende Krankheit.«

»Uah.«

Auch lügen funktioniert also nicht. Schon ist der Deckel auf und die sechs Hände greifen hinunter in den Karton.

»Boh, ist der dick! Mann!«

Die Ohren des Riesenkaninchens erscheinen über dem Rand des Kartons.

»Bitte!«, sagt Konrad. »Bitte, lasst ihn drin!«

»Stell dich nicht so an!«, sagt der größte der größeren Jungen. »Gebt es mir! Ich will es.«

Tatsächlich bekommt er es auch. »Wau!«, sagt er und lässt sich nach hinten auf den Hosenboden fallen. »Was für ein Riesenoschi. Den bringen wir jetzt rüber in die Küche und lassen ihn braten.« Die anderen beiden johlen begeistert.

Konrad greift an seine Brust, wo das Portmonee hängt. Vielleicht könnte er den Jungen ein Lösegeld anbieten. Aber dazu kommt er nicht.

»Aua!«, schreit der größte Junge. Er lässt das Kaninchen los. »Es hat mich gebissen.« Dazu hält er seinen Finger hoch, und der sieht tatsächlich ein bisschen angeknabbert aus.

Bravo, denkt Konrad. Und schau an! Das Giga-Kaninchen hat wirklich zugebissen. Die Wahrheit ist ihm heute immerhin dicht auf den Fersen.

-246-

Aber darüber muss er sich ein andermal freuen. Denn schon läuft der belgische Satansbraten den Gang zwischen den Tischen entlang in Richtung Theke. Und das tut er keineswegs unbemerkt.

»Iiiih!«, schreit jemand. »Eine Maus. Eine riesengroße, fiese Maus!«

»Hilfe!«, schreit jemand anders. »Hilfe!«

»Bäääh«, sagt ein Mädchen laut. »Is ja Horror. Die tun Kaninchen in die Burger.« Darüber müssen ein paar andere Mädchen so sehr lachen, dass sie sich lauthals verschlucken.

Konrad läuft hinter dem Kaninchen her. Er stößt an einen Tisch, ein Pappbecher fällt um und jemand schreit: »Nein! Die neue Hose!«

Gleich hab ich es, denkt Konrad, da schlägt das Kaninchen einen Haken und verschwindet unter den Tischen. Konrad kann so schnell nicht bremsen, er muss leider noch einen Schritt weiter laufen und deshalb läuft er gegen Fridz, die gerade mit einem Tablett von der Theke kommt.

»Bist du verrückt?«, sagt Fridz.

Darüber ist jetzt nicht zu diskutieren.

»Eine Ratte!«, schreit jemand. »Ich hab eine Ratte gesehen!« Wer bislang noch nicht geschrien hat, fängt jetzt aber schleunigst damit an.

Konrad ist schon auf dem Boden. Als er unter den Tisch robbt, fällt ein Stuhl um und trifft ihn beinahe am Kopf.

»Konrad!« Das ist Fridz.

Keine Zeit! Das Kaninchen dreht nach links ab, Konrad auf allen vieren hinterher. Jemand tritt nach ihm. Das Kaninchen dreht nach rechts und ist wieder auf dem Gang. Konrad ist kurz dahinter. Einen Moment bleibt das Kaninchen stehen, dann läuft es Richtung Ausgang. Seine Hinterbeine macht es ganz lang dabei und sein kurzer weißer Schwanz ragt hoch in die Luft.

»Es haut ab! O nein, es haut ab!«

So hat Konrad Fridz noch nie gehört. Er kann sie nicht sehen, aber sie klingt ganz furchtbar.

Das Kaninchen ist jetzt etwa drei Meter vor der Tür. Zum Glück ist die gerade zu.

Irrtum! Jetzt reißt sie nämlich der größte der größeren Jungen, der mit dem angebissenen Finger, weit auf. »Raus mit dem Tier!«, schreit er. »Das hat mich gebissen! Das hat die Tollwut!«

Das Gekreische im Schnellrestaurant wird tatsächlich noch ein bisschen lauter. Alle Achtung!

Konrad ist wieder auf den Beinen. Er läuft. Genauer gesagt: er nimmt Anlauf. Und dann springt er. Er springt wie die Fußballspieler, wenn sie ein Tor geschossen haben und sich besonders schön freuen wollen. Er springt ganz flach, kommt auf den Bauch zu liegen und rutscht, die Arme nach vorn gestreckt, über den glatten Boden des Schnellrestaurants.

»Ja!«, schreit jemand. »Pack es!« Das ist Fridz.

Und Konrad packt es. Im allerletzten Moment, da er schon kaum noch Fahrt macht, greift seine rechte Hand das rechte Hinterbein des Kaninchens. Und hält es fest. Das Kaninchen strampelt und tritt, seine Krallen schaben über den Boden und dabei macht es ein quiekendes Geräusch, das ganz jämmerlich klingt.

Aber Konrad hält es fest.

Und so liegt er da. Flach auf dem Boden, eine Hand am Kaninchen. Um ihn herum kreischt und johlt und spektakelt es. »Polizei!«, schreit jemand. »Polizei, Feuerwehr, Polizei!« Eine tolle Idee.

Dann ist Fridz neben ihm. Sie packt das Kaninchen mit beiden Händen am Rückenfell, hebt es hoch und drückt es an sich. »Los!«, sagt sie. »Wir hauen ab.«

Schon ist sie draußen. Konrad rappelt sich auf. Hände greifen nach ihm, die schüttelt er ab. Bloß raus hier!

Auf der Straße sieht er sich um. »Warte!«, ruft er, aber Fridz wartet nicht. Sie läuft und die Kaninchenohren über ihrer Schulter wackeln auf und ab. Konrad hat Mühe, hinterherzukommen und sie nicht aus den Augen zu verlieren. Sie biegt nach links in eine Seitenstraße, dann wieder nach rechts. Konrad kriegt kaum noch Luft und es sticht ihn in der rechten Seite, da läuft Fridz in eine Hofein-

-249-

fahrt. Vor der Tür eines Hinterhauses macht sie endlich Halt.

»Da, nimm!«, sagt sie, als Konrad herangekommen ist. Sie drückt ihm das Kaninchen in den Arm. Dann schließt sie auf und zieht ihn hinter sich ins Haus.

Konrad geht hinein. Wo sind sie hier? Er sieht sich um: ein Treppenhaus, eine Kellertür, ein paar Briefkästen an der Wand. Und niemand zu sehen. Uff! Er setzt sich auf die unterste Treppenstufe.

»Ich kann nicht mehr«, sagt er.

Das Kaninchen auf seinem Arm hält ganz still. Es zittert nur ein wenig.

»Ich kann nicht mehr«, sagt er noch einmal.

Eine Geheimwaffe

Okay«, sagt Fridz. »Hol mal tief Luft. Dann geht's gleich wieder.« Sie setzt sich neben Konrad auf die Treppe und ist auch ziemlich außer Atem.

Konrad holt wirklich tief Luft. Aber nicht, damit es gleich wieder geht, sondern weil er jetzt etwas Schwieriges sagen muss. Etwas sehr Schwieriges.

»Ich kann nicht mehr«, sagt er. »Und ich will nicht mehr. Ich mach nicht mehr mit.« Er holt noch einmal tief Luft. »Ich mache nicht mehr mit bei dieser Kaninchen-Sache.«

»Klar«, sagt Fridz. »Ich verstehe. War eben ein bisschen viel für dich.«

Konrad sagt nichts. Er weiß ja, dass er es eben war, der das ganze Unternehmen gerettet hat. Und es reicht ihm, dass er es weiß. Er muss es nicht auch noch sagen. Nein, muss er nicht. Er braucht nur vor sich hin zu sehen und ein ganz bestimmtes Gesicht zu machen.

»Na gut«, sagt Fridz. Sie hat das Gesicht gesehen. »Du warst der große Held. Der Weltmeister im Belgischen Riesenfangen. Aber jetzt gehen wir rauf und verteilen die Karnickel-Haare. Ja?«

»Nein«, sagt Konrad.

»Und warum nicht, bitte schön?« Fridz ist wieder aufgestanden. Sie steht vor Konrad und schaut auf ihn herunter.

»Weil es falsch ist.«

»Ach nee?«

»Ja, was wir machen, ist gemein.«

»Einverstanden.« Fridz nimmt ihren Rucksack ab, hockt sich hin und schaut hinein. »Das ist total gemein, was wir machen. Tut mir ja auch schrecklich leid. Muss aber leider sein.« Sie nimmt eine Möhre aus dem Rucksack. »Außerdem war es deine Idee.«

»Ich –«, sagt Konrad.

»Bitte sehr!« Fridz tippt Konrad mit der Möhre auf den Kopf. »Wir müssen jetzt nicht darüber reden. Soll ja vorkommen, dass einer sich kurz vor dem Ziel in die Hose macht. Kein Problem. Gib mir das Karnickel und ich geh rauf und mach den Rest!«

»Nein«, sagt Konrad.

»Was?« Fridz lässt die Möhre sinken. Sie hockt sich hin und beugt sich vor, bis ihr Kopf ganz nah an dem von Konrad ist. »Was sagst du da?«

»Ich mach nicht mehr mit – und Paul auch nicht.«

»Spinnst du? Wer ist Paul?«

»Das ist Paul.« Konrad streicht dem Kaninchen über den Kopf.

»Seit wann?«

»Schon immer. Er hat's mir eben gesagt. Und er hat auch gesagt, dass er anderen Leuten keine Fell-Pickel machen will.«

»Ich dreh durch! Her mit dem Vieh!« Fridz schleudert die Möhre hinter sich in eine Ecke. Dann macht sie eine Bewegung, als wollte sie Konrad das Kaninchen aus dem Arm nehmen. Aber Konrad sieht sie an, sie sieht ihn an; und dann lässt sie ihre Arme wieder sinken. Eine Zeitlang hocken die beiden so einander gegenüber, Kopf an Kopf, und sagen gar nichts.

»Pass jetzt mal auf«, sagt Fridz endlich. »Das ist mein Kaninchen. Das gibst du jetzt her und dann kannst du dich meinetwegen vom Acker machen. Klar?«

»Das Kaninchen gehört deinem Vater.«

Fridz steht auf. »Quatsch!«, sagt sie laut. Sie sagt es sehr laut. »Der kümmert sich doch nicht darum. Der kümmert sich doch um gar nichts. Nicht um sein Kaninchen, nicht um meine Mama und nicht um mich. Der kümmert sich doch bloß um seine bescheuerte Kristine.« Den letzten Satz schreit sie fast.

»Und deswegen nehm ich jetzt das Karnickel, geh rauf in die Wohnung und reibe alles damit ein, so wie wir es beschlossen haben. Genau so. Hörst du?« Sie greift Konrad an die Schultern und rüttelt ihn so sehr, dass er Mühe hat, den Paul auf dem Arm zu behalten.

»Wie wir es ausgemacht haben«, sagt Fridz noch einmal.

Dann fängt sie an zu weinen. Und diesmal ist es echt. Da besteht nicht der geringste Zweifel.

»Komm endlich!«, heult Fridz. »Du musst mir helfen. Du hast es versprochen.« Sie lässt sich neben ihn auf die unterste Treppenstufe fallen und heult, den Kopf auf die Arme gelegt.

Irgendwo geht eine Tür, auf der Treppe sind Schritte zu hören.

»Lass uns woandershin gehen«, sagt Konrad.

Fridz scheint ihn nicht zu hören. Sie weint noch immer, nur etwas leiser. »Du hast es versprochen«, sagt sie. »Du hast es versprochen.«

Die Schritte sind jetzt ganz nah. Eine Frau mit einem kleinen Kind auf dem Arm kommt die Treppe herunter. »Kann ich mal vorbei?«, sagt sie.

Fridz sieht nicht auf, Konrad rückt ein Stück zur Seite.

»Och!«, sagt die Frau. »Was habt ihr denn da? Ist das ein Hase?« Das Kind auf ihrem Arm quietscht und streckt die Arme aus. »Und was macht ihr überhaupt hier? Zu wem wollt ihr denn?«

»Wir gehen gerade«, sagt Konrad. Er will Fridz vom Boden hochziehen, aber mit dem Kaninchen auf dem Arm ist das gar nicht so leicht.

-254-

»He!«, sagt die Frau. »Das ist aber keine Antwort!«

Das weiß Konrad auch. Aber fürs Die-Wahrheit-Sagen ist das mal wieder ein schlechter Zeitpunkt. Endlich hat er Fridz auf den Beinen, er schubst sie in Richtung Tür.

»Und warum weint deine Schwester?«, sagt die Frau.

Die wird immer so traurig, wenn man sie ausfragt. Das sagt Konrad aber nicht, stattdessen öffnet er mit dem Ellenbogen die Tür und mit der Schulter schiebt er Fridz hindurch. »Nun komm schon«, sagt er. Beinahe wäre ihm das Kaninchen aus den Händen gerutscht. Er drückt es sich so hoch er kann an die Brust und geht voraus. Fridz geht hinterher. Langsam, Schritt für Schritt, aber immerhin. Ein bisschen weint sie auch noch, ein kleines bisschen.

Sie gehen, über den Hof auf die Straße, dann nach links und dann wieder nach links. Und Konrad denkt. Dabei ist Denken wahrscheinlich nicht das richtige Wort. Jedenfalls nicht, wenn man sich unter Denken etwas Ordentliches vorstellt. Konrad aber denkt nicht ordentlich. In seinem Kopf laufen vielmehr ein Dutzend Gedanken umher – wie die Kaninchen im Stall. Sie laufen im Kreis und kreuz und quer und wenn man eines davon, also wenn Konrad einen Gedanken packen und festhalten will, dann schlüpft der ihm zwischen den Händen hindurch und ist gleich wieder weg.

Außerdem sind die Gedanken alle schwer, noch viel schwerer als Paul, der Belgische Riese. Und der ist schon schwer! So schwer, dass Konrad ihn bald nicht mehr wird tragen können.

In welche Richtung gehen sie eigentlich?

Über die Berliner Straße und zurück zum Kreisverkehr. Ja. Und dahinter beginnt doch der kleine Park an der Promenade. Ist es bis dahin noch zu schaffen? Nein, ganz sicher nicht. Paul ist schwer wie Blei.

Konrad dreht sich um. Fridz geht noch immer hinter ihm her. Sie guckt auf ihre Füße und schnieft. Ihren Rucksack hat sie in der Hand, er schleift beinahe über den Boden.

»Warte mal«, sagt Konrad. Er bleibt stehen und fast wäre Fridz in ihn hineingelaufen.

»Ich muss mal was ausprobieren.« Konrad macht ihr ein Zeichen, sie soll den Rucksack hinstellen und aufmachen.

Das tut sie auch und dann versucht Konrad das Kaninchen Paul in den Rucksack zu stecken. Es funktioniert. Das meiste von Paul passt hinein, nur der Kopf schaut oben heraus, was ja auch ganz gut ist wegen des Atmens. Konrad nimmt den Rucksack auf die Schultern. Das ist immer noch schwer, aber so geht es wirklich besser. Sie gehen weiter.

Konrad wieder voraus. Fridz hinterher, schweigend.

Beim großen Kreisverkehr müssen sie dreimal über die Straße, dann sind sie endlich in dem kleinen Park an der Promenade. Konrad nimmt den Rucksack ab und setzt sich auf die erste Bank. Fridz setzt sich neben ihn und dann schweigen sie noch eine ganze Viertelstunde, während der sich die Kaninchen-Gedanken in Konrads Kopf weiter austoben können. Als die Viertelstunde herum ist, sitzen die Gedanken endlich still und erschöpft in den Ecken. Vielleicht kann man sie jetzt packen.

»Fridz«, sagt Konrad.

»Hm.«

»Ich muss dir mal was erzählen. Hörst du zu?«

»Hm.«

»Also«, sagt Konrad. »Pass mal auf. In einem Wald, in einem richtigen Dschungel, weit weg von hier, da ist vor sehr langer Zeit ein Raumschiff vom Planeten Klimbambium gelandet. Aber bei der Landung ist es leider kaputtgegangen. So kaputt, dass es nicht mehr starten kann.«

Nach ziemlich langer Zeit sieht Fridz Konrad wieder richtig an. »Hä?«, sagt sie.

Immerhin, denkt Konrad. Jetzt schnell weiter.

»Genau«, sagt er. »Und die beiden außerirdischen Astronauten haben sich dann in eine doppelte Waldschlange verwandelt, um auf das Raumschiff aufzu-

-257-

passen. Denn außerirdische Raumschiffe dürfen doch auf keinen Fall von Menschen gefunden werden, weil Menschen damit nur Unsinn anstellen. Man kennt das ja.«

»Sag mal, tickst du nicht mehr sauber?« Fridz hat noch sehr verweinte Augen, sieht aber schon wieder etwas besser aus.

»Doch doch«, sagt Konrad schnell. »Das Problem ist nur, dass die doppelte Waldschlange nicht bemerkt hat, wie ein anderer Außerirdischer in Menschengestalt auf die Erde gekommen ist, um den Wissenschaftler Franzkarl Forscher daran zu hindern, das Raumschiff aus dem Dschungel in ein Forschungslabor zu bringen.«

»Jetzt mach mal einen Punkt!«, sagt Fridz. »Das ist ja wohl die blödeste Geschichte, die ich jemals gehört habe!«

Wenn das der Papa hören könnte, denkt Konrad. »Ich bin ja noch nicht fertig«, sagt er. »Und was jetzt kommt, das interessiert dich bestimmt. Der Wissenschaftler Franzkarl Forscher, der unbedingt den Knobelpreis kriegen möchte, der hat sich nämlich kürzlich von seiner Familie getrennt und seitdem lebt er mit seiner Assistentin Fräulein Doktor Kristine Krise zusammen.«

»Du bist durchgeknallt«, sagt Fridz. »Das war alles zu viel für dich. Kann ich mal das Handy haben? Ich möcht gern im Irrenhaus anrufen.«

Konrad legte eine Hand auf seine Hosentasche.

»Aber aber«, sagt Fridz. »Du brauchst gar keine Angst zu haben. Da kommen ein paar nette Männer mit dicken Seilen und die bringen dich in ein schönes Zimmer mit ganz viel Schaumstoff an den Wänden. Da kannst du dich dann den ganzen Tag mit Waldschlangen unterhalten.«

»Das ist lustig«, sagt Konrad. »Vielleicht kann man das später einmal in die Geschichte einbauen. Aber jetzt nicht. Jetzt kommt nämlich das Kapitel, in dem Franzkarl Forschers einzige Tochter Luise sich an der neuen Freundin ihres Vaters rächt.«

»Ach!«, sagt Fridz.

»Ja. Sie ist nämlich furchtbar wütend auf diese Kristine. Sie will ihr etwas ganz Gemeines antun. – Und nun rate mal, was sie macht!«

»Hö hö.« Fridz tippt sich mit einem Finger an die Stirn. »Sag bloß nicht, sie schafft ihr ein Kaninchen in die Wohnung, damit sie das Felljucken kriegt.«

»Falsch«, sagt Konrad.

»Falsch?«

»Ja. Ganz falsch.« Er nimmt den Rucksack auf den Schoß. Paul hat mittlerweile beide Vorderpfoten über den Rucksackrand gelegt und das sieht ziemlich drollig aus. »Die Kristine aus der Geschichte hat keine Fell-Allergie. Da muss diese Luise schon was anderes machen.«

»Was denn?«, sagt Fridz.

»Was viel Schlimmeres. Mehr sag ich nicht.«

»Was viel Schlimmeres. Das ist gut. Sie zündet ihr die Wohnung an?«

»Das ist doch doof. Das kann jeder. Es muss auch etwas Schlaues sein. Weißt du, diese Luise ist nämlich schlau, ganz besonders schlau sogar. Ich glaube, sie ist das schlaueste Mädchen, das es gibt.« Konrad blinzelt.

»Hm«, sagt Fridz. Sie rutscht auf der Parkbank hin und her. »Was Schlimmeres und was Schlaues! – Ich komm nicht drauf. Warum sagst du's mir nicht?«

Gute Frage! Die richtige Antwort wäre: Weil ich es selbst nicht weiß. Und weil du draufkommen musst. Aber heute ist ja der Tag, an dem man nicht genau wissen kann, wann man die Wahrheit sagen soll und wann nicht.

»Denk dir was aus«, sagt Konrad. »So schlau wie diese Luise bist du doch auch.«

»Ja, warte.« Fridz wird noch nervöser. Paul guckt sie aus seinem Rucksack heraus an und nimmt seine rechte Pfote wieder hinein. Vielleicht zur Sicherheit.

»Jetzt weiß ich was!«, ruft Fridz. »Sie bindet diese Kristine an einen Baum, schmiert ihr Salz auf die Füße und lässt das Salz von einer Ziege ablecken.«

»Das ist gemein«, sagt Konrad. »Aber ist es auch schlau?«

»Nö«, sagt Fridz.

»Dann weiter!«

»Gut. Sie bestellt ihr jeden Abend beim Pizza-Service 25 Pizzas mit ganz viel Knoblauch drauf. Ist das schlau?«

Konrad schüttelt den Kopf.

»Du machst mich verrückt. Was ist denn bitte schlau?«

»Wenn du das nicht weißt«, sagt Konrad. »Wer soll es dann wissen?«

Fridz sitzt jetzt wieder ganz still. Ein paar große Jungen kommen vorbei, bleiben stehen und zeigen auf Paul im Rucksack. Einer von ihnen sagt etwas. Etwas, das große Jungen immer sagen, bevor sie rüberkommen und Ärger machen.

»Verzieht euch!«, sagt Konrad. »Sonst ruf ich die Polizei.« Er holt das Handy aus der Tasche und lässt es aufklappen. Das funktioniert, die großen Jungen gehen weiter.

Fridz sitzt noch immer ganz still. Sie hat gar nichts bemerkt. Wahrscheinlich denkt sie nach. Was ist besonderes gemein und gleichzeitig besonders schlau? Was?

»Ich hab's!«, ruft sie ganz laut. Wieder drehen sich ein paar Leute um und Paul steckt auch noch seine linke Pfote in den Rucksack.

»Dann sag!«

»Die Luise geht zu dieser Kristine – also zu der aus der Geschichte – und sagt ihr, dass sie sie nicht mag und dass sie eine blöde Trulla ist.«

»Hm«, sagt Konrad. »Das ist vielleicht gemein. Aber warum ist es schlau?«

»Hoho!«, sagt Fridz. Sie rückt ganz nah zu Konrad herüber und wieder ist ihre Nasenspitze nur einen Zentimeter von seiner entfernt. »Weil es die Wahrheit ist«, sagt sie ganz leise. »Und die Wahrheit zu sagen ist schlau. Man kann nämlich immer und allen Leuten die Wahrheit sagen und keiner kann einem deswegen blöd kommen. Und man kann auch keine Strafe kriegen.«

Fridz steht auf. »Los«, sagt sie. »Genau das machen wir jetzt.«

»Was?«

»Na, was schon? Klemm dir den Paul auf den Rücken – und dann ab!«

Was soll man dazu sagen? Am besten wohl gar nichts. Und so gehen Fridz und Konrad kurz darauf wieder über die drei Straßen am Kreisverkehr. Doch diesmal ist Fridz vorn, und Konrad kommt kaum mit Paul auf dem Rücken hinterher. Wenn die Leute Paul sehen, lachen sie und machen Bemerkungen.

Auch die Verkäuferinnen bei *Moden Öllers* machen Bemerkungen. Zum Beispiel, dass sie so kleine Größen nicht im Angebot hätten.

»Hihi«, sagt Fridz im Vorübergehen. Sehr witzig. Ob man ihr den Weg zur Abteilung für Pelzmäntel zeigen könne. Sie bringe nämlich Nachschub. Ganz frische Ware. Quasi noch warm.

»Du bist mir ja eine«, sagen die Verkäuferinnen.

Im zweiten Stock werden jetzt Pullover gestapelt. Die Abteilungsleiterin Kristine Ahlberger steht mitten im Gang, und als Konrad und Fridz von der Rolltreppe kommen, dreht sie sich gerade um.

»Friederike!«, sagt sie. »Hast du die Tür nicht aufgekriegt?« Sie will auf die beiden zugehen.

»Stopp!«, ruft Fridz. »Keinen Schritt weiter!«

»Was ist denn?«

»Zehn Schritte zurück!«, sagt Fridz. »Wir sind im Besitz einer furchtbaren Geheimwaffe und wir schrecken nicht davor zurück sie anzuwenden!« Sie macht Konrad ein Zeichen. Der dreht sich um und zeigt den Paul im Rucksack.

»Bleib bloß, wo du bist! Sonst kriegst du tödliches Felljucken.« Fridz muss das ziemlich laut sagen, denn die Abteilungsleiterin hat gleich kehrtgemacht und ist schon mindestens zwei Hosenständer weit weg.

»Aber, Friederike«, sagt sie von dort.

»Mit dem Schlüssel ist alles okay«, sagt Fridz quer durch die Abteilung. »Den kannst du übrigens wiederhaben.« Sie lässt das Schlüsselbund auf

-263-

den Boden fallen und tritt dagegen, dass es klirrend durch den Gang rutscht. Ein paar Kunden sind stehen geblieben und schauen her, aus den anderen Abteilungen kommen noch mehr.

»Ich bin gekommen um dir was zu sagen«, ruft Fridz. »Ich will dir sagen, dass ich dich blöd finde. Und gemein. Du hast mir meinen Papa weggenommen. Du bist eine blöde, gemeine Ziege. Wenn ich mir was wünschen dürfte, dann würde ich dich auf den Mond wünschen. Ich mag dich nicht und daran wird sich nie, niemals was ändern. Ganz egal, wie nett du zu mir bist.«

»Aber«, sagt die Frau. Ganz viele Leute schauen sie jetzt an und sie sieht aus wie jemand, der nicht weiß, was er tun soll. Sie macht einen Schritt nach vorn.

»Stehen bleiben!«, sagt Fridz. »Denk an das Fell hier. Und an deines. Wir wollen nicht, dass dir was passiert.«

Die Frau Abteilungsleiterin bleibt wieder stehen. Von irgendwoher sind noch mehr Leute zum Zugucken gekommen. Ganze Völkerscharen strömen herbei in die Abteilung *Freizeit und Junge Mode*.

»Frau Ahlberger, haben Sie ein Problem?«, sagt eine streng klingende Männerstimme. »Oder kommen Sie zurecht?«

»Nein, nein, alles in Ordnung.«

Noch nie hat Konrad so deutlich gehört, dass je-

-264-

mand lügt. Hier ist nämlich gar nichts in Ordnung. Hier kommt jemand überhaupt nicht zurecht. Und alle, die jetzt in der Abteilung *Freizeit und Junge Mode* stehen, können das ganz deutlich sehen.

»Friederike«, sagt die Abteilungsleiterin. »Du bist doch schon groß. Du musst das doch verstehen. Dein Papa und ich, wir –«

»Von wegen«, ruft Fridz dazwischen. »Ich bin nicht groß. Ich bin sogar ziemlich klein für mein Alter. Ein Meter zweiundvierzig. Und ich bin auch noch ein bisschen doof. Ich muss gar nichts verstehen. Ich finde euch bloß alle beide gemein – basta! Und damit du's weißt: ab jetzt hab ich immer den Konrad hier dabei. Und den Paul. Da kannst du dir dann überlegen, ob du dich an mich ranknutschen willst. Verstanden?«

Fridz lässt Paul noch einmal das Kaninchen vorzeigen, dann macht sie ihm ein Zeichen, dass jetzt gegangen wird. Konrad ist sehr einverstanden.

»Auf Nimmerwiedersehen!«, ruft Fridz.

Sie haben große Mühe, sich durch die vielen Menschen hindurchzudrücken. Wahrscheinlich stehen schon über hundert da.

»Achtung«, sagt Fridz. »Leute mit Tierfell-Allergie bitte zurücktreten.«

Vielleicht sind es auch zweihundert. Konrad kann so schlecht schätzen.

»Frau Ahlberger«, sagt von irgendwoher die

strenge Männerstimme. »Kommen Sie bitte mal in mein Büro!«

Man hört es noch auf der Rolltreppe.

Tschüss, Paul!

Jetzt hab ich Hunger«, sagt Konrad. »Und Paul auch.«

Die drei sitzen wieder auf der kleinen Bank im Park. Gesagt hat bislang keiner etwas und daher erschrickt Fridz ein wenig.

»Hey!«, sagt sie. »Was hast du gesagt?«

»Dass wir Hunger haben, der Paul und ich.«

»Hm«, sagt Fridz. Offenbar denkt sie schon wieder an etwas anderes.

Konrad versucht es noch einmal. Es ist ziemlich selten, dass er richtig Hunger hat. Solche Fälle sollte man ausnutzen. Außerdem hat er Geld dabei und keine Eltern, die ihm sagen, was er essen soll. »Da hinten«, sagt er, »da gibt es ein Lokal, da machen sie nur Pfannkuchen. Pfannkuchen mit Zucker, Pfannkuchen mit Marmelade, Pfannkuchen mit –«

»– mit Ärger«, sagt Fridz. »Hast du eigentlich eine Ahnung, was jetzt passiert?«

»Klar«, sagt Konrad. »Wir essen einen Pfannkuchen oder vielleicht zwei und dann fahren wir mit dem Bus nach Hause.« Er denkt kurz nach. »Wir müssen nur den Paul dazu bringen, den Kopf etwas tiefer in den Rucksack zu stecken.«

Fridz verdreht die Augen. »Mann!«, sagt sie laut. »Kapierst du nicht? Die Kristine ruft doch jetzt meinen Papa an und der ruft meine Mama an.«

Konrad weiß nicht, was das mit den Pfannkuchen zu tun hat. Er kann auch nicht so richtig darüber nachdenken, denn seitdem er zum ersten Mal das Wort »Pfannkuchen« ausgesprochen hat, wird sein Hunger mit jeder Sekunde stärker.

»Mann!«, sagt Fridz noch einmal. »Verstehst du nicht? Die sind jetzt hinter uns her.«

Konrad schluckt. »Wie meinst du das?«

»Wie ich das meine! Wie ich das meine!« Fridz springt auf. »Ich meine, dass die jetzt alle ausschwärmen um uns zu suchen. Vielleicht haben sie sogar schon die Polizei alarmiert.«

»Aber warum denn? Wir haben doch nichts gemacht!«

Fridz sieht Konrad an und legt den Kopf schief.

»Na ja«, sagt Konrad. Ein bisschen was haben sie natürlich gemacht. Vielleicht sogar mehr als ein bisschen was.

»Aha.« Entweder Fridz kann Gedanken lesen oder Konrad steht mal wieder im Gesicht geschrieben, was er denkt. »Und deswegen werden sie uns suchen, finden und streng bestrafen«, sagt Fridz. »Ich komme lebenslänglich in ein Kinderheim, wo ich auf einem Strohsack schlafen und den ganzen Tag irgendwas mit Kreuzstich häkeln muss.«

-268-

Hoppla!, denkt Konrad. Das ist ja entsetzlich. – Andererseits scheint es Fridz großen Spaß zu machen, sich so entsetzliche Sachen vorzustellen.

»Ich denke«, sagt er langsam, »ich denke, wer die Wahrheit sagt, wird nicht bestraft.«

»Ist ja auch gar keine Strafe«, sagt Fridz. »Das ist Rache, verstehst du. Blutige, gemeine Rache! Das sind eben Eltern. Und Eltern kümmern sich nicht um Gesetze.«

»Hm«, sagt Konrad. »Und was passiert mit mir?«

»Du?« Fridz zieht die Stirn ganz kraus. »Dich werden sie zwingen, Tierpfleger im Streichelzoo zu werden.«

Konrad lacht.

»Aber am schlimmsten wird's dem Paul ergehen. Der kommt in den Ofen. Aus dem machen sie Kaninchen süß-sauer. Und als Zusatzstrafe müssen wir zwei ihn ganz alleine aufessen.«

»Du spinnst«, sagt Konrad.

»Ich spinne also?«, sagt Fridz. »Einverstanden. Und du? Glaubst du vielleicht, wir fahren jetzt ganz lustig mit dem Bus nach Hause, da rufen sie alle ganz freundlich ›Hallo!‹ und dann geht alles weiter, als wäre nichts passiert?«

Na ja. Jedenfalls würde Konrad noch immer gerne glauben, dass seine Eltern von allem, was heute passiert ist, gar nichts erfahren werden.

»Da sind sie schon!« Fridz zeigt in Richtung

Kreisverkehr und da fährt wirklich gerade ein Polizeiauto vorbei.

Konrad schaut hin und sagt gar nichts. Das Polizeiauto fährt einmal durch den Kreisverkehr und biegt in die Berliner Straße ein. Es vergehen ein paar Sekunden, dann klingelt das Handy in Konrads Hosentasche.

»Geh nicht ran!«, sagt Fridz. »Das ist eine Falle.«

Aber Konrad kann nicht anders. Er muss das Handy aufklappen und die grüne Taste drücken. »Hallo?«, sagt er vorsichtig in das kleine Mikro.

Es ist der Papa. Wo sie denn sind?

»In dem kleinen Park am Kreisverkehr.«

Und ob sie das Kaninchen schon abgeliefert haben?

»Ja. Klar.« – Lüge! Oder etwa nicht?

Und sonst? Alles in Ordnung?

»Ja. Alles Ordnung.« – Ist es doch auch, oder?

Wann sie denn nach Hause kommen?

»Gleich.«

Schweigen.

»Dann tschüss auch, Papa.« Konrad drückt die grüne Taste, klappt das Handy zu und steckt es wieder in die Tasche.

»Gratuliere«, sagt Fridz. »Eine Meisterleistung. Herzlichen Glückwunsch. Jetzt wissen sie genau, wo wir sind. Jetzt ist fliehen zwecklos.« Sie lehnt sich zurück und streckt die Beine aus.

»Tut mir leid«, sagt Konrad.

»Ist ja egal. Wir wären sowieso nicht weit gekommen. Außerdem hab ich gar keine Lust auf Fliehen. Ich hab mehr Lust auf Essen. Wo ist denn dein Pfannkuchen-Laden?«

»Da hinten!«, sagt Konrad. Und damit das Gespräch nicht wieder auf Polizeieinsätze kommt, nimmt er gleich den Rucksack auf die Schultern.

»Du gehst vor«, sagt Fridz. Dann kramt sie eine Möhre aus der Hosentasche und während sie schon gehen, lässt sie den Paul davon abbeißen. Der freut sich darüber. Jedenfalls tritt er immer, wenn er an der Möhre knabbert, mit seinen Hinterläufen dem Konrad kräftig in den Rücken.

So ist das also, denkt Konrad. Endlich kann er verstehen, warum sich der Papa abends beim Vorlesen immer so beschwert.

Als die drei bei dem Pfannkuchen-Lokal ankommen, schließt gerade ein Mann in weißer Schürze die Eingangstür auf.

»Na ihr«, sagt er. »Schon Hunger?«

»Na Sie!«, sagt Fridz. »Mal gleich eine Gegenfrage. Dürfen wir hier mit einem Kaninchen rein, wenn wir versprechen, dass es ganz, ganz lieb in seinem Rucksack bleibt?«

Holla!, denkt Konrad. Das Die-Wahrheit-Sagen kommt ja regelrecht in Mode. Das wird noch der Hit der Saison.

»Okay«, sagt der Schürzenmann. Und dann sagt er: »Hoppla!« Er zeigt auf den Paul. »Das ist ja ein Belgischer Riese.«

»Treffer«, sagt Fridz. »Hundert Punkte.«

»Und warum tragt ihr den durch die Gegend? Kriegt der sonst keinen Auslauf?«

»Doch doch«, sagt Fridz. »Aber wir wollten ihm mal die große weite Welt zeigen.«

Na also, denkt Konrad. Sie ist auch wieder frech. Und lustig frech.

Der Schürzenmann aber möchte sich den Paul einmal näher ansehen. Ob man ihn aus dem Rucksack holen dürfe?

»Öh«, sagt Fridz. Damit habe man schlechte Erfahrungen gemacht.

»Dann kommt mal rein.« Der Schürzenmann führt sie ins Lokal, dann durch einen langen Gang, hinaus auf einen kleinen Hof, in dem Tische und Bänke stehen. Konrad nimmt den Rucksack ab und Fridz schält vorsichtig den Paul heraus. Dabei hält sie ihn immer am Rückenfell, damit er nicht weglaufen kann.

»Bitteschön. Das ist Paul.«

»Donnerwetter«, sagt der Schürzenmann. Er nimmt den Paul, fasst ihm an verschiedenen Stellen ins Fell, dreht seinen Kopf und seine Ohren und dabei sieht er ziemlich nervös aus. »Das ist ja ein Prachtkerl«, sagt er.

»Richtig«, sagt Fridz. »So lautete der Fachausdruck. – Übrigens, sind Sie hier eigentlich der Koch?«

»Klar bin ich hier der Koch.«

»Hilfe!«, sagt Fridz. »Der Typ will den Paul kochen.« Sie knufft Konrad in die Seite. »Ich hab's ja gesagt. Schon geht die Rache los.«

Der Koch muss lachen. »Unsinn!«, sagt er. »Ich mache doch nur Pfannkuchen. Aber zu Hause hab ich auch Belgische Riesen. Und so einen schönen wie den hier, den hab ich selten gesehen.« Er fasst dem Paul noch einmal ins Fell. Der Paul hält still.

»Hat er schon mal etwas gewonnen?«, sagt der Koch.

»Klar. Medaillen.« Fridz holt mit den Händen aus. »Und so einen Pokal. Aus Silber.« Dann lässt sie die Hände sinken und kriegt Falten über der Nase. Konrad kennt das. Jetzt denkt sie wieder nach.

»Der ist zu verkaufen«, sagt sie.

»Wie bitte?«, sagt Konrad.

»Pst!«

»Ach! Wirklich?«, sagt der Koch. Er macht ganz große Augen und tastet noch stärker an Paul herum. »Kann er denn«, sagt er, »äh – ich meine – kann er – Kinder kriegen?«

»Nö«, sagt Fridz. »Kann er nicht. Weil er nämlich ein Männchen ist. Aber mit einer Zibbe kann er welche machen. Hat er auch schon.«

»Zibbe?«, sagt Konrad

»Kaninchen-Weibchen«, sagt Fridz, »die heißen nicht Zicken, sondern Zibben.«

Der Koch ist jetzt noch nervöser geworden. Ob sie denn den Paul wirklich verkaufen dürften. Sie sind doch Kinder!

»Sie können meinen Papa anrufen«, sagt Fridz. »Der ist einverstanden.« Dann macht sie Konrad ein Zeichen und der zeigt sein Handy vor.

»Und was soll er kosten?«

Konrad liest wieder in Fridz' Gesicht. Sie hat offenbar keine Ahnung, was ein Belgischer Riese kostet. Und er selbst hat natürlich auch keine!

»Ich mach euch einen Vorschlag«, sagt der Koch. »Ihr esst doch gerne Pfannkuchen, oder?«

Konrad nickt so sehr, dass man es hören kann.

»Dann gebe ich euch für das Kaninchen einen Gutschein, mit dem ihr einmal in der Woche zum Pfannkuchen-Essen kommen könnt.«

Fridz kneift die Augen zusammen. »Wie lange?«

»Zwei Monate?«

»Hm«, sagt Fridz. »Drei.«

»Einverstanden.«

»Und wenn Sie noch eine Medaille oder einen Pokal für ihn kriegen, dann einen Monat länger. Und wenn er Kinder kriegt, dann für jedes Kind eine Woche länger.«

Der Koch lacht. Er ist einverstanden. »Aber das gilt nur für dich und deinen Bruder.«

»Äh«, sagt Konrad.

Da tritt ihm Fridz auf den Fuß. »Okay«, sagt sie. »Nur für mich und meinen Bruder. Aber wir müssen das schriftlich haben.«

Der Koch setzt den Paul in eine Kiste, in der mal Obst war, und legt zwei Bretter darüber, damit er nicht herauskann. »Keine Angst«, sagt er. »Ich lasse ihn gleich zu mir nach Hause bringen. Da hat er dann Gesellschaft. Und euch mache ich jetzt zwei Riesenpfannkuchen mit allem.«

»Aber vorher Hände waschen!«, sagt Fridz. »Wer Tiere angefasst hat, muss sich vor dem Essen oder Kochen die Hände waschen.«

»Junge«, sagt der Koch. »Du bist mir ja eine.« Er schüttelt den Kopf, hebt beide Hände in die Höhe und geht hinein ins Lokal.

»Aber gründlich mit Seife!«, ruft Fridz ihm noch hinterher. Dann hockt sie sich vor die Obstkiste und schiebt eines der Bretter ein Stück zur Seite. Konrad hockt sich neben sie. Fridz streicht Paul über den Kopf. »Na du«, sagt sie, »jetzt haben wir dich verkauft.«

»Bist du traurig?«

Fridz nickt. Dann sagen sie beide eine Zeitlang gar nichts, hocken nur über der Kiste und kraulen Paul von beiden Seiten hinter den Ohren.

»Na dann«, sagt Fridz endlich. »Tschüss, Paul.«
Sie steht auf und zieht Konrad kurz am Ohr.
»Komm, Brüderchen! Jetzt schlagen wir uns den
Bauch voll. Mal sehen, wie viel Pfannkuchen in
Friederike Frenke passt.«

Im Lokal ist schon für die beiden gedeckt. Der
Koch hat sogar eine Kerze auf den Tisch gestellt
und angezündet.

Fridz quietscht. Neben der Kerze liegt der Gutschein fürs kostenlose Essen und auf die zwei riesigen Pfannkuchen, die an den Seiten über die Teller
lappen, hat der Koch mit Zucker, Honig, Schoko-
lade und Marmelade zwei Kaninchen gemalt. Es
sind eindeutig Belgische Riesen. Man erkennt es an
der Größe.

Aber nicht mehr lange.

Eine knappe Stunde später stehen Fridz und
Konrad auf der Straße vor dem Pfannkuchen-Lokal. Fridz hält sich den Bauch. »Puh«, sagt sie. »Gut,
dass wir den Paul nicht mehr tragen müssen. – Und
was machen wir jetzt?«

Da klingelt wieder das Handy in Konrads Hosentasche.

»Sag, wir sind nicht zu Hause«, sagt Fridz.

Diesmal ist es die Mama. Und Konrad hört schon
an ihrer Stimme, dass inzwischen irgendetwas passiert ist.

Wo er denn ist?

Konrad antwortet.

Und ob die Friederike bei ihm ist?

Ja, ist sie.

»Hör mal, Konrad«, sagt die Mama. »Die Mutter von Friederike steht hier neben mir. Kannst du uns mal die Friederike geben?«

»Moment«, sagt Konrad. Er drückt die Stummtaste am Handy. »Deine Mama für dich.«

Fridz schüttelt den Kopf.

»Und was soll ich sagen?«

»Weiß nicht.«

Stummtaste aus. »Mama«, sagt Konrad ins Handy. »Fridz möchte nicht reden.«

Auf der anderen Seite, bei Bantelmanns zu Hause, wird gesprochen. Konrad versteht nicht alles, aber er versteht, worum es geht. Frau Frenke macht sich Sorgen und möchte, dass Fridz gleich nach Hause kommt. Gleich im Sinne von sofort. Das sagt die Mama dann auch ins Telefon und Konrad sagt es Fridz. Nachdem er die Stummtaste gedrückt hat.

Aber Fridz schüttelt wieder den Kopf. »Ich will vorher noch was Schönes machen.«

Stummtaste aus. »Mama«, sagt Konrad. »Wir haben noch was zu erledigen. Wie kommen in zwei Stunden.« Er versucht es so zu sagen, dass keine Mutter auf der ganzen Welt sich dabei Sorgen machen muss. Er sagt es mit möglichst tiefer Stimme, so wie Papa es macht, wenn Peter Bauchschmerzen hat und fürchtet, er müsse operiert werden.

»Mir wäre lieber, ihr kommt jetzt gleich«, sagt die Mama. »Soll ich euch abholen?«

Konrad wäre das ganz recht. Aber Fridz steht am Bordstein und versucht einen Stein mit dem Fuß auf die Fahrbahn zu kicken, einen so winzigen Stein, dass sie ihn mit der Fußspitze gar nicht erwischen kann.

»Nein«, sagt Konrad. »Wir kommen in zwei Stunden. Ganz bestimmt. Tschüss, Mama.« Er drückt die grüne Taste am Handy. Wie schaltet man das Ding aus? An dem kleinen Knopf mit dem Kreuzchen vielleicht? Die Anzeige in dem Fenster erlischt und Konrad klappt das Handy zu.

Fridz hat inzwischen endlich den Stein getroffen. Er prallt gegen einen Autoreifen und fliegt zurück gegen ihr Schienbein. »Aua!«, sagt sie.

»Komm«, sagt Konrad. »Wir haben zwei Stunden Zeit für was Schönes.« Dann denkt er ein paar Sekunden lang nach. Soll er oder soll er nicht. Ach was, sollen! Es muss wohl sein. Und er sagt es: »Zwei Stunden und 30 Mark.«

»30 Mark?«

Konrad zieht an der Schnur, bis das kleine Portmonee ein Stück aus seinem T-Shirt herausguckt.

»Sparschwein geschlachtet?«

»Na ja«, sagt Konrad.

»Und du leihst mir was?«

»Klar!«

»Dann aber los«, sagt Fridz. Zusammen gehen sie in die Richtung der Fußgängerzone, an der die großen Kaufhäuser sind. Fridz nimmt Konrads Hand.

Zuerst merkt er es gar nicht. Und als er es merkt, da merkt er, dass es ihm gar nichts ausmacht.

Zurück im Dransfeld

Von der Bushaltestelle auf der Landstraße bis zur Einmündung der Hedwig-Dransfeld-Straße sind es nur ein paar Meter. 30 Meter, würde Konrad sagen, wenn er nicht wüsste, wie schlecht er schätzen kann. Jedenfalls sind es lange 30 Meter. Und das kommt daher, dass Fridz mit jedem Schritt langsamer wird. Wenn sie so weitergeht, denkt Konrad, dann wird sie gleich stehen bleiben. Das tut sie dann auch, kurz bevor es ins Dransfeld geht.

»Muss ich da jetzt rein?«, sagt sie.

»Ja, musst du.«

»Kommst du mit?«

Konrad tippt sich an die Stirn. Die kann wirklich fragen. Wohin soll er denn sonst?

Sie gehen also in die Hedwig-Dransfeld-Straße hinein. Links sind die Nummern 2a und 2b, rechts die Nummern 1a und 1b. Das ist schon mal wie immer. Die Buchsbaumheckchen sind auch noch da, ob sie mittlerweile ein bisschen gewachsen sind, kann man schwer sagen. Schön wär's ja für sie. Ein paar *Passats* und ein paar der anderen Heckklappenautos stehen am Straßenrand oder in den Garageneinfahrten. Und wenn es schon dunkel wäre, dann würden bestimmt auch die Porzellangänse in den Küchenfenstern leuchten.

»Wohnst du eigentlich gern hier?«, sagt Fridz.

»Kommt drauf an.«

»Worauf?«

Sie sind jetzt bei 5a und 5b. »Darauf, wer hier sonst noch wohnt.«

»Ja ja«, sagt Fridz. »Du kennst schon viele, was?«

Konrad denkt an seine Liste und daran, was vorgestern im Supermarkt passiert ist. Als sie sich vor allen blamiert haben. »Hm«, sagt er. Mehr möchte er dazu nicht sagen.

»Ich kenne praktisch keinen hier«, sagt Fridz. »Keinen außer dir.«

Nummer 9a und 9b. Jetzt macht die Dransfeld-Straße ihre geschwungene Linkskurve.

»Falsch«, sagt Fridz. »Meine Mama kenne ich noch. Die wohnt zufällig auch hier. Sogar im gleichen Haus wie ich, stell dir vor. Und vor kurzem hab ich auch mal deinen Papa getroffen. Aber das war's dann auch. Mein Papa wohnt nicht hier.«

»Ach«, sagt Konrad. Das habe er ja gar nicht gewusst.

»Ja ja«, sagt Fridz. »Weißt du, mein Papa ist nämlich Forscher. Irgendwas mit Schlangen forscht er aus. Oder mit Raketen. Jedenfalls kann er gar nicht zu Hause sein, weil er dauernd in irgendeinem Dschungel steckt.«

»Das ist aber spannend.«

»O ja.« Fridz hat ihren Rucksack abgenommen und schlenkert ihn am Arm. »Mein Papa führt ein ganz aufregendes Leben. Und er bringt mir auch immer die irrsten Sachen mit. Ganz ausgefallene Geschenke. Neulich hat er mir sogar eine echte Kristine mitgebracht. Von ganz weit her. Eine mit K am Anfang. Die wollt ich aber nicht. Weißt du, für die hab ich gar keinen Platz. Außerdem geht für deren Futter mein ganzes Taschengeld drauf. Nein, hab ich gesagt, vielen Dank. Nicht für mich. Die kannst du wieder mitnehmen und im Wald aussetzen.«

Konrad müsste lachen, tut es aber nicht.

Nummer 11a. Man kann jetzt mehr als die Hälfte des Dransfelds übersehen. Konrad und Fridz gehen etwas langsamer. Ein paar Häuser weiter stehen Leute auf der Straße.

»Ach, guck mal an«, sagt Fridz.

Es sind genau fünf. Vier große und ein kleiner. Einen Mann kennt Konrad nicht, die anderen sind Fridz' Mutter und seine Familie. Fridz winkt hinüber. »Huhu!«, ruft sie. »Huhu, da sind wir!«

»Du bist albern«, sagt Konrad.

»Ich bin nicht albern. Ich hab Angst.«

Die fünf kommen ihnen jetzt ein paar Schritte entgegen, bis zur Garageneinfahrt von Nummer 15b. Fridz' Mutter nimmt Fridz in den Arm und drückt sie an sich. Dann küsst sie sie auf die Stirn, und dabei fallen ihre roten Haare über die von Fridz. Konrads Papa zieht Konrad ein bisschen am Ohr, seine Mama hockt sich vor ihn hin und nimmt ihn bei den Armen, und Peter tritt ihm auf den Fuß, unabsichtlich natürlich. »Übrigens«, sagt er. Einfach so: Übrigens. Sonst sagt ein paar Sekunden lang keiner etwas.

Konrad schätzt: 30 Sekunden.

»Ich denke«, sagt endlich Papa Bantelmann, »wir sollten erst einmal reingehen.«

»Ich weiß nicht«, sagt Fridz' Mutter. Aber da macht sich Fridz von ihr los und schon ist sie unterwegs zur Haustür von Nr. 17a. »Toll«, sagt sie. »Konrad, zeigst du mir dein Zimmer?« Aber ihre Mutter hält sie zurück.

»Wenigstens auf einen Kaffee. Nach der Aufregung«, sagt Konrads Mama.

Ja, aber nur auf einen Kaffee. Und dann sitzen zehn Minuten später alle im Wohnzimmer der Bantelmanns und rühren in ihren Tassen. Wie ähnlich sich die Häuser doch sind, hat es vorher im Flur geheißen. Und zugleich: wie verschieden. Das macht natürlich die Einrichtung. Und dann ist noch bemerkt worden, dass bei Bantelmanns das Geländer an der Treppe nach oben einen zusätzlichen Handlauf für kleinere Menschen hat. Eine Sonderanfertigung. Sehr sinnvoll.

Jetzt aber ist wieder Stille. Die Kinder haben Kakao bekommen und Konrad wünscht von ganzem Herzen, dass Peter den seinen umkippen möge. Das Gezeter danach wäre immer noch besser als dieses Geschweige. Doch Peter trinkt so vorsichtig an seinem Kakao wie noch nie zuvor in seinem ganzen Leben.

Endlich fällt Konrad etwas ein. »Danke für das Handy«, sagt er und gibt es dem Papa zurück.

Der sagt: »Bitte sehr« und steckt es ein. Und wieder Schweigen.

Plötzlich hört man, wie in Nummer 17b Leute die Treppe hinauf- oder hinuntergehen. Das hat man bislang noch nie gehört. So leise war es einfach nie gewesen bei den Bantelmanns. Alle schauen in die Richtung, als würde jetzt von da eine wütende Büffelherde heranstampfen. Tut sie aber nicht. Leider.

»Und das Kaninchen, Friederike, wo ist das?«

Das hat der Mann gesagt. Der Mann, den Konrad nicht kennt, von dem er sich aber denken kann, wer er ist.

»Ist es euch weggelaufen?«

»Uns doch nicht«, sagt Fridz. »Wir sind Profis im Kaninchen-Transport. Den Paul haben wir verkauft!« Sie holt aus ihrem Rucksack den Gutschein, den sie vom Koch bekommen haben. »Wir haben ihn für ein Pfannkuchen-Abo verkauft.«

»Hm«, sagt der Mann. »So so.« Er lacht, aber es klingt gar nicht gut.

Fridz' Mutter muss auch lachen, aber sie hält sich eine Hand vor den Mund und sofort schaut sie wieder ganz ernst. »Und sonst?«, sagt sie. »Was habt ihr sonst so gemacht?«

»Wir waren in vier Kaufhäusern«, sagt Fridz. Sie kramt wieder in ihrem Rucksack. »Im ersten habe ich mir eine neue Mappe für meine Stifte gekauft, im zweiten einen ganz süßen Schlüsselanhänger und im dritten eine Haarspange mit einem Schmetterling drauf.« Sie legt alles nebeneinander auf Bantelmanns Wohnzimmertisch.

»Im vierten Kaufhaus hat Konrad sich dann beinahe ein Radiergummi gekauft. Aber nur beinahe. Wisst ihr, Konrad ist nämlich sehr wählerisch, was Radiergummis angeht.«

Jetzt müssen die Eltern Bantelmann lachen, aber sie tun beide so, als müssten sie nur ein wenig husten. Dann schauen auch sie wieder ganz ernst. Und schon wird wieder geschwiegen. So lange, bis wirklich niemand mehr in seinem Kaffee rühren möchte.

»Tja«, sagt Fridz' Mutter. »Dann denke ich, wir sollten mal aufbrechen. Zu Hause ist ja auch noch eine Menge zu tun.«

»Stimmt«, sagt Fridz. »Zum Beispiel könnten wir den Stall aus der Garage schaffen, damit unser Auto mal wieder drinnen schlafen kann.«

»Na ja«, sagt der Mann. Er steht auf und murmelt etwas, das Konrad nicht versteht. Dann gehen die drei zur Tür, Fridz, ihre Mama und der Mann, der ihr Vater ist. Die Bantelmanns begleiten sie.

»Tschüss«, sagt Fridz.

»Tschüss«, sagt Konrad.

»Kommst du morgen?«

Das klingt nicht wie eine richtige Frage. Es wird wohl eine rhetorische Frage sein. Doch obwohl man rhetorische Fragen gar nicht beantworten muss, sagt Konrad schnell: »Klar. Klar komm ich morgen!«

Und dann sieht er den dreien nach, wie sie in Richtung 28b gehen: Fridz drei Schritte voraus, dann ihre Mama und wieder dahinter der Mann, der ihr Vater ist. Fridz winkt noch einmal ohne sich umzudrehen.

»Papa«, sagt Konrad. »Lasst ihr euch auch mal scheiden?«

Der Papa schließt die Tür. »Um Himmels willen«, sagt er. »Natürlich nicht!«

»Und wenn doch?«

Sie gehen zurück ins Wohnzimmer und setzen sich wieder genau dahin, wo sie eben gesessen haben. Peter guckt in seinen eiskalten Kakao, auf dessen Oberfläche sich eine dünne Haut gebildet hat. »Iiiiih!«, sagt er.

»Mach dir keine Sorgen«, sagt die Mama. »Wir

tun, was wir können. – Allerdings solltest du uns jetzt erzählen, was ihr denn wirklich in der Stadt gemacht habt.«

Konrad sagt nichts.

»Hm«, sagt der Papa, »wir wollen dich ja nicht zwingen. Aber wir sind deine Eltern. Ich glaube, wir sollten erfahren, was ihr heute getrieben habt. Vielleicht brauchst du ja Hilfe und wir wissen nicht, wie wir dir helfen können.«

»Ich brauch keine Hilfe«, sagt Konrad. »Wirklich nicht.« Dabei versucht er so auszusehen wie jemand, der keine Hilfe braucht.

»Die Friederike vielleicht?«

Konrad nickt. Dann schüttelt er den Kopf. »Nein«, sagt er. »Die kommt schon zurecht. Die schafft das schon.«

»Ihr seid jetzt ganz dicke Freunde, oder?«

»Na ja«, sagt Konrad. »Sie ist ein Mädchen.«

»Ach so«, sagt die Mama. »Und Mädchen können keine Freunde sein?«

Konrad schüttelt wieder den Kopf. »Nein«, sagt er schnell. »Das heißt natürlich: Ja. Mädchen können Freunde sein.« Als ob das jemals ein vernünftiger Mensch bezweifelt hätte!

»Dann ist ja gut«, sagt die Mama.

Und es wird wieder geschwiegen. Schlimmes, nie mehr aufhören wollendes Schweigen. Und keiner steht auf und sagt: »Na, dann wollen wir mal wieder tun, als wäre nix gewesen.« – Was ja auch nicht so ganz stimmen würde.

Schweigen.

»Tja«, sagt der Papa endlich, »wenn du uns nichts erzählen willst, dann erzähle ich heute Abend auch nichts.« Er schaut dabei, als würde er ganz ernsthaft schmollen. Doch das tut er nicht wirklich. Konrad weiß das.

Peter weiß es nicht. Er will zum Thema Nichts-Erzählen eine ganze Menge sagen, hat aber wieder einmal Schwierigkeiten, die Wörter in die richtige Reihenfolge zu bringen. Prompt stauen sie sich innen vor seinem Mund und keines will das andere zuerst herauslassen. »Aber«, sagt er ganz aufgeregt. »Aber die Waldschlange.« Und dann geht gar nichts mehr.

»Stimmt genau«, sagt der Papa. »Heute würde die überaus spannende Geschichte von der Waldschlange Anabasis zu Ende gehen. Und zwar mit einer großen Überraschung, die noch vor kurzem keiner vorhersehen konnte.«

»Nein!«, sagt Konrad laut.

»Wie bitte?«

»Sie geht nicht zu Ende!«

»Aber warum denn nicht?« Der Papa tut sehr verblüfft. »Wenn sich jetzt die beiden Waldschlangen und der Raumschiff-Retter zusammentun und wenn sie den richtigen Trick finden, dann könnten sie doch zurück zum Planeten, zum Planeten –«

»Klimbambium«, sagt Peter.

»Richtig – zurück zum Planeten Klimbambium. Die ganze Expedition stünde dumm da und die Menschheit wäre gerettet.«

Ja. Natürlich. Konrad hat sich schon lange gedacht, dass die Geschichte so ausgehen wird. So oder ähnlich. Das war ja abzusehen. Und das ist ja auch ein schönes Ende. Vielleicht passieren noch ein paar lustige Sachen, bevor das Raumschiff startet – und morgen, da ist Samstag, da kann der Papa sich morgens früh im Bett gleich den Anfang einer neuen Geschichte ausdenken.

Aber, denkt Konrad, alles – bloß das nicht.

»Das geht nicht!«, sagt er und schüttelt den Kopf.

Der Papa ist jetzt wirklich verblüfft. Die Mama ist es auch.

Konrad rückt ein Stück nach vorne, bis er auf der Kante des Sofas sitzt. »Wir müssen«, sagt er. Und dann merkt er, dass er in ziemlich kurzer Zeit nicht mehr wird sprechen können. Also schnell!, denkt er. Schnell! »Wir müssen noch mal von vorne anfangen«, sagt er, schon ganz atemlos. »Es war alles falsch. – Franzkarl Forscher und die Waldschlange und Luise und Kristine Krise und alles. Wir müssen –«

Und dann ist Schluss. Mehr geht nicht. Konrad kann jetzt nur noch weinen. Dabei gibt es gar keinen Grund, denkt er noch. Stundenlang könnte er nachdenken und er würde nicht darauf kommen, warum er jetzt so weinen muss. Es gibt keinen Grund dafür. Überhaupt keinen Grund!

Die Mama steht auf, setzt sich neben ihn und nimmt ihn in den Arm. Papa und Peter stehen auch auf, wissen aber nicht so recht, wohin sie gehen oder was sie machen sollen.

Und Konrad weint. Das tut weh, im Hals und in den Augen, in den Ohren sogar. Die Haut in seinem Gesicht fühlt sich ganz heiß an, auch wenn er sie gar nicht berührt, und er weiß, wenn er jetzt aufstehen wollte, dann könnte er es nicht, seine Beine würden ihn nicht tragen.

Konrad weint fünf Minuten. Grob geschätzt. Die Mama wischt ihm in der Zeit die Tränen ab und der Papa holt ihm ein Glas Wasser. Peter sieht kurz so aus, als müsste er auch weinen, doch dann läuft er hinauf in Konrads Zimmer und kommt mit der Maus Mattchoo wieder. Die kann Konrad sich vors Gesicht drücken und hineinweinen. Das hilft ein wenig.

Nach fünf Minuten versucht Konrad mit dem Weinen aufzuhören. Es klappt. »Wie spät ist es?«, kann er als erstes sagen.

Alle zusammen stellen fest, dass es halb eins ist.

»Können wir was Schönes machen?«

Was Schönes! Der Papa müsste eigentlich noch wohin und die Mama wartet eigentlich nur darauf, dass die Waschmaschine mit dem Schleudern fertig ist, damit sie die Wäsche herausnehmen kann. Nur Peter hat nichts vor, das ihn daran hindern könnte, etwas Schönes zu machen. Das sagt er auch ganz schnell.

»Bitte«, sagt Konrad. »Mir zuliebe.«

Kurzes Schweigen. – Na ja, heißt es dann. Ausnahmsweise.

Worauf sich die Mama umzieht, Peter seine Maus Lackilug einpackt und der Papa die Wäsche aus der Maschine holt, wobei er mit seinem Klapphandy telefoniert. Konrad aber hat nicht viel mehr zu tun, als wieder seinen gelben Anorak mit den silbernen Reflektierstreifen anzuziehen und vor der Haustür von Nummer 17a zu warten. Schließlich steigen alle vier Bantelmanns in ihren *Passat*. Papa sitzt hinterm Steuer, Mama auf dem Beifahrersitz und die beiden Jungen hinten auf ihren blöden, bunten Kindersitzen.

Aber nicht mehr lange, denkt Konrad. Ein Kilo! Mit zwei Monaten Pfannkuchen-Essen wird er das spielend zunehmen. Und dann wird er den blöden Kindersitz eigenhändig zum Sperrmüll tragen. Das wird ein Fest!

Und nun schau mal: Da fahren die Bantelmanns langsam durch das Dransfeld. Mit Tempo 30, so wie das hier vorgeschrieben ist, bis zur Landstraße. Anhalten, Blinker nach rechts – ist die Landstraße frei? – ja, ist sie, Gas geben und abbiegen.

Wohin sie fahren?

In den Zoo vielleicht? Ins Kino oder in den Märchenpark? Oder gleich in den Dschungel, ins dunkle Afrika, auf eine lange und gefährliche Entdeckungsreise?

Ich kann es nicht sicher sagen. Von hier, aus dem Dransfeld, ist es schwer zu erkennen. Nur eines sehe ich noch. Da fliegt nämlich eine Hand voll kleine Papierschnitzel aus dem linken hinteren *Passat*-Fenster. Als hätte jemand ein kleines Heft zerrissen. Ein Heft, in dem etwas stand, das jetzt nicht mehr so wichtig ist. Die Papierschnitzel fliegen hoch in die Luft.

Lustig sieht das aus.